가문비
탁자

가문비 탁자

공원국 장편소설

나비클럽

추천의 글

이 소설은 단단하면서도 위태롭다. 시한부 도시를 다룬 소설이어서도 그렇지만, 관官의 공식 입장도 거부하고 민民의 비공식 서사도 받아들이지 않기 때문이다. 아우성치는 인간들에게 귀 기울이는 대신, 무너진 도시를 골똘히 품는다. 무엇이 새롭게 드러났으며 무엇이 새롭게 묻혔는가. 기괴한 파멸과 신생의 이면을 놓치지 않고 살려낸 이야기가 바로 이 장편이다.

공원국은 도시와 도시 너머, 사랑과 사랑 너머, 희망과 희망 너머를 굵직굵직하게 오간다. 그 머나먼 시간과 공간과 일상과 상상력의 차이가 때론 낯설고 때론 불편하고 때론 아름답다. 그 것은 쉽게 티베트 초원이라거나 이별이라거나 절망이란 단어로 정리되지 않는다. 가문비 탁자 아래에서 허지우가 두 아이에게 들려준 지옥 너머의 이야기가 곧바로 천국에 닿지 않듯, 지키며 나아가도 구원은 없고 더 처참한 구렁텅이에 빠지는 것이 우리네 인생일지도 모른다. 지옥이라 고쳐 불러도 모자라지 않다.

『가문비 탁자』는 반복하되 그 차이를 섬세하게 뼈에 문장으로 새기며 다시 시작하는 이야기다. 삶 너머에 죽음을 두지 않고 또 다른 삶을 놓으려는 의지! 공원국은 무질서하고 허망한 경험을 지도 삼아 나아가는 마음의 여정을 역사가 아닌 '소설'이라고 부른다. 별처럼 빛나는 그 고집 아래에서 나는 다시 어두컴컴한 구원을 파헤치고 싶다. 독자들도 그러할 것이다.

—김탁환(소설가)

이것이 작가의 오랜 꿈이었음을 안다. 학자가 자기 분야의 이야기를 소설로 쓴다는 것은 엄청난 모험이다. 이 소설의 이야기 윤곽을 들은 지 벌써 예닐곱 해가 지났다. 사실의 누적인 연구로도, 경험의 집적인 산문으로도, 온전히 전할 수 없는 이야기가 있다. '입이 없는 사람들'의 운명은 사실과 경험을 넘어 '개연의 영역'에서만 비로소 온전해진다. 이것은 문명의 폭력에 대한 이야기이며, 역사의 잔혹한 격류에 휘말린 무참한 사람들의 이야

기다. 우리는 이 소설에서 분명히 슬픔과 함께 분노를 배우게 될 것이다.

—장은수(출판평론가, 편집문화실험실 대표)

사건의 스케일보다 캐릭터가 주는 심리적 스케일이 더 거대하다. 읽는 내내 가슴이 먹먹했다.

—원동연(영화 〈신과 함께〉 제작사 대표)

차례

프롤로그

　허지우는 머물 곳을 얻을 수 없었다. 가격 흥정을 끝내고 여권
을 내밀면 외국인을 받을 수 없는 곳이라는 대답만 돌아왔다. 여
행은 처음부터 난항이었다.

　성도에서 강녕까지 가는 길은 온통 공사판이었다. 운남성과
강녕을 잇는 고속도로를 놓는 중이었다. 잘 포장된 이차선 도로
와 울퉁불퉁한 공사판 도로가 번갈아 나타났다. 병목이 나타나
면 양방향 차들은 전쟁을 하듯 뒤엉켰다.

　오전 열 시에 성도를 출발해서 강녕에 도착한 때는 밤 열 시였
다. 처음 들어간 호텔에서 외국인이라는 이유로 거부당했고 비
슷하게 생긴 다른 호텔에서도 같은 이유로 거절당했다. 지친 몸
과 다리를 끌고 이백 미터쯤 더 걸어 도착한 호텔에서는 방이 다

찼다는 대답이 돌아왔다.

무거운 짐을 끌고 밖으로 나오자 자그마한 승합차가 경적을 두 번 울렸다. 돌아보니 얼굴과 콧날이 길고 눈이 옆으로 길게 찢어진 사내가 사천 사투리로 말을 걸었다.

"여관을 찾고 있나요?"

"네, 여긴 다 찼다고 하네요."

"여행철이라 여관 잡기가 어려워요. 괜찮다면 우리 집으로 갈까요?"

허지우는 생각할 겨를도 없이 냉큼 대답했다.

"죄송하지만 하룻밤 재워주시면 고맙지요."

차를 타고 물길을 거슬러 남쪽으로 한참 가니 언덕 위에 커다란 신축 아파트 단지가 보이고, 그 단지 아래 공사장 한복판에 허름한 삼층 가건물 하나가 서 있었다. 아파트 건설 당시 인부들을 위해 만든 임시 숙소였다. 일층에는 상자들이 가득 쌓여 있고 건물 왼쪽 바깥의 실외 계단을 따라 이층으로 올라가는 구조였다. 삼층은 아예 비어 있었다.

"아래는 창고로 쓰고 있어요. 철거되기 전까지 잠시 빌려 쓰는 거예요."

지우를 데려온 티베트 사람 삔바 단찐이 설명했다.

삔바 단찐의 코는 정말 길었다. 솟아오른 눈두덩 아래 깊고 긴 눈이 자리 잡고 있고 입술은 아래위 모두 얇았다. 음성이 무척 느리고 부드러운 사람이다. 지우는 그가 책에서 본 인디언 누구와 닮았다고 생각하며 계속 그 이름을 떠올리려 했지만 결국 기억해내지 못했다.

이층으로 올라가자 윤이 나는 검은 머리를 단정하게 빗어 넘긴 젊은 여자가 그들을 맞았다.

"페마, 손님 오셨다. 짐은 내일 정리하자."

여자의 이름은 페마 팔모, 뻰바의 여동생이었다. 지우는 둘이 티베트어로 나누는 대화를 전혀 이해하지 못한 탓에 처음에는 두 사람을 부부라고 생각했다.

뻰바가 사천 사투리로 짧게 여동생을 소개했다.

"북경에서 온 우리 막내, 연꽃."

페마는 온몸을 검은색으로 두르고 있었다. 쇄골 위로 살짝 드러난 하얀 속적삼 깃과 그보다 더 하얀 치아만 빼면 온통 새까만 색이었다. 무늬 없는 검은색 추파를 입고 검푸른 천으로 허리를 두르고 있었다. 그녀는 가슴을 앞으로 내밀고 성큼성큼 걸어 다녔다. 굵은 몸매에 상체를 전혀 움직이지 않아서 커다란 초식동물 같은 착각이 들었다. 뻰바는 중국어로 여동생에게 지우를 소개했다.

"페마, 한국에서 온 친구야."

"짜시델레."

지우는 유일하게 아는 티베트 인사를 건네며 고개를 숙인 후 그녀의 얼굴을 보았다. 주근깨가 까뭇까뭇하니 박힌 콧날마저 검었다. 그러나 정말 검은 것은 그녀의 눈동자였다. 어떤 빛도 다 빨아들일 것 같은 깊은 어둠이었다.

"덩치가 곰 같은 사람이네요. 곰도 집에서 자나요?"

페마가 장난기 가득한 눈을 살짝 찌푸리며 유창한 북방 중국어로 농담을 던졌다. 그러고는 자기가 생각해도 웃긴지 깔깔거렸다. 지우는 그녀의 눈과 웃음이 어떤 문이든 열 수 있는 열쇠 같다고 생각하면서 농담을 던졌다.

"꿀이 있는 곳을 찾고 있거든요."

지우는 페마가 연꽃이라는 뜻인 줄 모르고 있었다. 페마는 또 깔깔댔다.

"꿀을 못 찾았나보네요. 한밤중에 그렇게 허기진 걸 보니."

바싹 다가와 뜨거운 물을 따르는 그녀의 손은 두툼했다. 가무잡잡한 손등과 하얀 손바닥이 묘하게 대조되었다. 커다란 잔에 담긴 뜨거운 차에 향기 나는 식초를 살짝 뿌리더니 지우에게 건넸다.

"꿀 찾아 어느 방향으로 갈 건가요?"

"리탕으로 가려고요. 고원에서 며칠 보내고 라싸까지 가야지요."

"라싸? 지금은 라싸로 들어갈 수 없을 텐데."

"라싸에만 꿀이 있으면 어쩌죠? 거기 못 가면 굶어 죽겠는데요."

그녀는 또 깔깔 웃었다.

"그럼 사람이 되게 곰 가죽을 벗어요."

페마가 검은 눈동자로 정면을 바라보며 말을 했다. 중키지만 남자같이 벌어진 어깨 때문에 실제보다 훨씬 커 보였다. 그녀가 움직일 때면 어떤 자기장이 생겨나 일정한 공간이 함께 움직이는 듯한 느낌이 들었다. 아니, 분명히 진공 상태의 공간이 그녀와 함께 움직였다. 가까이 가면 밀려날 듯도 하고 끌려 들어갈 듯도 한, 어쩌면 압축되거나 휘어져서 길을 잃을 공간인지도 모른다. 말없이 움직일 때 공간은 더 커졌다.

"오늘은 피곤할 테니 일단 주무세요. 내일 일어나서 이야기하죠."

페마는 계단 반대편 끝의 자신이 자던 침대를 지우에게 내주고 자신은 옆방으로 옮겼다. 옆방에는 뻰바의 아이 둘이 자고 있었다.

고원 어디선가 알 수 없는 짐승의 울부짖음이 들려왔다. 설핏 잠이 든 지우는 고비의 꿈을 꾸었다. 동물원 관리사였던 그가 풀어준 늑대 고비는 더 이상 나비처럼 날지 못했다. 임신으로 불룩한 배를 뒤집은 채 엽사의 발밑에 깔려 있었다. 늑대를 풀어준 일로 징계성 사표를 내고 방구석에 처박혀 있을 때, 윤주가 찾아왔다.

"신문 봤어?"

지우가 물었다.

"뭘?"

"그 늑대 죽었다."

"방송으로 봤어. 왜 말도 없이 그만뒀어?"

"퇴사 당했어."

"겨우 늑대 한 마리 놓친 일로?"

"응."

"정말 겨우 그런 일로?"

"내가 놓아줬거든."

긴 침묵이 흘렀다.

"앞으로 뭐할 거야?"

대답은 준비해 두었지만 지금 당장 말해주고 싶진 않았다.

"이제 평생 내가 할 일을 찾아야지. 근데 뭘 좀 마시자. 포도주
한 잔 괜찮지?"

그러나 윤주는 대답 대신 자기 말을 이었다.

"지금까지는 자기 일 한 게 아니고?"

높낮이가 없는 목소리였다.

"뭘 할지 잘 몰랐어. 경솔하기도 했고. 이제 우리가 함께 갈 길
을 찾으려고."

"우리? 왜 지금 우리를 말해? 이제 자기 할 일 한다면서?"

그녀의 목소리는 갈라진 대나무같이 날이 서 있었다.

"애가 있잖아, 우리 고비. 나도 이제 애 생각해야지."

"아, 앞으로 애를 돌보려고 그 잘난 직장을 그만뒀구나. 오빠는 애초에 책임감이라고는 없었어. 그냥 내키는 대로 사는 인간이지."

지우는 이 마찰의 시간을 견디기로 마음먹고 말을 아꼈다. 시간은 살갗을 살뜰하게 할퀴며 더디게 흘렀다.

"고비가 임신을 했었거든."

지우는 자기 말에 흠칫 놀라 고쳐 말했다.

"그 늑대 말이야. 걔가 임신했거든⋯."

윤주의 숨소리가 가빠졌다.

"늑대 이름도 고비였어? 늑대 이름 따라 우리 아이 이름을 지은 거야?"

그녀는 입술을 깨물더니 말을 이었다.

"그래, 오빠는 그런 사람이지. 백설같이 착한 사람. 늑대가 우리 아이 같아서 보내줬구나. 좋아, 그렇다면 임신한 나도 보내줘. 오빠는 오빠 갈 길을 가고."

지우는 순간 숨이 막혔다. 창 밖에서 고양이가 발톱으로 부질없이 유리창을 긁고 있었다. 지우가 가끔 먹이를 주는 놈이다. 그녀의 마음은 단단하고 매끈하게 정돈되어 있었다.

"그런데 우리 애가 생겼잖아. 달라져야지. 이렇게 헤어지는 건 무책임하잖아."

"오빠가 책임을 생각하는 분이셨어요? 하긴 우린 결혼한 것도 아니니까."

결혼이라는 말을 하는 순간 그녀는 잠깐 평소의 말투를 회복했다. 그제야 지우는 온전히 숨을 쉴 수 있었다. 그녀는 담담하게 말을 이었다.

"이제 지쳤어. 오빠는 너무 책임감이 없는 사람이야."

지우는 아무 말도 하지 못했다.

"아이를 지우겠어. 오빠한테 다른 책임은 묻지 않을게."

"고비는 우리 아이니까 나도 반은 결정권이 있잖아."

지우는 이내 '반은'이라고 말한 것을 후회했다. 비웃음인지 슬픔인지 모를 표정이 그녀의 하얀 얼굴을 더 도드라지게 했다. 지우는 물끄러미 조금도 불룩하지 않은 그녀의 배를 바라보았다.

"반으로 뭘 하게? 그냥 1 아니면 0이야. 세상은 있거나 없거나라고."

지우는 자기와 그녀 사이, 1과 0 사이의 유리문이 닫히는 소리를 들었다. 맞아, 1과 0 사이는 2와 3 사이와 다르지. 많거나 적거나가 아니라 있거나 없거나. 윤주가 저런 표현을 쓸 수 있다는 걸 예전에 알았다면 좀더 책임감을 가지고 행동했을까.

"나, 쉬지 않고 바로 일을 할 거야."

"그럼 의사로 돌아갈 거야?"

지우는 머뭇거렸다.

"그건 예전에 끝난 이야기잖아. 시간도 너무 지났고⋯. 그 일은 다 잊었어. 하지만 글은 쓸 수 있어."

그녀의 목소리가 더 날카로워졌다.

"지금 오빠가 범죄자라는 걸 알아? 들키지 않았다고 죄가 없는 거야? 그 늑대가 왜 죽었는지 아직도 몰라? 책임지지 않는 가짜 선행은 악행이라는 걸 아직도 몰라?"

등뼈에서 아예 열기가 빠져나가는 소리가 들리는 듯했다. 바람 빠진 풍선처럼 몸이 앞으로 숙여졌다. 오른팔을 땅바닥에 짚고 할 말을 생각하다, 결국 엉뚱한 대답이 튀어나왔다.

"일단 자고 가. 나 범죄자 아냐."

그녀는 거절했다.

"아니, 지금 갈게. 이번 주 병원에 갈 거야. 같이 안 가도 돼."

그대로 문을 열고 나가는 그녀를 잡을 수 없었다. 그녀가 돌아보지 않으려 몸을 꼿꼿이 세우는 것이 보였다.

지우는 코르크 마개를 빼고 포도주를 들이켰다. 언제나 뭔가 부족한 맛이다. 늑대 고비의 뱃속에 있었을 꼬물거리는 것들을 생각했다. 고비가 숨을 멈추고 얼마 후에 태로 흐르는 산소가 멈췄을까? 그녀 몸속의 더 작은 고비를 생각했다.

일찍 일어나 윤주에게 전화를 걸었다. 받지 않았다. 문자를 보냈다.

　─어디야? 전화 받아줘. 혼자 결정하지 마.

　답장은 오지 않았다. 매일 전화를 하다 사흘 후, 그는 다시 문자를 보냈다.

　─다시 의사가 될 거야. 제발 혼자 결정하지 마.

　이번엔 금세 답장이 도착했다.

　─지웠어. 잘 가.

　잘 가라고? 그래 어디로 갈까?

　그날 밤, 봉은사의 가짜 중 현각은 여자들이 웃음으로 술을 강매하는 곳으로 지우를 데려갔다. 허풍만 있지 실상 주머니에 만원짜리 하나 없는 땡중. 월급 통장이 들어 있는 카드를 현각에게 맡기고 지우는 무턱대고 술을 마셨다. 그날 밤 어떤 여자가 전화를 한 것 같다. 그 여자가 울기도 한 것 같다. 하지만 무슨 말을 했는지 다음날 기억이 전혀 나지 않았다. 현각의 표현을 빌리자면 그때 지우는 술로 머리를 소독하고 있었다.

　이틀을 더 마신 후 잠에서 깨어났다. 집주인에게 남은 계약 기간의 월세를 몰아주고 짐을 시골 어머니집으로 옮겼다. 그리고 떠나왔다, 고원으로.

1부

강녕 가는 길

왕빈

　진 청장은 왕빈을 동지라고 불렀다.

　'그래, 동지가 못 될 것도 없지.'

　어쩌면 사천성정부 건설청 소속 감리 담당 엔지니어인 왕빈이 청장에게 동지로 불린다는 것이 과분한 일인지도 몰랐다.

　진 청장이 요구하는 것이 대단한 죄책감이 드는 일도 아니었다. 보고서 몇 줄을 고치거나, 술자리에서 소품 취급을 당하는 것 정도가 전부였다. 왕빈에게는 실세인 청장의 요구를 거부할 강단도 없거니와 그럴 의욕도 없었다. 그는 일기를 끄적거리듯 소견서를 쓰고, 청장은 담임선생처럼 검열하고 고칠 뿐이었다.

　이번에도 그는 일기를 썼다. 공원 한참 안쪽으로 건물의 그림자가 드리워지는 설계였다.

공원 일조권 침해.

이것이 그의 단순한 결론이었다. 진 청장이 불렀다. 그는 단 몇 마디로 사람을 작아지게 만드는 재주가 있었다.

"왕 과장 참 재미있는 사람이야. 일조권? 일조권이 뭐야? 햇 빛 몇 뼘 때문에 수백 명을 실업자로 만들겠다는 거야? 건물 하 나 짓는 데 몇 사람이 밥을 먹는 줄 알아? 이건 아니잖아. 안전 문제도 아니고."

반박하지 않았다. 지우면 그뿐이다. 청장과 싸워 이길 자신도 없고, 애초에 싸울 마음도 없었다. 그저 의견을 내본 것뿐이다. 살아 있는지 확인하기 위해 제 살을 살짝 꼬집어보는 장난. 써야 하니까 써낸 것일 뿐.

"왕 사장이 성도를 위해 지어주는 거야. 쿤가 갈포, 왕 사장 알 지? 성도와 사천에서는 그가 왕이야. 이건 자네가 건드릴 덩어 리가 아니야. 나도 못 건드리는 아주 큰 건이라고."

청장은 주소가 적힌 음식점 명함을 하나 건넸다.

"일 마치고 가봐. 자네에게 해될 일은 아니니까."

퇴근 후, 왕빈은 청장이 건네준 주소로 찾아갔다. 진 청장의 이름을 말하자 식당 안쪽의 크고 어두운 방으로 안내되었다. 검 은 외투를 입은 사내가 먼저 와 자리를 잡고 있었다. 조용히 자 리를 권하더니 사내가 통성명도 하지 않고 묻는다.

"어떤 술을 좋아하십니까? 저는 백주를 좋아합니다만."

"저는 술을 잘 못합니다."

"좋습니다. 가볍게 하시죠. 왕빈 선생 성함은 많이 들었습니다. 저는 편하게 체링이라고 부르시면 됩니다."

왕빈이 자리에 앉자 사내는 외투를 벗어 옆자리에 두더니 반 되짜리 술 두 병을 상자에서 꺼냈다. 육체노동을 많이 한 사람처럼 어깨가 넓고 체격이 다부졌다.

"저는 어떤 분이 계신지 모르고 나왔습니다. 그저 공가그룹과 연관된 분이시라고만 들었습니다."

"데키건축연구소를 운영하고 있습니다."

왕빈이 그동안 성도와 강녕에서 올라온 숱한 서류들에서 익숙하게 마주쳤던 명의名義였다.

"부담스럽게 해드렸다면 용서하십시오. 늘 신세를 지는 입장이라 한 번 얼굴이라도 뵙고 싶었습니다."

"그 일 때문인가요? 이미 올리신 대로 결정 난 일이고, 저는 그 일을 뒤집을 실권자도 아닙니다. 앞으로도 특별히 해드릴 수 있는 일은 없을 것 같습니다만⋯."

"그냥 만나고 싶었을 뿐입니다. 더 부탁드릴 것도 없고."

체링은 술을 따라 잔을 건네고 건배도 없이 훌쩍 마셨다. 그러더니 큰 컵에 한 잔 더 따랐다.

"제가 술 먹는 법을 제대로 배우지 못했습니다."

왕빈은 지금까지 바라는 것이 아무것도 없다는 사람치고 실제로 그런 사람을 만나보지 못했다는 사실을 씁쓸하게 떠올리면서 체링이 건네준 술잔을 들이켰다. 독한 액체가 목구멍으로 넘어가면서 밭은기침과 함께 눈물이 왈칵 올라왔다.

말도 없이 술이 몇 순배 오갔다. 왕빈은 잔을 들어 입술을 축일 뿐, 주로 체링이 마셨다. 빈 술병을 몇 번 흔들어 보더니 빈 상자 위에 하나를 더 올렸다. 그러고는 일어나 방의 전등을 모두 끄고 휴대전화 손전등을 켰다. 상자 주위로 손전등을 돌렸다. 그림자가 손전등을 따라 한 바퀴 돌았다.

"빛이 있으면 그림자가 생기는 법이지요."

왕빈은 물끄러미 체링을 쳐다봤다.

"하지만 태양이 도니까, 그림자도 움직이죠? 그림자도 잠깐입니다. 아무리 짙어 보여도 결국 어둠도 지나가는 겁니다. 안 그렇습니까, 왕 선생?"

왕빈은 체링의 선문답 같은 말에 슬쩍 부아가 치밀었다.

"고작 애들 과학 실험이나 보여주려고 불렀습니까? 저는 더 할 말 없습니다. 그쪽이 원하는 대로 처리됐으니 그만 일어나겠습니다."

체링이 손전등을 껐다. 완전한 어둠이 찾아왔다. 독주의 진한 향이 더 선명하게 퍼졌다.

"빛이 없으니 그림자도 없군요. 아주 오래전에는 어둠만이 있었다죠. 모두가 평등한 세계 말입니다."

어둠 속에서 체링의 킬킬거리는 웃음소리가 들려왔다. 어딘가 자조적이면서 섬뜩한 웃음소리였다. 전등이 켜졌다. 왕빈이 갑작스런 빛에 적응하려 눈을 깜박이다 잔 앞에 놓인 붉은 봉투를 발견했다. 왕빈은 앞에 놓인 독주를 들이켜고 밭은기침을 애써 삼키며 자리에서 일어났다.

"눈이 부셔 아무것도 보이지 않는군요."

"가져가시오. 안 가져가면 쓰레기통에 버릴 거니까."

일어나면서 탁자에 무릎이 살짝 부딪혔다. 포개 놓은 종이 상자가 힘없이 툭 쓰러졌다. 왕빈은 인사 없이 방을 나섰다. 체링이 빈 잔에 술을 채우는 소리가 들렸다.

왕빈은 누군가와 함께 있고 싶었다. '그 여자'밖에는 생각나지 않았다.

왕빈은 그날을 기억한다.

한 달 하고 며칠 전, 때 이르게 무더워진 3월의 어느 날이었다.

진 청장은 주소 하나만 달랑 건네주며 쇼핑백을 전해 달라는 명령 같은 부탁을 했다.

용봉로 은화화원 11동 1102호

주소지를 찾아가 벨을 누르니, 한참 뜸을 들이다 스무 살 남짓한 여자가 문을 열었다. 속이 훤히 비치는 짧은 원피스 속옷만 입은 채로. 고개를 숙일 때 패인 가슴골 양쪽에서 흔들리는 젖가슴 때문에 왕빈은 시선을 어디에 두어야 할지 몰랐다. 오히려 당당한 쪽은 그녀였다.

"좀 들어오세요."

"아뇨, 근무 중이거든요."

"진 청장이 보냈잖아요? 괜찮아요. 들어와요."

이해하지 못할 말이었다. 왕빈은 얼굴이 벌개져서 얼른 달아났었다. 하지만 지금은 어느새 익숙해진 여자의 집이었다.

벨을 누르니 여자는 쉽사리 문을 열었다.

현관 앞 신발장에 붉고 하얀 구두만 가득한데 언제 외출을 하는지는 알 수 없었다. 술 취한 그의 눈에 잠옷만 걸친 어린 여자가 들어왔다. 가슴은 커다랐지만 앳된 얼굴에 눈동자는 약하고 희미했다. 여자는 뜨거운 차를 내오며 백치 같은 눈으로 그를 바라보았다. 왕빈은 왠지 이 여자만 보면 욕망이 들끓었다.

청장이 미끼처럼 던져준 여자.

성도 나이도 모르고, 이름인지 별명인지 그저 '영미'라는 것만 알고 있는 여자. 습관처럼 청장의 심부름을 하러 들렀다가 한낮의 섹스를 즐긴 후 헤어지는 여자. 진 청장이 주는 노란 종이 가방을 들고 나서면 다시 관청으로 돌아가지 않아도 됐다.

여자는 아무 말 없이 가슴팍으로 손을 넣어왔다. 왕빈은 사타구니가 얼어붙으며 얼굴이 화끈거렸다.

"아무래도 이제 대가를 치러야겠어."

"무슨 대가요?"

"…돈. 나도 돈을 치러야지."

"안 받아도 돼요."

"나는 줘야겠어. 이제 못 올 테니까."

"그 사람이 벌써 줬어요."

왕빈의 얼굴이 더욱 벌겋게 달아올랐다.

"알아, 하지만 나는 그 사람이 아니니까."

여자는 엉뚱한 말을 했다.

"나는 그저 당신이 좋은 사람이라 생각했어요."

왕빈이 여자의 손을 뿌리치려고 슬쩍 밀쳐내자, 여자가 힘없이 뒤로 밀려나며 바닥에 쓰러졌다. 놀란 여자는 왕빈을 올려다봤다.

왕빈은 생각보다 여자가 약한 것에 당황했다. 황급히 무릎을 꿇고 여자를 일으켜 세웠다. 그러고는 주머니에서 붉은 봉투를 꺼내 건넸다.

"이건 청장이 준 게 아냐. 결과적으로 줬다고도 할 수 있겠지만…. 어쨌든 이게 내가 가진 현금 전부야."

백치 같았던 여자의 얼굴이 붉어지면서 눈물이 뺨을 타고 흘렀다. 알 수 없는 여자였다. 청장의 버려진 젊은 정부, 아니 왕빈에게 잠시 임대된 여자. 뭔가 번잡한 일을 대신 처리해주는 여자.

"밀어서 미안해."

왕빈은 일어섰다. 어린 여자의 허연 젖가슴은 너무 커서 비현실적이었다. 여자는 모기처럼 가는 소리로 가지 말라고 했다.

'가야 해, 저 여자의 눈을 보면 안 돼.'

여자의 눈은 불편하면서도 강한 연민을 자아내는 이상한 웅덩이였다. 왕빈은 일어서서 문손잡이를 잡았다. 빨갛고 하얀 구두 무덤이 눈에 들어온다. 이 중에서 몇 켤레나 무덤 밖을 나가 봤을까.

왕빈은 문을 열고 밖으로 나섰다.

"잠깐 서봐요."

뒤에서 여자의 목소리가 들려온다.

"돈은 벌써 받았어요."

왕빈은 여자에게서 붉은 봉투를 돌려받고 얼굴이 홍당무처럼 달아오른 채 몸을 돌렸다.

체링

그물을 잘라야 해.

왕빈이 가고 나서도 체링은 연거푸 독주를 들이켰다. 열이 오를수록 전신을 칭칭 옭아맨 그물이 점점 더 조여오는 것 같았다. 차츰 조여오는 그물은 언젠가는 체링의 목을 옭아맬 것이 분명했다. 그 전에 움직일 필요가 있었다.

그물눈을 하나씩 끊는 것이 아니라, 버리를 잘라버려야 해.

젊은 왕빈은 기가 조금 남아 있는 것 같기는 해도, 실상은 아무것도 할 수 없는 기술자에 불과했다. 그 녀석을 보고 나니 웬일인지 아버지가 떠올랐다. 그 둘을 비교하는 것이 가당키나 할까마는 한 번 떠오른 상념은 쉽사리 사라지지 않았다. 오히려 끈질기게 뒤따라와 강녕 언덕 위 집으로 돌아온 날까지 이어졌다.

체링이 성도에서 강녕으로 돌아온 날이면, 아내는 항상 말이 없었다. 그저 너무 멀리 가려 하지 말라고만 했다.

'너무 멀리 온 것일까?'

아버지 롭쌍 도르지 셍게는 목수였다. 아버지를 생각하면 떠돌이답게 윗도리를 왼쪽만 걸친 허술한 몸가짐과 큰 나무를 다루는 사람들 특유의 독재자 같은 모습이 떠오른다. 그는 우악스럽게 굵은 오른팔과 히말라야의 바위처럼 검은 얼굴을 하고 있었다.

떠돌이 목수였던 아버지는 언제나 털북숭이 말을 타고 돌아왔다. 오른손에는 돼지 오줌보로 만든 창(청과맥으로 담근 술) 부대를 들고, 야크 등에는 갖가지 연장을 매단 채, 아버지가 만들고 어머니가 살고 있는 이 집으로.

체링은 아버지와 아버지를 상징하는 모든 것이 싫었다. 개방 이후 아버지의 삶은 그야말로 시대착오적이었다. 아버지의 반대 방향으로만 걸으면 먹고사는 것은 문제없을 듯싶었다. 양몰이 개처럼 항상 혼자 다니는 모양새며, 술집 여자들에게 뒷다리를 잡힌 꼴이며, 목수랍시고 자기만 천년만년 무너지지 않을 건물을 짓는다는 허세가 모두 마음에 들지 않았다.

절집을 보수하거나 새로 지을 때 꼭 아버지를 찾는 이들이 있었다. 80년대 중반까지 아버지는 아마도 캄(동티베트)에서 대들보를 제일 많이 들어 올린 사람이었을 것이다. 체링은 성처럼 둘러 세운 사방의 토벽 안에서 도르래 바퀴들이 앵앵거리며 돌아가고, 기다란 가로대 위로 장정들이 보를 올리고 줄을 매 으쌰으쌰 당기는 모습이 아직도 눈에 선했다. 아버지는 토벽 위에서 왼쪽! 오른쪽! 하며 고래고래 고함을 쳐댔다.

체링은 일찍 출가한 큰형 대신 아버지를 따라다녔다. 말수가 적은 아버지는 숲 속에서 더 말수가 적었다. 대개 서리가 내리기 시작할 무렵 새벽에 숲으로 들어갔기에 부자는 언제나 고원의 아침 안개 속에서 움직였다.

대들보로 쓸 가문비나무를 찾으러 숲에 들어갈 때면 아버지는 늘 창 한 부대를 지고 다녔다. 바람에 흔들리는 게 아니라 바람을 일으킬 것처럼 우악스레 큰 나무에 하얀 천을 휘둘러 감은 아버지는 창 한 잔을 나무뿌리에 뿌렸다.

열여덟 살 방학 때 리탕의 강포공가(중국인들이 가섭봉이라 부르는 고산)가 올려다보이는 계곡에서 아버지는 처음으로 큰일을 맡겼다.

"네 자짜리 스무 그루를 골라봐라."

보로 쓸 목재는 아주 완만하게 굽고 곁가지가 없는 것이어야 했다. 남쪽을 바라보는 완만한 경사의 숲에만 이런 나무들이 있었는데 지름이 네 자나 되는 것으로 이런 모양의 나무를 고르기는 쉽지 않았다.

술에 취하면 더 부드러워지는 목소리로 아버지가 말했다.

"먼저 물어봐라. 이제 산을 내려가고 싶은 이들이 있는지."

그러고는 창을 따라 슬쩍 맛을 보고 한 잔 건넸다. 아버지가 창을 건넨 건 그날이 처음이었다. 냉운삼冷雲杉이라 불리는 고원의 가문비나무는 가지마다 기다란 수염 같은 이끼를 주렁주렁 달고 있었다. 두텁게 낙엽이 깔린 검은 대지 위에 우뚝 서 있는 가문비나무는 위압적이었다. 그날 선택된 거한들은 산을 내려가야 한다. 거한들은 그 산의 세월이므로 산에서 그들을 불러낸다는 것이 두려웠다. 체링은 머뭇거리다 엉뚱한 소리를 했다.

"내려가고 싶은 이들이 없는 것 같은데요."

아버지는 창을 들이키며 슬며시 웃었다. 체링은 그 웃음을 안다. 아버지가 가장 흡족할 때 보이는 웃음.

"대답이 없으면 네가 좋아하는 이들을 골라봐라. 크긴 하지만 이제 서 있기 지친 이들도 있을 거다."

그날 아들이 고른 나무마다 아버지는 하나하나 하얀 천을 둘렀다. 오래 산 거한들에게 허리띠를 매어주는 의례였다. 그리고 그루마다 합장하고 술을 따랐다. 아버지도 마시고 아들도 마셨다. 산을 내려가는 길에 체링은 수없이 넘어졌지만 창을 세 배는 마셨을 아버지는 끄떡없었다. 그저 가만히 아들을 일으켜 세워줄 뿐이었다.

그때 벤 나무는 삼 년 지나 강포단사 소법당을 중건할 때 쓰였다. 훗날 아버지가 미워지고 좋은 기억마저 별로 남지 않았을 때도 아버지가 넘어진 자신을 일으키던 그 숲을 기억할 때만은 눈가가 축축해졌다. 대들보에 걸터앉아 도끼만한 끌을 대고 망치질을 하던 아버지는 덩치에 걸맞은 위엄이 있었고 무엇보다 우아했다. 아버지는 조상 아니면 애인의 유골을 만지듯 나무를 만졌다. 어쩌면 체링은 아버지의 그 위엄을 미워했는지도 모른다. 지금 중년이 끝나가는 자신에게는 없는 것을.

체링은 서남민족대학 건축학원에서 공부하던 시절 여름 방학 때 지붕 목조 작업을 담당하던 아버지와 라싸 부근에서 한 달을 보냈다.

성정부에서 파견 나와 작업을 총괄하던 땅딸막한 중국인 기술자는 목수들에게 술을 먹이지 말라고 윽박질렀지만, 아버지는 아랑곳하지 않고 증류하지 않은 창을 들이마셨다. 중국인 기술자는 혀를 끌끌 차며 돌아다녔지만 술그릇을 빼앗지는 못했다.

티베트의 대목장들에게 1990년대 초반은 스쳐가는 황금시절이었다. 죽은 것들이 일어서고, 새로운 것들이 세워졌으며, 멀쩡하던 것들도 일찍 죽고 새로 태어났다.

그 시절, 좀 고지식해서 부리기는 어려워도 아버지처럼 큰 건물에 쓸 나무를 다루는 사람은 많지 않았으므로 아버지가 집에 있는 시간은 거의 없었다. 그런데 이 중늙은이는 1990년대 후반 더 이상 절 짓는 데 들어가지 않겠다고 선언했다. 기계작업이 늘어나서 술을 마시기 어려웠기 때문인지, 한 번도 벌어본 적이 없는 큰돈을 벌까 겁나서인지 알 수는 없었다. 대신 민가를 짓기 시작했는데, 그 시절이 아버지가 소위 자신의 '건축 철학'을 떠들고 다녀서 인기와 질시를 한꺼번에 받기 시작한 때였다.

아버지의 건축 철학이라는 것은 사실 단순했다. 티베트 전통 토담집의 모서리에 꼭 네 기둥을 추가로 세워야 한다는 것이었다. 사각형의 티베트 전통 토담집은 고원지대 최적의 건축이었다. 대부분의 재료를 바로 이웃에서 구했다. 흙, 자갈, 바위, 짐승 똥, 흙에 섞는 보릿짚, 붉은 안료와 외벽에 바르는 석회, 지붕용 판석, 틈을 메우는 양털은 모두 집터 근처에서 얻었다. 토담을 한 뼘씩 다져 올리고 무거운 목재를 들어 올리는 데 필요한 것은 오직 인내와 사람들의 땀뿐이었다. 웃음으로 참고 서로 돕는 것, 이것은 고원의 삶을 지탱하는 두 가지 요소다.

일 미터에 달하는 두꺼운 벽은 겨울의 혹한을 막아주었고, 널찍한 장방형 구조는 물건들을 수용하기 좋았다. 민가의 일층은 가축을 위해 내주고, 이층에서 사람들이 살고, 지붕에는 추수한 곡물을 저장했다. 가운데 자그마한 불단이 있고 난로도 있었다.

높다란 천장 덕분에 불을 피울 때도 공기가 쉬 건조해지지 않았다. 티베트 사람들은 이 집이야말로 짐승과 사람이 함께 살기에 더할 나위 없는 공간이라고 여겼다.

그렇지만 그 집은 지진대의 건물로는 약점이 있었다. 고원의 기후에는 강한 내구성을 자랑하지만 강한 수평 압력에는 약했다. 토담이 붕괴하면 지붕이 무너져 내렸다. 토담 안에도 목구조가 있었지만 붕괴를 완전히 막을 정도는 아니었다. 안쪽으로 약하게 경사진 구조의 토담은 일정 정도까지 견디다가 임계점을 넘으면 예고 없이 전체가 붕괴할 수 있었다. 아버지가 우려한 것은 바로 그것이었다.

아버지는 지진 복구 공사를 해본 후에 티베트 건축의 약점을 절감했다고 말했다. 탑공塔公 동쪽부터는 중국식 고건축이 많았다. 나무 기둥이 보를 받치는 건축은 고원에 어울리지 않았지만 지진에는 강했다. 아버지는 모서리에 기둥을 세우고, 긴 부재로 토벽을 안에서 지지하도록 하고, 그 위에 보를 올린 후, 나무끼리 결구를 만들어 결합하면 지진을 걱정할 필요가 없다는 주장을 펼쳤다.

냉정히 평가해서 지진이 없다면 그런 기둥과 복잡한 결구 구조물은 그저 공간 활용만 방해할 뿐이었다. 지진은 무시무시한 것이었지만 보이지 않는 먼 곳에 있었고, 비용과 시공 기간은 가까운 현실이었다. 돈 드는 재료들이 많아지고 젊은이들이 줄어들면서 고원에서 지어지는 건물들은 뼈대 없는 잡탕이 되어 옛 건물들보다 오히려 허술해지고 있었다.

아버지는 가족에 대한 의무감은 없는 주제에 건축에 관한 한 과도한 사명감을 갖고 있었다. 자기주장이 먹히지 않으면 그런 집은 지을 수 없다며 일을 포기했다. 그러나 여전히 티베트 전역에서 아버지를 찾는 특이한 사람들이 있었다. 롭쌍 도르지 셍게의 건축 철학이 싫더라도 그를 모른다는 것은 목수로서 격이 떨어진다는 것을 의미할 정도였다.

사실 아버지의 건축 철학을 반긴 이는 술집의 논다니들이었다. 아버지가 한 곳에 머무는 시간이 늘어날수록 여자들의 주머니는 두둑해졌다. 아버지는 술집 여자들이라면 가리지 않고 좋아했다. 라싸가 있는 시짱 지역으로 여행할 때 체링도 색줏집 여자와 술 마시는 아버지를 두어 번 본 적이 있었다. 어눌한 아버지가 한 마디씩 하면 그녀들은 떠들썩하게 맞장구를 쳤다. 물론 아버지의 호주머니에 지폐가 남아 있을 때까지일 테지만.

한번은 낙추의 길가 여관에서 아버지보다 열 살 정도 젊어 보이는 여자가 달뜬 표정으로 오른팔에 안겨 있는 모습을 보았다. 어머니 생각 때문에 화가 치밀어 올랐지만 두 사람 사이에는 남이 끼어들기를 주저하게 만드는 절박함이 있었다. 아버지는 오른팔에 안긴 여자를 마치 하얀 천을 걸던 가문비나무처럼 천천히 어루만지고 있었다.

아버지는 어쩌다 탑공의 집, 바로 이 집에 돌아오면 어머니에게도 그런 표정을 짓곤 했다. 체링은 그런 그의 표정을 볼 때마다 어머니에게 아버지의 비행을 발설하고 싶은 충동을 느끼곤 했지만 금세 입을 다물었다. 어머니 역시 고원 전체가 다 아는 오입쟁이 남편의 이야기를 당연히 들었을 터였다.

아버지와 어머니는 함께 지내는 동안은 언제나 같이 잠자리에 들었다. 술에 취해 있지 않을 때 아버지가 마루에서 어머니의 발을 씻겨주는 모습도 본 적이 있다. 어머니는 부끄러워 주위를 두리번거리면서도 옅은 미소를 짓고 있었다. 마지못한 듯 집 한 채를 지어준 것 빼고는 무엇 하나 남겨서 집에 들어오는 법이 없는 남편이었지만, 어머니는 아버지를 사랑했다. 체링은 그런 아버지를 증오했다.

강녕

강녕은 티베트인이 사는 가장 동쪽이자 한족이 사는 가장 서쪽에 위치한 교역 도시였다. 고원에서 나는 물품들과 저지에서 나는 물품이 이곳에 모인 후 사방으로 퍼진 좁은 길을 통해 다시 동서로 퍼져나갔다. 좁다란 계곡 안에서는 흘러가는 물줄기와 바짝 다가선 바위벽만 보이지만, 야트막한 언덕에라도 올라서면 동부 티베트의 거대한 설벽들이 도시를 둘러싸고 있는 모습을 볼 수 있다. 얼음 병풍 바로 아래의 계곡, 그러나 정작 그 얼음 병풍을 볼 수는 없는 곳이다. 마치 신은 사람을 내려다보고 사람은 신을 올려다볼 수 없는 올림포스산 아래 계곡처럼.

21세기 중국의 부富는 기어이 물을 거슬러 서쪽으로도 흘러

들어왔다. 부를 가진 사람들은 동쪽에 없는 것을 찾아 서쪽으로 몰려들었고, 그 결핍 목록에는 정신적인 것도 있었다. 그러나 그들이 이내 동쪽에 없는 것은 서쪽에도 없다고 결론을 내린 후부터 이곳에도 역시 동쪽의 방식이 적용되기 시작했다. 그 방식이란 꼭 두 가지로 요약할 수 있는데 돈과 오만함이었다.

강녕으로는 크게 세 줄기의 하천이 모였다. 하나는 남쪽의 거의 팔천 미터에 달하는 공가산 일대에서 흘러오는 유림하河였다. 다른 하나는 서쪽의 사천삼백 미터 가량의 절다산 산군에서 나오는 절다하였고, 또 하나는 북쪽의 대설산맥 주봉 야라설산에서 흘러오는 야라하였다. 세 하천은 모두 극히 좁은 협곡을 달리기에 물살이 거셌다. 고도가 겨우 이천오백 미터에 불과한 이 도시로 순식간에 몇천 미터의 낙차를 극복하고 포말을 일으키며 떨어지는 물의 양은 엄청났다. 이 물은 동쪽으로 흘러 대도하로 유입되는데 이 하천은 장강의 4대 지류 중 유속이 가장 빠른 강이다. 유량의 변동 폭도 엄청나서 비가 오고 설산에 눈이 내릴 때쯤이면 강물이 붉은색으로 바뀌어 하천 바닥을 긁으며 마구 달려갔다. 유림하와 절다하가 모여 달려 내려오는 하천을 강녕하라고 불렀는데, 이 강녕하의 동편에 자리를 잡은 것이 옛 강녕이었다.

수백 년 전 교역도시 시절에는 인구가 많아야 천 명이었지만 오늘날 이 도시의 인구는 십만이 넘는다. 동편의 산과 서편의 강

넝하 사이에는 폭이 겨우 백 미터 될까 말까 한 평지가 있는데 이 평지는 하천을 따라 남쪽으로 쭉 이어진다. 정상적인 상황이라면 이 도시의 인구는 만 명을 넘어서는 안 된다. 실제로 수백 년 동안 이 규칙은 지켜져왔다. 그러나 서부로 들어가는 길을 만들면서 조금씩 유입되던 동쪽 사람들이 어느 순간 돈을 좇아서 대도하를 거슬러 밀물처럼 올라왔다.

하천을 따라 하루가 다르게 건물들이 올라갔고, 수평으로 더 뻗어나가지 못하자 처음에는 건물의 높이를 올리더니, 그 다음에는 강변에 축을 쌓아 강폭을 줄였고, 그마저 여의치 않자 산을 깎아 평지를 만들었다. 산을 깎아 조그마한 평지라도 만들어지면 북경이나 상해에서나 볼 수 있는 고층 건물이 세워졌다. 하천에 옹벽을 쌓아 건물을 늘리는 방식은 유림하와 절다하가 만나 북쪽으로 흘러가는 구시가지에 적용되었고, 옹벽을 쌓되 주로 산의 능선을 깎는 방식은 유림하를 따라 새로 만들어진 강녕 신도시에 적용되었다.

이 도시가 자연과 인간에게 가한 압력은 이미 한계를 넘어서 있었다.

페마의 어법

아침은 아이들이 뛰어다니는 소리로 시작되었다. 사내아이 둘
은 손님을 보자 처음에는 고개만 까닥하더니 얼마 후 좋아서 소
리를 질러댔다. 뻰바는 이미 일하러 나가고 없었다. 뻰바의 아들
인 두 사내아이는 가가와 끼자라는 아명으로 불렸다. 가가가 아
홉 살, 끼자가 여섯 살이었다. 가가는 귀염둥이, 끼자는 강아지
라는 뜻이었다.

페마가 아침 차를 내오자 지우는 그녀와 대화를 나눴다. 페마
의 고향은 리탕현에서 육십 킬로미터 정도 떨어진, 강포공가 설
산 아래의 초원이었다. 북경의 티베트의학연구센터에서 일하고
있지만 곧 고향으로 돌아올 것이라고 했다. 지금은 며칠 뒤에 있

을 큰오빠의 기일 때문에 돌아온 참이었다.

집이 공사장 한가운데 있어서 주위는 온통 높다란 아파트였는데 경사면 위쪽에 대도가원이라는 십칠 층짜리 고급 아파트 단지가 있었다. 뻰바는 고향을 떠나와 야크 버터와 분유 판매 사업을 한창 추진하는 중이라 창고 겸 숙소로 이 집을 잠시 이용하고 있었다. 바로 옆에 새로 세워지는 아파트가 앞으로 그가 살 공간이라고 했다. 아이들의 어머니는 라싸로 순례 여행을 떠나서 한 달 후에 돌아오기에 북경에서 온 고모 페마가 아이들을 돌보고 있었다.

저녁에 페마가 불쑥 제안했다.

"리탕까지는 우리랑 같이 가요. 아이들도 학교를 쉬고 가족 전체가 가거든요. 여행단과 함께 가지 않으면 라싸는 못 들어갈 테니까, 우선 우리 고향으로 가봐요. 이곳 사람들은 라싸 순례 가기 전에 강포공가에 먼저 들러요."

지우는 어떤 제안도 받아들일 준비가 되어 있었다. 뚜렷한 목적지가 없었던데다 페마와 함께 간다는 게 썩 마음에 들었다.

"가족 여행에 제가 끼어도 될까요?"

지우가 머리를 긁적였다. 페마는 이국에서 온 지우를 처음 본 순간부터 가여움을 느끼고 있었다. 키는 그다지 크지 않지만 어깨가 다른 사람보다 거의 한 뼘이나 넓어서 어딘가 엉성해 보이는 이 남자는 항상 뭔가를 생각하고 있었다. 동쪽에서 온 사람이지만 눈이 그윽하고 얼굴이 커서 꼭 티베트의 태양 아래에서 오래 산 사람을 보는 듯했다. 아이 둘을 한꺼번에 안고 앉았다 일어섰다를 반복하며 힘자랑을 할 때는 좀 모자라는 소년 같았다. 골똘히 생각하는 모습을 보면 어떤 화두를 들고 이번에는 반드시 해결하고야 말겠다는 의지를 불태우는 젊은 중처럼 보이기도 했다. 그는 북경에서 보았던 한국인 누구와도 닮지 않았다. 페마는 이 사람의 마음으로 들어가보고 싶었다.

다음날 낮에 페마는 지우를 데리고 강녕 주위를 돌아다녔다. 강변을 걷다 오후가 되면 페마는 아이들을 돌보기 위해 집으로 돌아가고, 지우는 어둡도록 시내를 걷곤 했다.

예전에는 중국 상인들과 티베트 사람들이 만나 서로 물건을 바꾸던 도시가 지금은 완전히 중국인들의 휴양 도시가 되었다. 이곳에는 세 부류의 사람들이 있었다. 주위에 있는 명승지로 가기 위해 잠깐 스쳐 가는 사람, 해가 갈수록 커지는 도시에서 돈을 벌고자 새로 정착한 사람, 이곳에 오래 살았던 소수의 사람들. 그 소수의 사람들 중의 소수가 티베트인 상인들이었다.

지우는 어두워지면 돌아와 페마의 움직임을 살폈다. 대개 목적지를 향해 직선으로 움직이는 그녀의 몸짓은 단순한 타악기 소리처럼 기묘한 흥을 일으켰다. 그녀는 이 집의 주인이 아니다. 그러나 이 허름한 건물 이층의 기물 모두가 그녀를 위해 배치된 듯했다. 그녀는 물건들을 장악하고 있었다.

아홉 시가 되면 커다란 식탁 하나가 놓여 있는 이층의 거실에서 페마가 '강아지 둘'에게 책을 읽어주었다. 그녀는 목소리를 바꾸지 않고 미묘하게 속도를 조절하면서 한꺼번에 대여섯 명의 연기를 했다. 반시간 정도 읽어주면 아이들은 고모의 무릎 위에서 잠이 들었고, 페마는 잠이 든 아이를 안아 침실로 옮겼다. 미혼이라는 것이 믿기지 않을 정도로 그녀의 행동은 자연스러웠다. 아이들이 잠자리에 들면 차를 끓이고 탁자에 앉아 지우와 이야기를 나눴다.

"건물이 강에 너무 붙어 있어서 불안하죠? 리탕에서 돌아와 열흘만 있으면 새 창고로 물건을 옮겨요. 거기 좀 있다가 아파트로 들어가야죠."

뒤쪽으로 난 조그만 창문을 내다보면, 거대한 아파트가 기울어져 곧 덮칠 것만 같았다.

"왜 이렇게 강에 인접한 곳에 집을 짓는지 모르겠어요."

"땅은 없는데 사람들이 너무 늘었어요. 이곳을 거치지 않으면 서쪽 고원으로 가기 힘드니까. 요즘 서쪽은 난리죠. 산길이 차로 막힐 줄은 상상이나 했겠어요?"

"외지에서 오는 사람들이 엄청나게 불어났네요. 저도 이곳에 몇 번째 오지만, 더 이상 강녕에서 티베트를 떠올리기 힘들어요."

"더 서쪽도 마찬가지예요. 그 많은 사람들을 누가 막을 수 있겠어요."

"운전을 너무 무섭게 하더군요. 놀러 가는 사람들이 뭐가 그리 바쁠까요?"

"그냥 자신을 학대하는 사람들이죠. 당신은 서쪽으로 가는 특별한 이유라도 있나요?"

"큰 산을 보고 싶어서요. 늑대나 곰이 있는 산. 제가 늑대한테 빚진 게 있어서요. 혼자서 반성을 해야 할 것 같아서요."

지우는 말하면서 웃었다. '반성'이라는 말에 페마도 빙그레 웃었다.

"곰이 늑대를 괴롭혔다고요? 나도 반성할 일이 있어서 고향으로 가요. 북경이 너무 복잡하고 덥기도 하고요."

"당신은 저처럼 잘못을 할 사람으로는 보이지 않는데요."

페마가 또 웃었다.

"잘못을 하는 사람 안 하는 사람이 따로 있나요? 잘못을 안 하는 게 잘못일 때도 있잖아요."

그녀의 어법은 보통 사람과 달라서 이상한 여운이 남았다.

"잘못을 안 하는 게 잘못?"

"네, 앞으로 당신은 정말 많은 잘못을 할 것 같아요."

지우는 슬그머니 웃었다. 인생에서 계속 실험만 해도 된다면 얼마나 좋을까, 매번 새로운 결과를 기대하는 실험.

"그런데 의사 일은 왜 포기했어요? 나는 앞으로 그 일을 하고 싶은데."

"원체 그 방면에 소질이 없기도 했고, 역시 뭔 잘못을 했어요."

잘못이라는 말이 다시 나오자 페마가 활짝 웃었다.

"앞으로 당신 잘못 이야기를 들으면서 여행하면 되겠네요."

짐을 잔뜩 실은 버스는 잠깐 남쪽으로 달리다 신시가지를 지나자 서쪽으로 방향을 틀었다. 버스는 서쪽 절다산 능선을 향해 오르다 고개가 나오면 거친 숨을 내쉬었다. 언덕을 이리저리 비틀면서 오르자 왼쪽 하곡으로 삼나무 숲이 보였다. 모두 벌목한 후다시 자란 자식 세대였지만 벌써 숲이라 부르기에 충분한 만큼 자랐다. 다시 얼마를 가자 이제는 봄까지 눈이 쌓여 있기에 본시 식물이라고는 자랄 수 없는 봉우리들이 바위 몸을 드러내고 있었다. 봉우리 아래 계곡 가문비나무와 사철나무 군락 사이로 물줄기가 포말을 올리며 흘렀다. 더 지나 꽃이 진 고산 두견화 군락을 지나며 지우는 몇 해 전과 꼭 같은 감탄사를 내뱉었다.

절다산 고개를 넘을 때 페마는 불경을 인쇄한 얇은 종이 조각을 밖으로 던졌다. 뺀바는 말없이 앞만 응시했고, 사내아이들은 창밖으로 손을 내밀다가 아버지의 경고를 받곤 했다. 삼천 미터 이상의 고지에는 가끔 보이던 양떼도 거의 사라지고 야크 떼만 지나가는 차를 물끄러미 내려다보곤 했다. 잠깐 다시 낮은 곳으로 내려갔다가 해발 사천사백 미터의 고개가 다시 등장했다. 차는 오르락내리락 하다가 급작스레 고도를 낮춰 야롱강 계곡으로 향했다. 이끼 낀 절벽의 빈약한 기반에 매달려 있는 전나무들은 오직 세월의 힘을 두르고 둘러 아름드리로 자라나 있었다. 야강 雅江의 협곡은 그대로지만 건물들은 이제 시멘트 일색으로 바뀌었고 흐르는 물은 훨씬 탁했다.

버스는 몇 년 전처럼 터무니없는 가격에 엉터리 점심을 파는 식당 앞에 멈춰섰다. 음식을 가리지 않는 사람들조차 고개를 절레절레 흔들었는데 그곳에서는 여전히 점심을 팔았고 버스는 항상 그곳으로만 갔다.

페마는 지우에게 쌀밥을 두 번 퍼 안겼다. 지우가 손사래를 치자 페마가 나무랐다.

"우리는 지금 세상에서 제일 높은 곳으로 가는 중이에요. 여기서 못 먹으면 굶어야 돼요. 오늘은 좀 많이 먹어요."

페마가 보온병을 꺼냈다. 맑은 물에 소금만 넣고 끓인 송이탕이었다. 페마는 굵은 송이는 건져서 지우에게 넘기고 작고 먹기 좋은 것은 아이들 몫으로 남겼다.

페마가 젓가락으로 음식을 집어 밥그릇으로 넘겨줄 때마다 가슴이 두근거렸다. 불현듯 죄책감을 느낀 지우는 윤주를 떠올리려고 노력해보았다. 그녀도 가끔 음식을 집어주곤 했었다. 한 달도 지나지 않았는데 그녀의 얼굴은 이미 희미해져 있었다. 송이향과 두툼한 페마의 손이 주는 거부할 수 없는 현실감 때문이라며 애써 변명할 따름이었다.

식사를 마치고 사람들은 다시 버스에 올랐다. 고원이 넓어지기 시작하다가 야강을 떠나면서 다시 오르막으로 접어들었다.

의사의 길을 버리고 중문학을 공부할 때 지우는 수차례 이 길을 지났다. 그 시절에는 성도에서 라싸로 가는 길이 험하긴 해도 가로막는 것은 없었다. 가끔 설렁설렁한 검문이 있었지만, 그건 사실 운전사들에게 주는 휴식시간이었을 뿐 뭔가를 찾아내고자 하는 검문은 아니었다. 하지만 이제는 분위기가 예전과 달랐다.

아이들이 지우 곁으로 모였다. 가가가 티베트 말을 가르쳐주겠다고 나섰지만 따라하기 벅찼다.

"마오니우(야크), 약(야크)."

"야크?"

"야크 아니고, 약."

"약 아니고 야크?"

버스 안 사람들이 전부 따라 웃었다.

야강의 협곡을 벗어나면 스무 번 이상 꺾어야 오르는 커다란 언덕이 있다. 이 언덕에서 뒤를 내려다보면 첩첩이 이어진 산이 보이고 앞을 바라보면 완만하게 굼실거리는 고산 초지가 나타난다. 완전한 평원은 아니었지만 서쪽으로 갈수록 산의 경사는 완만해지고 봉우리는 부드럽고 넓어졌다. 손톱보다 작은 노란 꽃이 사천 미터 이상의 고지를 덮은 짧은 풀과 어울리면서 도톰한 비단처럼 부드러운 색감을 자랑했다.

리탕 오십 킬로미터 지점에서 산은 훨씬 더 완만해지고 언덕마다 검둥이 야크들이 진을 치고 있었다. 완만한 언덕에 티베트어로 쓰인 새하얀 '옴마니반메훔' 진언의 건너편엔 중국어로 '중국공산당만세'라는 구호가 쓰여 있었다.

'예전에도 이런 글귀가 있었던가?'

지우는 그 구호가 생소하게 느껴졌다.

리탕 이십 킬로미터라고 쓰인 언덕에서 차들이 줄지어 멈춰섰다. 지우는 흔히 있는 교통사고인 줄 알고 대수롭지 않게 생각했지만, 뻰바는 창밖으로 고개를 돌렸고 페마는 옷깃을 여몄다. 지우가 물었다.

"무슨 일 있나요?"

"검문소예요. 서쪽으로 가는 차를 검사하고 있어요."

페마가 고개를 돌리지 않고 대답했다. 그녀가 처음으로 눈을 마주치지 않았다.

거의 삼십 분이 지나고 지우 일행이 탄 버스의 문이 열렸다. 군인 한 명이 올라와 모두 내리라는 신호를 했다. 스물 남짓한 승객들이 모두 말없이 내렸다. 한 명씩 장부에 이름과 신분증 번호를 기입하는 동안 다른 한편에서는 화물을 검사했다. 사병 한 명은 자동소총을 거꾸로 메고 있었고 장교는 권총을 차고 있었다.

지우의 차례가 되어 여권을 내밀자 병사는 말없이 여권을 들

고 임시 검문소 안으로 들어갔다. 다시 나왔을 때 다른 사람들은
등록을 마친 후였다.

권총을 찬 젊은 장교가 페마에게 물었다.

"일행입니까?"

"네, 친구예요."

장교가 다시 지우를 보며 물었다.

"티베트 경내로 들어가는 허가서가 있나요?"

"없습니다."

지우가 대답했다.

"개인 여행이 안 되는 건 아실 겁니다. 리탕 서쪽으로는 갈 수
없습니다."

"알겠습니다."

"그런데 리탕은 무슨 일로 갑니까?"

지우는 대답하지 않았다. 왜 가는지 그도 모르니까. 그러자 군
인은 여권을 돌려주며 자못 친절한 어투로 말을 건넸다.

"가을에 가시지. 요즈음은 비가 많이 오는데."

버스로 돌아오니 한 병사가 지우의 짐을 가리키며 풀라고 했
다. 푸는 중에 현각이 선물이라고 준 콘돔 상자가 나와 흠칫하며
페마 쪽을 흘끗 바라봤지만 다행히 그녀는 시선을 다른 곳에 두
고 있었다.

병사는 노트북만 들고 지우를 초소로 데리고 들어갔다. 사진

파일을 모두 열라고 했다. 노트북 안에는 윤주의 사진 몇 장, 강녕에서 아이들과 찍은 사진 몇 장, 그리고 페마와 찍은 사진이 한 장 있었다. 그들은 다른 것은 모두 무시하고 페마와 찍은 사진만 복사해서 이동식 디스크에 저장했다. 지우는 참을 수 없었다.

"무슨 권리로 내 사진을 함부로 저장하는 겁니까?"

"검문 규정을 읽어보시오."

"검문 규정? 남이 찍은 사진을 허락 없이 가져갈 수 있소?"

사병은 감정의 동요도 없이 사무적인 목소리로 답했다.

"읽어보시오. 압류 가능한 물품 목록. 노트북을 압수하지 않은 것을 다행으로 생각하시오."

왜 페마와 찍은 사진을 복사했는지 도무지 알 수 없었다. 하지만 사람들이 기다리고 있었다. 지우는 버스로 몸을 돌렸다. 버스에 오르자마자 문제가 생긴 것을 알아차렸다. 짐을 검사한다고 왕겨 상자를 휘젓는 바람에 오리알이 깨져 비린 냄새가 진동했다. 중국인으로 보이는 짧은 머리의 짐 주인은 항의 한 마디 없이 깨진 오리알을 버리고 있었다. 익숙한 페마의 목소리가 나지막이 울렸다.

"인민의 무장경찰이 오리알을 무서워하는 줄은 몰랐군요."

병사와 장교는 동시에 그쪽으로 얼굴을 돌리고 험한 표정을 지었다. 갑자기 병사가 흥분했다.

"당신 뭐라고 했어?"

병사가 새된 목소리로 내질렀다. 그러자 장교가 병사의 어깨를 거칠게 끌어 옆으로 밀치더니 페마 앞으로 다가갔다.

"페마 팔모, 당신은 여기서 나서지 마시오. 당신 같은 사람들 때문에 우리가 고생한다는 건 기억하시구요."

장교는 페마의 이름을 정확히 알고 있었다. 하지만 페마는 물러서지 않았다.

"먼저 오리알을 깬 것부터 사과하세요."

장교가 뭐라 대답하기도 전에 짐 주인이 황급히 나서 사천 사투리로 말했다.

"사과할 필요 없어요. 오리알 몇 개가 무슨 대수라고."

그가 오히려 페마를 말렸다. 사병은 여전히 페마를 노려보며 씩씩거렸다.

"감히 무장경찰에게 사과를 입에 올려?"

지우도 장교를 노려보며 느리지만 단호하게 말했다.

"사과 한 마디 하는 것이 그렇게 어렵습니까?"

하지만 돌아온 것은 저음의 위협적인 대답이었다.

"바보 자식! 저 여자가 누군지 알아?"

지우가 둘 사이에 끼어들자 페마가 지우의 손을 잡아끌었다. 페마는 지우의 손을 꽉 움켜잡고 뒤로 돌았다. 한참을 노려보던 장교와 사병이 내리고 나서야 버스가 출발했다.

가는 내내 페마는 아무 말이 없었다. 지우는 무슨 말이라도 건네고 싶었지만 차마 그러지 못했다. 리탕에 도착하니 밤이었다. 끝없이 등장하는 공사 구간과 그 구간마다 등장하는 '만인의 투쟁'이 누적되어 버스는 거의 언제나 연착했다. 차에서 내리자 페마는 풀이 죽은 지우의 옷깃을 바로잡으며 물었다.

"나 때문에 화났어요?"

지우는 황급히 대답했다.

"아뇨, 아뇨. 당신이 화난 것처럼 보여서요."

"화난 건 아니에요. 버스 안에서는 말할 수가 없었어요. 나중에 얘기해요."

터미널 밖으로 나가자 지프 한 대가 대기하고 있었고, 그 옆에 있던 할머니가 앞으로 달려왔다. 페마를 보자마자 달려와 눈물을 훔치는 이는 그녀의 어머니였다. 지프는 사촌동생의 것이었다. 어머니가 말했다.

"오늘은 사촌 천막에서 자고 내일 가자."

지프는 서쪽으로 몇 분을 달리다 왼쪽으로 방향을 틀어 밤바다 같은 모야 평원을 가로질러 달렸다. 아직 남아 있는 소 떼를 헤치고 도착한 곳은 허연 천막들 사이에 유일하게 서 있는 검은 모전 천막이었다.

천막 안에는 여러 사람들이 모여 페마를 기다리고 있었다. 차가 나오고 한참 기다려 어머니가 페마에게 뭔가 말을 했지만 지우는 알아듣지 못했다. 얼마 후 어머니가 지우에게 다가와 앉았다. 어머니는 지우에게 버터차를 권하며 슬그머니 목덜미를 만져보고 웃었다. 페마의 사촌이 수유차를 내오고 술 몇 잔을 권했지만 지우는 고소증이 두려워 마시지 못했다. 얼마 후 사촌 일가는 옆의 작은 천막으로 옮기고 지우 일행이 큰 천막을 차지했다.

지우가 아이들을 데리고 잠을 청할 때 어머니와 딸은 두런두런 이야기를 나눴다. 무슨 이야기를 나누는지 궁금했지만 피로를 이길 수 없었다. 심장이 두근거려 자다 깨다 하다가 아침을 맞았다.

심장의 허기

농사짓던 아버지는 왕빈이 장학생으로 유학을 떠나던 날 눈물을 흘렸다. 어머니는 누런 종이 뭉치 하나를 건넸다. 그 안에는 백 위안짜리 지폐 다발이 세 개 들어 있었다.

"장학생으로 가는 거잖아요. 돈은 따로 안 가져가도 돼요."

"장학금으로 미국에서 제대로 먹기나 하겠니. 먹는 것 챙겨라."

살찐 사람이 한 명도 없는 집에서 모을 수 있는 최대한의 돈, 세 뭉치. 왕빈은 깡마르고 뼈마디만 굵은 아버지의 손에서 돈뭉치를 건네받았다.

유학 생활은 허기의 연속이었다. 첫 몇 해의 허기는 아버지가 준 돈 삼만 위안을 기어이 지키려다 위장에서 생긴 것이었고, 박사과정을 마칠 무렵의 허기는 너무 빨리 달리다 사막으로 들어온 사냥꾼이 느끼는 심장의 허기였다.

UCLA 정도의 중류 대학 건축과에서 왕빈의 등장은 작지 않은 사건이었다. 러시아에서 망명한 후 이곳에서 학생들을 가르치는 나이든 알렉산드르 교수는 수업이 끝날 때쯤 언제나 "미스터 왕, 어떻게 생각하나요?" 하고 의례적이지 않은 질문을 던지곤 했다. 고지식한 왕빈의 대답이 끝나면, 교수는 그의 의견을 노트에 적곤 했는데 이 자그마한 '의식' 덕분에 왕빈은 건축과의 비공식적인 유명인사가 되었다.

왕빈의 석, 박사 학위 논문은 모두 미국토목학회보의 최우수 논문으로 선정되었고, 〈조적 건물의 내진 설계 최적화 모형 검토〉와 〈지진대 고층 건물 배치의 비교 연구〉가 연이어 출판이 결정되었다.

건축학 밖에서 왕빈은 거의 완전한 초보였다. 수영장에서도 길쭉하고 마른 몸이 부끄러워 물에 들어가면 나오지 않았다. 밤에 침대 위에서 토마스 만을 읽을 때 외에 그의 마음은 늘 공허했다. 유학의 목적은 물론 건축학을 배우는 의미조차 찾지 못했다.

그때 지금의 아내가 빈자리를 차지하며 등장했다. 빈곳을 강제로 차지할 듯 밀고 들어오는 그녀 앞에서 그는 무기력했다. 어느 젠체하는 인사들이 모인 파티에서 그는 그녀에게 붙잡히고 말았다. 왜 그녀가 왕빈에게 다가왔는지 지금도 알 수 없었다.

그녀는 왕빈만 모르는 유명한 여자였다. 이름은 소평素萍이었고, 동기들은 흔히 평평이라고 불렀다. 왕빈은 '하얀 개구리밥'이라는 그녀의 이름이 흥미로웠을 뿐 다른 호기심은 생기지 않았다. 소평은 유학생이면서 대저택에 가정부와 지배인을 데리고 살며, 그런 폼 나는 파티를 벌였다. 관심사가 아무리 달라도 중국인이라는 이유로 한껏 사람을 모을 수도 있었다. 그날 이후 그녀는 이미 귀국을 준비하는 그를 자기 차에 태우고 다녔다.

소평의 큰 침대에서 둘은 처음 관계를 가졌다. 소평이 먼저 옷을 벗고 왕빈이 따라 벗었다. 과도하게 긴장된 신경이 평정을 찾는 찰나에 가까스로 그녀 안으로 들어갔고 몇 숨 사이에 일은 끝났다. 새벽에 그녀가 다시 올라왔다. 왕빈은 이 여자를 사랑해야 한다고 생각했다.

귀국한다는 소식을 듣고 알렉산드르 교수는 여러 번 왕빈을 불렀다. 노교수는 충고했다. 귀국을 서두르지 말고 먼저 학생들을 가르치라고. 왕빈이 돌아가겠다고 완강하게 말했을 때 노교수는 반박하지 않았다. 왕빈은 누구를 가르칠 자신이 없었다. 모든 일에 확신이 없는 그에게 단 한 가지 확실한 것이 있었다. 의미 있는 일을 결코 찾을 수 없으리라는 확신.

캘리포니아는 그의 고향이 아니었다. 아버지의 집을 돌아가야 할 고향으로 여기는 것도 아니었다. 그런 구체적인 지명들이 싫었다. 지면 위 가상의 건축물들 속에서 걸어 다니는 것이 더 흡족했다.

귀향을 확정했다고 할 때 소평은 마치 처음 듣는다는 듯 되물었다.

"귀향? 사천으로 돌아가겠다고?"

"귀국해서 기술공무원직에 지원해보려고."

"기술공무원? 월급이 얼마인지는 알아?"

"알지."

"그곳에서는 사람이 질식해서 말라버린다고. 뒷돈을 받지 않으면 밥이나 제대로 먹을 수 있을까?"

"그래도 공무원만큼 받는 직업도 별로 없어."

"오퍼만 몇 개 넣어도 학교에 남을 수 있잖아. 여기서 건축사로 일하든지. 아니면 북경의 학교를 알아봐도 되고."

"누굴 가르칠 자신이 없어."

개개인의 말은 각기 다른 목표를 향해 달리는 직선이다. 수가 아무리 많아 봐야 영원히 서로 만날 수 없는 선들. 그 직선은 태곳적부터 실제로 서로 얽힌 적도 없고, 어떤 선이 굽어서 타협한 적도 없다. 너무 많은 직선을 보면서 사람들은 뭔가 굽혀지고 타협이 일어난 것처럼 오해할 뿐이다. 왕빈이 소평의 예술세계를 아직 이해하지 못하듯이 소평은 왕빈의 '비현실 건축학'을 이해할 수 없었다.

자유가 넘치는 미국 사회에서 공무원이란 하찮은 존재일 수 있었지만, 고향의 아버지에게는 여전히 대단한 존재였다. 누가 봐도 그에게 소평은 과분한 여자였다. 그녀를 원하는 사람은 많았다. 그녀가 결혼을 위해 왕빈을 따라 귀국하리라고는 상상도 하지 못했다. 그녀가 왜 그런 결정을 했는지 왕빈은 아직 이해하지 못한다. 다만 그녀가 그를 정말 사랑한다고, 그 또한 그녀를 사랑해야 한다고만 생각했다.

귀국과 결혼. 그 뒤로 일 년이 못 되어 그녀의 긴 여행이 시작되었다.

데키건축연구소

1998년 여름, 체링은 건축 현장에 있었다.

마을 절간의 곁채 대들보를 올릴 때였다. 아버지는 밖에서 방향을 잡으며 일꾼들에게 워이워이 지시를 했다. 대들보가 올라가는 순간의 아버지는 언제나 진지했다. 대들보를 벽에 걸치면 아버지는 창을 한잔 들이키고 올라가 결구를 맞출 것이다. 그날은 예상대로 일이 진행되지 않았다. 올라가던 대들보가 벽에 걸렸고, 아버지는 도르래 쪽으로 뛰었다.

"피해! 피하라고!"

아버지가 도르래 사슬을 잡았다. 우악스런 나무토막이 땅을 후려치며 떨어질 때 아버지는 사슬에 한쪽 팔이 휘감긴 채 하늘로 솟구쳤다. 아버지가 떨어질 때까지 몇 분의 시간이 흐른 듯했다. 사슬에 감긴 아버지의 왼쪽 팔뚝은 너덜너덜했다. 산을 내려가는 일차선 도로를 달려 강녕에 도착했을 때 팔은 시커멓게 죽어 있었다. 벽에 부딪친 두개골도 금이 갔지만 아버지는 망가진 팔뚝만 처연히 내려다봤다.

이듬해 겨울, 눈이 많이 내린 날 탑공 동쪽의 도르지 라(금강의 고개)에서 아버지가 발견되었다. 건초를 가지러 가다 아버지의 말을 본 목동들이 이미 얼어서 굳은 아버지를 찾아냈다. 숲으로 들어가려다 술에 취해 말에서 떨어진 것 같았다.

성도에서 소식을 듣고 집으로 가니 아버지는 잠자는 듯 누워 있었다. 술에 취해 누워 있는 것처럼 얼굴이 발그레했다.

아버지는 언제나 천장天葬을 원했다. 독수리들이 자신을 하늘로 데리고 갈 거라고. 그렇지만 어머니는 눈이 많은 날 독수리가 잘 모이지 않는다고 걱정했다. 어머니는 아버지를 탑공사 화장터로 보냈다. 어머니는 아버지가 직접 지은 집 대들보 위에 가로로 재여 놓은 남은 목재를 화장 장작으로 쓰겠다고 고집했다. 체링은 형과 함께 사다리를 타고 올라가 반쯤 깎은 목재를 하나하나 들어 내렸다.

그날 대설산맥의 주봉이 장작의 열기 때문에 이리저리 흔들렸다. 마치 아버지가 하얀 산을 흔드는 것처럼 보였다. 어머니는 입으로 옴마니반메훔을 외면서 쉼 없이 눈물을 흘렸다. 그날 체링은 어머니가 탈수증에 빠질까 두려웠다. 그렇게 많은 여자와 남자의 사랑을 동시에 받는 이는 아버지가 마지막이었다.

화장을 마친 후, 어머니는 대설산맥이 바라보이는 집 마당에서 조용히 말했다.

"라싸에도 그렇게 힘센 목수는 없었다. 예전 남자들은 다 뜨내기였어. 여자들이 주인이었지. 나는 네 아버지 말고 다른 남자는 싫었다."

체링은 아버지와 다른 사람이 되고 싶었다. 가정을 내팽개치고 논다니들과 놀아나는 한량이 아니라 언제나 든든하게 가족의 대들보가 되길 원했다. 하지만 나무를 어루만질 때 아버지의 모습, 그 모습 때문에 아버지를 완전히 떠날 수 없었다. 반쯤 취한 아버지가 허허 실없이 웃으며 나무 위에 걸터앉은 모양은 자못 관능적인 인상도 풍겼다. 시커먼 아버지가 벌거벗고 커다란 나무와 사랑을 나누는 듯했다. 아버지가 나무처럼 커지고 나무가 활처럼 몸을 구부려서 사랑을 나누는 모습.

가문비나무 껍질을 벗기는 아버지의 모습은 새하얗고 거대한 다리를 가진 수줍은 여인의 옷을 벗기는 듯했다. 아버지는 언제나 허리부터 온몸을 움직이며 나무를 다뤘다.

체링은 서남민족대학에서 '농업－목축－상업 복합 생태도시 모형 연구'라는 주제로 박사학위를 받은 후에 티베트인 친구 둘과 힘을 합쳐 데키건축연구소를 세웠다. 그들의 자본은 주로 은행과 아버지에게 집짓기를 맡긴 티베트 장로들, 특히 장인에게서 나왔다.

성도와 강녕시 양쪽 모두에 사무실을 두고 있었기에, 강녕시에서 주목하는 중점회사이자 티베트 건축문화 전수단위로 지정되기도 했다. 강녕 사무실을 열 때 어머니는 눈물을 훌쩍였고, 아버지를 기억하는 사람들은 모두 아버지의 체격을 언급했다.

"롭쌍의 아들이야. 롭쌍처럼 큼직하구먼."

출가한 형님은 야크 머리에 하얀 천을 감아서 선물로 주고 덕담을 하고 갔다.

"네가 이제 아버지의 얼굴이구나."

체링은 형의 말처럼 아버지의 얼굴 따위는 되고 싶지 않았다. 자신의 이름 앞에 붙는 '롭쌍의 아들'이란 타이틀은 트로피가 아니라 족쇄에 지나지 않았다. 그런 아들의 사정과는 상관없이 어머니에게 체링의 건축 사무소는 남편의 대를 잇는 무한한 자랑이었다.

사업을 구상할 무렵 아버지 친구의 딸인 지금의 아내를 얻어 결혼했다. 탕라산맥 아래 거대한 평원을 뒤덮고 있는 야크와 양 떼 사이의 천막에서 아버지의 친구이자 이름이 같은 셍게 아저씨와 사업 이야기를 나누고 있을 때였다. 그녀가 엉덩이에 하얀 반점이 있는 갈색 말을 타고 오더니, 가죽 저고리 안에 들어 있는 새끼 양 한 마리를 보여주었다. 아저씨가 딸을 쳐다보며 말했다.

"체링, 기억하니? 나는 얘를 설련雪蓮(눈속의 연꽃)이라 부르는데 행동은 꼭 사자 같지?"

그녀는 양을 꺼내 안으며 배시시 웃었다.

"아버지 이름이 사자(셍게)인데 딸도 사자라고요?"

"사자 새끼니까 사자지?"

셍게 아저씨는 딸에게 체링을 소개했다.

"여기는 롭쌍 아저씨 아들 체링이다. 신출내기 건축가. 여기는 데려갈 사람이 없어서 야크를 키우는 탕라 노처녀고, 하하하."

체링은 물론 그녀를 기억했다. 아버지를 따라 낙추에 갔을 때 그녀는 오리처럼 꽥꽥거리며 야생화를 따러 다니던 코흘리개였다. 지금은 봉긋한 가슴에 얼굴이 발그레한 미녀였다. 그녀도 체링을 기억하는지 부끄러움을 탔다. 그날은 검은 천막을 떠나 아버지가 지은 셍게 아저씨의 성城 같은 삼층집에 머물렀다. 낙추에서는 보기 드물게 큰 집이었다.

그녀의 본명은 어떤 스님의 이름을 따라 장양 용시, 흔히 장양이라 했다. 하지만 체링은 그녀의 본명을 부른 적이 거의 없고 장인이 부르듯이 그냥 설련이라 불렀다.

"예전에는 여자아이를 멀리 떠나보내는 일이 없었지만 세상이 변했잖은가. 여자애를 언제까지 여기 두고 야크나 치게 할 수는 없잖아. 자네라면 데려가도 돼. 롭쌍의 아들이라면 내 딸을 줄 수 있지."

낙추를 떠나 돌아올 때 설련은 아내가 되어 따라왔다.

어머니는 그녀가 높은 곳에서 온 선물이고, 옮겨 심은 꽃이기 때문에 고이 보살펴야 한다고 말했다. 장인은 체링의 사업 자금으로 야크 오십 마리를 처분했다. 요즘 초원이 말라서 야크가 너무 많아 처분해야 한다는 너스레는 덤이었다.

"체링, 보내는 돈은 필요한 곳에 쓰고 갚을 생각 하지 마. 자네 아버지에게 주는 선물이야. 아버지를 뛰어넘는 건축가가 되길 비네."

체링은 아버지는 건축가가 아니라, 일개 부랑 목수일 뿐이라고 생각했지만 그것을 입밖으로 내뱉지는 않았다. 모든 것은 시간을 통해 증명될 것이고, 시간은 젊은 체링의 편이었다. 그렇게 데키건축연구소는 야크 오십 마리를 종자돈으로 탄생했다.

강녕에서 서쪽의 대초원으로 가는 길의 높다란 언덕 중턱에 있는 작은 계곡에서 아들이 태어나고 딸이 태어났다. 아내는 강녕하를 따라 현대식 건물이 줄지어 있는 시가지로 내려가기 싫어했다. 그래서 낙추와 같은 거대한 초원은 없지만 언덕 너머 대설산맥의 주봉들을 볼 수 있는 산등성이에 집을 지었다.

지금처럼 차가 많지 않던 2000년대 초반까지 집으로 갈 때면 설련은 언제나 아이 둘을 안은 채 말을 타고 계곡 아래로 마중 나왔다. 차로 언덕을 올라갈 수 있는데도 그녀는 항상 흰 점이

박힌 갈색 말 한 마리를 더 데리고 와서 체링에게 건넸다. 그녀
는 남편의 일과 상관없이 언제나 우유를 통에 넣어 쿵쿵 두드려
서 치즈를 만들고, 아침에는 향을 사르고, 아이들을 데리고 초원
의 버섯을 따고 산 마늘을 캐고 염소젖을 짰다.

장인우

　장인우는 요즘 들어 깊은 잠을 이루지 못했다.

　'예전에는 누가 엎어가도 모를 정도로 잠을 자곤 했는데….'

　시답잖은 소리만 해대는 아들 녀석 때문에 심란해서 그럴까, 잠이 너무 줄어서일까. 반세기 넘게 희미하던 그 얼굴이 자꾸 뚜렷이 떠오른다. 그 커다란 몸뚱어리가 무너지는 모습이. 정작 가까운 일들은 뿌옇게 안개가 낀 것처럼 자꾸 희미해지고 있었다. 요즘에는 어제 일도 생각나지 않았다.

　그 사람.

　검을 말을 타고 언덕 위에 홀로 나타나 몇 마디를 외치더니 장인우의 공병대를 향해 달려들었다. 긴 머리카락을 풀어헤친 채

비명인지 고함인지 모를 소리를 내지르며 단숨에 비탈을 타고 내려왔다. 누군가 멈추라고 외쳤지만 그도 질주하는 말도 중국어를 알아듣지 못한 듯했다. 아니, 그렇게 산비탈을 내달리는 말은 멈출 수가 없다.

앉은 자세에서 소총을 뽑아 든 몇 명이 격발했지만 말은 그대로 달려들었다. 그는 오른손에 폭이 넓은 번쩍이는 칼 하나를 들고 있었다.

'그때 나는 멍청한 신참의 총을 빼앗아 그를 정확히 조준하고 쐈어.'

칼이 땅에 떨어지며 빛을 반사했다. 그는 허리가 푹 꺾인 상태에서도 말에서 떨어지지 않았다. 말은 계속 달려왔다. 말의 목과 가슴 사이를 겨누고 방아쇠를 한 번 더 당겼다. 대대 행렬의 십여 미터 앞에서 말과 사람이 한 몸처럼 무너져 내렸다.

그 사람.

말 아래 깔려 가슴에서 쏟아져 나온 피로 목 꺾인 말의 갈기를 붉게 물들이면서도 말에서 떨어지지 않았다. 나중에서야 그 사람이 허벅지를 안장에 묶어 두었다는 것을 알아챘다. 그때 대대장이 혼잣말로 뇌까렸던 소리가 아직도 귓가에 생생하다.

'용감한 반동 새끼.'

그때 장인우는 현기증이 나 잠깐 까무러쳤다.

최초의 살인.

말갈기와 뒤엉킨 사내의 기다란 머리칼이 선혈로 젖어들었다. 말 아래 깔린 그 사내의 얼굴을 보고 싶었다. 그러나 공병대는 시체 수습을 후열에 맡기고 그대로 진격했다. 그날 밤 사람도 없는 리탕의 사원을 향해 포탄 몇 발을 쏘기도 했다.

그 해 작전에서 사람을 향해 총을 여러 번 쐈다. 그 중 몇 발은 누군가를 맞혔을지도 모른다. 하지만 다른 죽음들은 기억조차 없다. 시체도 여럿 보았지만 자신의 총알에 맞았는지 확신할 수 없는 것들에 대해서는 책임감이 느껴지지 않았다. 그러나 최초의 살인이었던 사내의 얼굴은 똑바로 보고 싶었다.

말갈기와 뒤섞여서도 유독 검게 빛나던 젊은 사내의 머리카락. 고원의 바람 때문인지 비린내도 품지 않고 샘처럼 솟아나던 그 붉은 핏줄기. 덜 감은 두 눈 사이에 우뚝 선 그 긴 콧날. 미간은 돌에 찍혀 푹 꺼지고 피범벅이 되었지만 그 콧날만은 붉은 바다 위에 막 솟아난 화산처럼 우뚝이 서 있었다.

'용감한 반동 새끼.'

장인우는 희뿌옇게 밝아오는 창을 멀거니 바라보며 가만히 뇌까렸다.

마음속으로 들어가는 길

동티베트의 아침 고원만큼 심장을 두근거리게 하는 서늘하고 투명한 바람을 간직한 곳은 많지 않다. 해발 사천 미터 이상의 고원은 공기가 희박하여 매 시간 낮은 곳에 살던 사람의 심장을 압박하지만 폐로 들어갈 때마다 묘한 청량감을 안기기도 했다.

지우는 밤잠을 설쳐 핼쑥해진 얼굴에 휑한 눈을 하고 천막 밖으로 나갔다. 갓 어둠이 걷혔지만 소 떼는 이미 서쪽 산 중턱까지 올라 느린 조각배 무리처럼 은은히 흐르고 있었다. 산꼭대기의 눈까지 다 녹고 6월의 초록색 풀이 온 산을 뒤덮었다.

호흡을 고르고 있을 때 페마가 다가와 양모로 지은 웃옷을 건넸다. 그녀는 훨씬 전에 일어나 버터기름이며 말린 고기를 챙기고 고향집으로 갈 여행을 준비하고 있었다. 우유죽과 차를 마시고 온 가족이 어제 타고 온 지프에 올라 리탕 사원으로 갔다. 지우는 이 절을 알고 있었다. 3대 달라이 라마의 이야기와 문화대혁명의 기억, 그리고 캄 게릴라들의 싸움에 관해서.

리탕은 해마다 승려들이 중국 지배에 항거하는 봉기를 일으키는 뜨거운 곳이었다. 군인들은 서쪽으로 가는 길 곳곳에 소대나 분대 단위로 모여 있었고, 군부대의 위병들은 끝에 가시가 달린 기다란 철봉을 들고 있었다.

도시는 완전한 혼돈이었다. 길은 모두 파헤쳐지고 곳곳에 완성되지 않은 시멘트 건물이 완성된 건물보다 많았다. 한때 평원 옆의 자그마한 목축 마을이었던 곳에 얼마나 많은 돈이 들어오고 있는지 금방 알 수 있었다. 갈등을 멈추는 것은 힘이지만 갈등을 녹이는 것은 돈이라는 중국인의 철학이 여실히 드러났다.

해마다 하늘 아래 첫 마을을 찾는 이들은 늘고, 라싸로 유람 가는 사람들은 캄에서 가장 높은 도시에 멈춰 숨을 골랐다. 리탕 사원이 없었다면 리탕은 그저 그런 마을로 남았을 것이다. 하지만 절은 도시의 중심이 아니라 그저 볼품없이 덩치만 큰 곳으로 바뀌어 있었다. 절을 한 바퀴 돌 동안 페마의 어머니는 쉼 없이 마니차를 돌리며 옴마니반메훔을 웅얼거렸다. 지우는 한 바퀴를 채 돌기도 전에 헐떡거렸다.

페마 일행은 리탕 사원 안으로 들어가지 않고 지프에 올라 집으로 향했다. 목적지는 강포공가 아래의 자그마한 사원 강포단사, 중국인들이 냉곡사라고 부르는 곳이었다.

리탕에서 한 시간 정도 서쪽으로 달려 해자산을 넘고 고개 하나를 넘으면 정면으로 강포공가의 주봉을 볼 수 있다. 손에 닿을 듯 보여도 강포공가는 아주 멀리 떨어져 있었다. 강포공가는 해발 오천 미터 무렵부터 풀 한 포기 키우지 않고 구름 위로 무심한 바위 얼굴만 내밀고 있었다.

사원 가까이 가면 산허리에는 온통 가문비나무와 전나무가 빽빽하고 하변에는 홍류가 갈대처럼 총총히 서 있었다. 절로 들어가는 너덜지대 사이사이 좁은 공간에는 눈향나무가 깔려 있었다.

차에서 내려 절로 걸어가는 동안 페마의 어머니는 스님들을 만날 때마다 축원을 드렸다. 절 아래로 신자들의 천막이 간간이 자리 잡고 있었는데, 오랜 시간 기도를 올리는 사람들이었다.

산의 주봉은 두께를 가늠할 수 없는 빙하를 이고 있었다. 산은 일반적인 극고산처럼 대칭형이 아니라 왼쪽은 정상까지 완만한 능선이 이어지고 정상에 닿으면 오른쪽으로 가파르게 고도가 낮아졌다. 그 거봉의 오른편에는 칼날 같은 대칭형의 봉우리들이 이어졌는데 그 봉우리는 너무 날카로워 정상의 바위는 그대로 드러나고 그 아래에 완만한 곳에는 빙하가 깔려 있었다.

그 주봉과 날카로운 봉우리들 사이에 사원이 있었다. 초여름이었지만 저녁 공기는 무척 차가웠고 지는 햇빛은 봉우리에 걸려 빙하를 붉게 물들이고 있었다. 멀리서 세찬 물소리가 들리고 무언가에 놀랐는지 토끼 몇 마리가 관목 숲에서 뛰어나갔다가 황급히 방향을 틀어 사라졌다. 이곳에서는 물과 얼음, 검은 숲과 하얀 빙하, 단단하고 무른 것, 밝고 어두운 것이 서로 선을 지키며 공존하고 있었다.

강포단사는 리탕 사원과 달리 우악스럽지 않았다. 과거에는 커다란 절이었겠지만 지금은 중건한 법당과 현대식 강단 외에는 이렇다 할 건물도 없이 소박한 모습이었다. 계단식으로 이어진 옛날의 터가 과거의 규모를 짐작하게 했다.

대불당 전면 입구만은 용을 새긴 기둥을 세워 웅장함이 살아 있었다. 불당으로 들어가자 늙어서 허리가 굽은 스님 한 분이 나와 어머니에게 하얀 천을 걸어주고 페마를 가볍게 안았다. 손녀를 대하듯 자연스러웠다.

페마는 과거의 수많은 활불들이 모셔진 법당에서 시간을 잊고 집중했다. 머리를 땅에 대고 잠깐 기다린 후 단정하고 힘차게 일어섰다. 지우도 자기 방식대로 절을 했지만 금세 심장이 아파왔다. 고산이라 조금만 움직여도 힘이 들었다. 지우의 이마에 맺힌 땀방울을 보고 페마가 쉬라는 눈짓을 보냈다.

절을 마친 후 페마와 노승이 함께 법당을 나섰고, 지우는 둘의 뒤를 천천히 따라 걸었다. 페마가 물었다.

"스님, 가루다[1]가 돌아올까요?"

노승이 웃었다.

"가루다는 서쪽으로 갔지."

"그럼 가루다를 기다려야 하나요?"

"페마, 우리 사는 땅이 어떻게 생겼는지 알고 있니?"

"네, 스님."

"그러면 됐다. 서쪽으로 가도 동쪽으로 온단다. 가루다를 데리고 왔니, 페마?"

말하면서 스님이 짓궂게 웃자 그녀도 따라 웃으며 대답했다.

"아뇨, 마하칼라[2]예요."

"타라[3]는 바람이고 마하칼라는 불이지만 모두 첸리시[4]의 다른 얼굴이다."

지우는 두 사람이 티베트어로 나누는 대화를 알아듣지 못했다.

"페마, 기억하렴. 마른 들판을 태우면 새싹이 난단다."

그녀는 대답하지 않았다. 늙은 승려가 말을 이었다.

"한때는 나도 자신감이 있었어. 하지만 요즘은 회의가 느는구나. 그래도 내게는 이 길이 맞는 듯해. 이곳에서는 죽을 때까지 뭔가를 생각할 수 있잖니?"

---

1)   거대한 황금 날개를 가졌다는 신화적인 새. 불교의 호법신 중 하나다.
2)   대흑천(大黑天)의 산스크리트어. 분노를 표상하는 관음보살의 화신으로 호법신이다.
3)   관음보살의 여성형을 이르는 산스크리트어. 동정의 화신이다.
4)   티베트인들이 관음보살을 이르는 말.

페마는 고개를 숙였다. 노승이 말을 이었다.

"세 부류의 사람이 있단다. 살아서는 죽음을 생각하지 못하는 사람들, 아마도 짐승과 가까운 사람들이겠지. 다음은 가끔 가까운 삶을 버리고 자신의 의지로 죽음을 택하는 사람들이 있지. 네 오빠가 그런 사람이었어. 하지만 나는 죽음을 두려워하지 않으면서도 삶을 택하는 사람이 최상이라고 생각한다. 페마, 나는 네가 어릴 적에 출가할 줄 알았단다. 하지만 출가할 수 있으면서 하지 않는 사람들 역시 최상이라고 생각한다."

페마는 고개를 숙이고 눈물을 흘렸지만 이내 훔쳐냈다. 절을 나서며 어머니는 소리도 없이 연신 눈물을 흘렸다.

사원 문을 나서자 앞으로 휘돌아 흐르는 물줄기 양쪽으로 넓은 초원이 펼쳐져 있었다. 지우 일행은 절 아래 야크를 키우는 친척의 천막에서 하루를 보낸 후 집으로 돌아가기로 했다.

천막 밖에 자리를 깔고 식사를 하며 지우는 불편한 그림자를 보았다. 분명 리탕 사원에서 두어 번 마주친 적이 있는 사내 둘이 멀찌감치 떨어진 곳에 자리를 잡고 앉아 있었다. 그들은 그다지 은밀하지도 않게 이쪽을 건너다봤다. 지우는 낮은 목소리로 페마에게 말했다.

"아침에 본 사람들인데요."

"보디가드죠. 우리가 요청한 적이 없으니 물론 무료구요."

그들은 누가 봐도 공안이나 군인처럼 보였다. 왜 저들이 이 가족을 따라다니는 것일까? 물어볼까 하다가도 페마의 심드렁한 태도에 말을 삼켰다. 검문소에서 군인들이 페마를 알아보았던 것과 연관이 있지 않을까 짐작할 뿐이었다.

날이 어두워지자 페마는 나무 없는 언덕으로 올라가자고 했다.

"여름에는 비가 없는 날이 많지 않아요. 요즘은 날이 맑아 별 보기가 좋아요. 고원의 밤하늘을 보여줄게요."

천막 몇 개가 세워져 있는 측백나무 숲 뒤쪽 언덕을 올랐을 때, 지우는 페마에게 늑대 고비 이야기를 해줬다. 하지만 유산된 진짜 고비 이야기는 하지 않았다.

페마는 말없이 지우의 이야기가 끝나기를 기다린 후 물었다.

"왜 그날 고비를 놔줄 생각을 했어요?"

"그날 고비가 나비처럼 날고 있었거든요. 우리 벽을 박차고 천장까지. 천장이 없으면… 벽이 없으면… 그 녀석이 날 수 있을 것 같았어요. 하지만 벽을 넘어뜨릴 힘은 없어서 자물쇠를 풀어줬죠."

페마가 싱긋 웃었다.

"늑대가 떠난 자리에 누가 찾아왔나요?"

한참을 기다린 후 지우가 대답했다.

"그 녀석의 자리는 그냥 두기로 했어요. 녀석이 돌아올지도 모르니까요."

건너편 능선에서 하얀 두견화 줄기들이 별빛을 반사하고 있었다. 하늘이 검다는 것은 착각이 아닐까. 이곳에서는 별 무리 사이에 어둠이 잠시 끼어든 느낌이었다. 불빛이 전혀 없는 고원에서 별빛은 멀리 뻗어 나갔다. 하늘은 얼음가루를 뿌려 놓은 듯 차갑고 밝았지만 불 꺼진 천막 몇 개는 어둠에 완전히 잠겨 있었다. 멀리 보이는 설산의 빙하는 별과 섞여서 흐릿하게 빛났다. 군데군데 돌이 박힌 커다란 눈사람이 누워 있는 듯했다.

"자유는 죽음과 가장 가까운 곳에 놓여 있는 별인가봐요."

페마가 말했다.

"사람들은 자유를 두려워하죠. 특히 남의 자유를."

"그 사람들, 경찰이에요. 우리를 따라다니던 사람들."

"왜 우리를 뒤쫓죠?"

"외국인이 민가에 묵을 수 없는 것 아시죠? 지금 안 건드리는 것을 보니 우리를 어떻게 엮어 넣으려나보네요."

그녀는 명랑하게 깔깔거렸다.

"두려워서죠. 우리가 오빠 같은 생각을 하는 줄 알고."

"오빠?"

지우는 페마의 다음 말을 기다렸다.

"오빠는 스스로를 태웠어요. 승려였죠."

지우는 아무 대답도 못 하고 페마를 바라보았다. 까무잡잡한 뺨 위로 별빛이 어른거렸다. 그녀는 지우를 똑바로 바라보며 말을 이었다.

"어떤 이들은 남의 마음으로 들어가지 말라고 가르치죠. 그러나 남의 마음으로 들어가지 않는 영혼은 자기 가죽 안에 갇혀 있는 포로 아닌가요? 그래서 남의 마음속으로 여행하지 않는 영혼은 말라비틀어지죠. 물을 벗어난 물고기처럼."

그녀는 이야기를 이어갔다.

"언제나 자유를 사랑하는 사람들이 제일 먼저 자유를 잃나봐요. 고비도 먼저 떠났잖아요. 오빠는 정치범을 풀어주라고 외쳤을 뿐인데."

두려움의 문을 열어야 자유가 보일 테지만, 자유롭지 않은 사람들은 문을 열기는커녕, 남들이 그 두려움과 맞서는 것조차 두려워한다. 그들에게 자유로 가는 문은 영원히 밀봉된 채로 그 자리에 있어야 한다.

"세상이 오빠의 자유를 감당할 수 없었던 거겠죠. 세상이 감당할 수 없는 사람들은 어쩔 수 없이 세상을 버리나봐요."

지우는 말을 뱉고는 이내 후회했다. 어떻게 그녀를 위로할지 몰랐다.

페마가 대답했다.

"원해서 자신의 몸에 불을 지르는 사람은 없어요. 그런 오빠에게 그들은 분열분자라는 이름을 붙이더군요. 죽음의 대가로 얻은 이름치고는 초라하죠?"

페마는 고개를 돌려 그를 빤히 쳐다보더니 고개를 숙였다.

"오빠는 안팎으로 어떤 분열도 없었어요. 나와 남을 구분하지 않으면 살 수 없는 분열주의자는 바로 그들이에요. 오빠는 언제나 다른 이의 영혼 속에 있었죠."

지우는 그녀가 지금 오빠의 영혼과 여행을 하고 있다는 것을 직감했다.

"나는 아무것도 몰랐어요. 북경의 사무실로 들이닥치더니 오빠가 무슨 일을 했는지 다그치더군요. 오빠가 이미 죽었다는 말은 하지도 않고요. 나는 아무 말도 하지 않았어요. 오빠의 마음은 나도 모른다고 했죠."

그녀가 숨을 고를 때 지우도 숨을 멈췄다.

"비밀이란 말하지 않을 권리라는 것을 그들은 이해하지 못했어요. 반드시 말을 해야 한다고 하더군요. 뭘 말하라는 거죠? 그 비밀은 나를 나답게, 우리를 우리답게 하는 마지막 징표가 아닌가요? 그런데 그들은 비밀을 다 말하라고 하더군요. 나는 결국 아무 말도 하지 않았어요. 비밀이 없는 영혼은 죽은 영혼이잖아요."

그녀는 어깨를 들썩이며 소리 없이 울고 있었다. 지우는 어쩔 줄 몰라 그녀를 감싸 안았다.

"가진 후에 버리기는 어렵나봐요. 오래전 중국군이 들어온 순간부터 벗어나기 힘든 그물 안으로 들어간 것 같아요."

지우는 자신의 말이 너무 방관자적인 것 같아 금방 후회했다.

"삼백 년, 아니면 인민해방군이 티베트로 들어온 몇십 년 전에 정복이 완성되었다고 보세요? 아니요. 진짜 정복은 지금부터 예요. 무수한 사람들과 그들의 무심한 힘이 이 고원의 얼마 안 되는 무력한 사람들의 허약한 삶을 덮고 있죠. 삶은 물론 죽음도 무의미하게 만들면서요. 가만히 앉아서 소멸되는 것보다 두려운 것은 없어요."

페마의 한숨이 뽀얀 구름이 되었다가 고원으로 흩어졌다.

"저도 소멸하고 있는 우리의 몸이 완전한 선도, 완전한 악도 아니라는 것을 알아요. 그것은 그냥 선악을 벗어난 전체죠. 하지만 그것이 타인의 재단에 의해 사라지는 것을 달갑게 기다릴 사람이 있나요? 오빠가 스스로를 태운 이유도 바로 그거였죠."

지우는 변명 아닌 변명을 했다.

"저는 티베트 사람들을 잘 모르지만 오빠를 조금은 이해할 수 있어요. 하지만 파도를 촛불로 막을 수 있을까요?"

역시 마음에도 없는 말이었다.

"나는 무섭지 않아요. 그저 고통을 느낄 뿐이죠. 느끼는 것은 무기력과는 달라요. 용기죠. 용기가 없으면 느끼기를 포기할 테니까요. 작은 촛불은 꺼지면서 파도를 느끼지만, 거대한 파도는 촛불을 느낄 겨를 따윈 없을 거예요. 그래서 나는 촛불이 파도보다 용감하다고 생각해요."

"그저 자신만을 위하는 사람들이, 남의 고통은 모르는 사람들이 무수히 몰려온다면 맞설 생각인가요?"

페마는 가만히 고개를 끄덕였다.

"자신만을 위하는 사람은 정작 혼자서는 아무것도 할 수 없는 사람이에요. 마음을 자기 안에 가둔 사람들은 정작 용기가 필요할 때는 다른 사람에게 맡겨요. 나는 남에게 마음을 맡긴 사람은 두렵지 않아요."

"페마, 혹시 당신도 오빠의 길을 따를 수 있다고 생각하나요?"

지우가 물어보고 싶은 말은 바로 이것이었다.

"아니요. 나는 꼭 오랫동안 살 거예요. 반딧불이처럼 파도 위를 날 거니까 꺼지지 않을 거예요."

어둠 속이라 보이지 않았지만 지우는 빙그레 웃었다.

"자책하지 말아요. 당신이 고비를 죽인 게 아니에요. 자유가 죽인 거죠. 자유가 데려간 것은 자유가 거두겠죠."

지우는 자유를 얻지 못하고 사라진 늑대 고비보다 수만 배 더 자신을 억누르는 진짜 인간 고비 이야기는 차마 하지 못했다.

"나는 아직도 잘 모르겠어요. 생명이란 다른 것으로 변할 무한한 가능성이고, 자유는 그 수많은 가능성들 중의 하나에 불과한 것 아닐까요? 생명은 성스러운 것 아닌가요? 조건에 갇히지 않는 것. 그래서 상황에 따라 해칠 수 없는 것. 어쩌면 자유보다 큰 것."

"말하지 못하는 것이 있군요."

어둠 속에서 더 검게 빛나는 그녀의 눈빛을 보며 지우는 입 맞추고 싶은 충동을 느꼈다. 그녀의 질문에는 대답하지 못했다.

"당신 말이 맞아요. 하지만 성스러움도 용기와 같을지 몰라요. 나에게도 너에게도 속하지 않고 나와 너 사이에 있는 것. 나에게든 너에게든 더 가까이 가는 순간 깨어져버리는 것. 둘 사이에서 언제나 요동치며 둘 모두를 움직이는 힘."

그녀는 결론을 이야기하기 전에 숨을 한 번 고르는 습관이 있었다.

"내가 왜 당신과 함께 여행하고 싶었는지 알아요? 당신은 성스러워요. 나와 남 사이에 있으니까요. 모든 것을 남에게 넘기는 것처럼 모든 것을 스스로에게 짐 지우는 것도 용기가 아니죠. 세상은 1과 0이 아니잖아요?"

지우는 불에 덴 것처럼 놀랐다. 윤주를 1과 0 두 개의 선택지로 몰아넣었다는 자괴감. 정작 1과 0 사이를 추구했던 이는 윤주가 아니었을까 하는 부끄러움이 함께 몰려왔다. 페마가 주는 안정감과 위안은 물에 빠져 허우적거리다 디딤돌에 발을 올린 느낌이었다. 날이 더 차가워지자 둘은 천막으로 내려갔다.

페마의 하얀 집은 바람이 잦아드는 계곡에 자리 잡은 스무 가구 중 두 번째로 높은 곳에 있었다. 장나마을 계곡에서 서쪽으로 능선을 하나 넘으면 보이는 마을이었다.

계곡 양쪽으로 빙하가 내려가며 만든 완만한 능선이 자리 잡고 있었다. 그 능선으로 겉껍질이 벗겨지면 붉은 몸이 드러나는 이 지방 특유의 사스레나무 군락이 자리하고, 군데군데 나무가 없는 곳에는 야크 우리가 있었다. 사스레나무 군락이 끝나는 곳부터 산 정상의 너덜지대까지는 짧은 풀이 가득 돋아난 초원이었다. 나무 군락 아래의 계곡으로 가지 붉은 버드나무 숲이 있었는데 물은 그 사이를 넓게 퍼져서 지나갔다. 야크는 하곡을 지나면서 매일 버드나무 순을 깨끗이 먹어치웠다. 마을의 끝에서 봉우리가 서서히 높아지고 산 중턱 아래로 가문비나무가 우뚝우뚝 솟아 있었는데 바퀴 달린 물건은 더 이상 그곳으로 들어가지 못했다. 그 안에는 더 이상 민가가 없었다. 고도가 급히 높아져 강포공가 주봉으로 이어지기 때문이다. 겨울에 눈이 쌓이면 너덜지대의 산양이 계곡을 나와 마을 언저리에 산다고 했다.

넓은 마당 가장자리로 페마의 어머니는 온갖 꽃을 심어 놓았고, 텃밭에는 갖은 채소가 빼곡히 자라고 있었다. 뻰바가 사업을 하기로 한 후 이 큰 집은 페마의 사촌 내외와 아이들이 함께 살았고, 어머니는 방 한 칸을 따로 쓰고 있었다. 모서리마다 군데군데 파였지만 점판암과 진흙을 함께 써서 쌓아 올린 벽은 황, 백, 적의 세 가지 색이 오밀조밀 섞여 따뜻한 느낌을 주었다. 과거에는 창을 작게 냈지만 지금은 유리창이 보편화되어 창을 크게 여러 개 내었는데 붉은 안료를 먹인 창들이 벽의 골조 구실을 하고 있었다.

　고원의 집들은 겉에서 보면 그저 네모난 상자 같지만 그 내부로 들어가면 주인의 개성이 뚜렷이 드러난다. 집 중앙에는 사각형으로 깎은 한 자 반짜리 기둥이 자리 잡고, 그 기둥 위로 보 받침을 두어 개 정도 두어서 이층의 무게를 감당하게 만들었다. 대체로 소박하지만 보 받침만은 조각을 새겨 넣었다. 집 중앙에는 커다란 다목적 난로가 하나 있었는데, 솥과 주전자를 놓을 수 있는 구멍이 세 개 있어서 동시에 여러 가지 음식을 만들 수 있었다. 저녁이면 온 가족이 이 주위로 모여 이야기를 나누면서 밥을 먹었다. 화로 주변은 따듯해서 대개 노인들이 잠을 잤지만, 페마의 어머니는 집 끝에 있는 예배실 바로 옆의 창고로 쓰는 방에 침대를 놓고 잤다.

　사촌은 피부색만 빼면 티베트 사람이라기보다는 남방 운남성 사람에 가까웠다. 코와 입술의 선이 곱고 짙은 눈썹 아래의 둥근 눈은 안타까울 정도로 순했다. 아내는 그보다 얼굴이 크고 둥글었는데 목소리도 남편보다 훨씬 커서 집에 활기를 불어넣었다. 그들은 딸 셋에 아들 하나를 두고 있었는데, 아직도 젖을 먹는 네 살짜리 막내딸은 요정같이 예쁘고 활발했다. 마당으로 야크가 들어오면 꽥꽥 소리를 지르며 쫓아냈다.

　초여름이지만 비가 내리면 대낮에도 서울의 겨울이나 마찬가지로 추워져서 어린 야크 두 마리를 소 우리에서 길렀다. 우리

바닥은 건초를 가득 깔아 아늑했다. 페마는 집에 들어서자마자 능숙하게 야크 젖을 짰다. 새끼를 불러 잠깐 어미젖을 물려 젖 샘을 열고는, 어미의 두 다리를 묶어 움직이지 못하게 하고 착착 젖을 짜냈다. 생젖을 한 잔 떠서 몇 방울을 지우의 얼굴에 뿌리고 건네며 농담을 걸었다.

"이것 먹고 설사하는지 보자고요. 설사를 한다면 당신은 아직 어린애예요."

어머니가 다가와 페마의 어깨를 찰싹 때리고 눈을 흘겼다.

어머니는 개가 지우 곁으로 갈 때마다 커다란 목소리로 쫓아내며 지우를 향해 웃었다. 중국어를 한 마디도 하지 못했지만 '베이징(북경)'이라는 말만은 또렷이 발음했는데 아마 북경에서 온 자랑스러운 딸 때문일 것이다.

페마의 집은 양을 키우지 못하고 야크 서른 마리 남짓을 사촌에게 맡겨 키우고 있었다. 리탕에서 본 야크의 거의 두 배나 되는 몸집이었다. 젖소의 피가 섞이지 않은 진짜 고원의 검둥이들이라고 한다.

그녀가 어머니가 사촌과 사는 내력을 알려줬다.

"이제 시골에도 돈 들 일이 많아요. 그래서 옛날보다 더 열심히 일하다보니 다치는 경우도 많이 생기죠."

요즘은 한 번 다치면 가정이 주저앉는다고 한다. 예전에 마을에서 해결했던 것들을 이제는 다 돈을 줘야 얻을 수 있고, 도시에서 아이들 두엇 공부시키면 예전의 방식으로 일해서는 감당할 수가 없다. 여기는 주로 야크를 키우지만 리탕 가까이에 있는 마을들은 여름에 감자를 기른다. 경운기로 리탕까지 감자를 싣고 가서 다 팔자면 며칠이 걸리는데, 좋은 것은 한 근에 삼 위안 나쁜 것은 이 위안, 자투리는 겨우 일 위안이니까, 이천 근을 팔아도 오천 위안이 안 된다. 그거라도 팔려면 경운기하고 휴대전화가 있어야 하고 기름도 있어야 했다.

"사촌은 무라마을에서 리탕까지 경운기를 몰고 가다 다쳤어요. 마침 뺸바 오빠가 사업을 하고 싶다고 했을 때 어머니가 사촌을 이곳으로 들였죠. 다친 후 고리대를 쓰다 집이 넘어갔거든요."

돈을 빌려준 이는 같은 마을 사람이었다. 사촌의 얼굴에 살짝 걸린 어둠의 이유를 알 수 있었다. 그는 많이 절었고, 아픈 다리 때문에 성격이 예민해진 듯했다. 아이들은 하나같이 건강했다. 대개 말이 없는 그였지만 아이들이 밖에서 사온 물건을 망치거나 하면 거칠게 화를 냈다.

"집 한 채를 팔아야 아이 하나를 인도로 보낼 수 있어요."

수입이야 빤한데 집마다 아이들이 적어도 셋은 있으니 모두에게 물려줄 재산이 없다. 그래도 빚을 내서 아이 하나를 인도로 보내는 사람들이 많다고 한다.

페마가 화제를 바꾸었다.

"늑대 아저씨, 말을 한 번 타볼까요?"

"타본 지 너무 오래라서."

"내일 말 타고 늑대의 계곡으로 가봐요. 아직 그 놈이 있는지는 모르지만. 얼마 전에도 엄마가 소리를 들었대요."

앵화포자

아내의 전화기는 여전히 꺼져 있었다. 왕빈은 전화기를 던져 놓고 냉장고로 다가갔다. 얼마 있으면 짤막한 문자 메시지가 도착하겠지. 냉장고 문을 열어서 유통기간이 지나거나 썩은 음식을 정리하는 것이 그에게는 가장 의미 있는 주말 노동이었다. 상한 우유를 싱크대에 부으며 왕빈은 미국 유학 시절 매일 먹던 썩지 않는 가공유와 어릴 적 어머니가 항상 아버지 몰래 주던 염소 젖을 동시에 떠올렸다.

'이제 우유를 끊어야겠어. 버리는 것이 더 많아.'

날은 후덥지근하지만 습관대로 긴 바지를 챙겨 입고 이른 밤 산책에 나섰다. 망강루공원의 담을 따라 걸었다.

앵화포자櫻花包子.

망강루 뒷담 중간쯤 길 건너에 있는 열 평짜리 만둣집이다. 왕
빈이 거기에 멈춘 것은 평소의 습관 때문이었다. 그는 일정한 거
리를 걸으면 지친 몸을 가누며 되돌아갈 길을 확인이라도 하려
는 듯 주변을 두리번거리곤 했다.

그 많은 가게 중에 앵화포자 간판이 눈에 들어온 것은 붉은 글
씨에 붉은 바탕 일색인 거리에서 거의 유일하게 하얀 바탕에 까
맣게 손으로 쓴 자그마한 간판 때문이었다. 왕빈이 미닫이문을
열고 안으로 들어서자 젊은 여주인이 미안한 투로 인사를 했다.

"끝날 시간인데요. 원래 아홉 시면 문을 닫아서요."

겨우 이 미터 앞의 벽 정면에 걸린 시계는 아홉 시 십 분 전을
가리키고 있었다. 평소였으면 왕빈은 문을 닫고 나왔을 것이다.
그날은 거기에 앉고 싶었다.

"한 판만 주세요. 금방 먹을게요."

여주인이 고개를 까닥였다.

왕빈은 설화맥주라고 쓰인 앞치마를 두른 여주인의 얼굴을 다
시 보았다. 눈이 마주치자 얼른 고개를 떨어뜨렸다. 마치 영미를
보는 듯했기 때문이었다. 그녀는 영미보다 턱없이 가늘었다. 가
는 눈썹이 길게 옆으로 뻗어 있고 불거진 광대뼈까지 붉은 빛이
었지만 여자의 새카맣고 커다란 눈은 스쳐보아도 바싹 그러쥔
주먹처럼 다부졌다. 서른은 안 되어 보이는데 까맣게 튼 굵은 손

마디 빼고는 온몸이 자신처럼 가늘었다. 몸이 너무 가늘어 길지 않은 팔다리가 길어 보이는 여자. 커다란 날개에 비해 몸이 빈약한 잠자리 같았다.

"혹시 맥주 있나요?"

만둣집에서 맥주를 찾다니. 사실 왕빈은 맥주도 못 마셨다. 조금만 마시면 장이 더부룩하니 탈이 났다. 밤마다 진 청장의 술자리에 불려나가서 그런 알레르기가 생긴 건지도 모른다.

까무잡잡한 남자가 주방을 정리하다가 맥주 한 병을 들고 나와 식탁에 놓았다. 역시 광대뼈가 불거진 중키의 사내였는데 얼굴에 천진한 웃음기가 맴돌고 있었다.

"누가 만둣가게에서 맥주를 찾아? 마시려면 요릿집에 가야지."

그러면서 정작 자신은 손에 든 맥주병에 입을 대고 한 모금 마셨다. 왕빈에게 준 것은 자신이 마저 먹으려던 맥주인 모양이었다. 몇 분 후에 여주인이 미안한 표정을 지으며 쟁반을 가져왔다.

"남은 것이라 푸석푸석해요. 이제 정리할 시간이라서."

그녀는 대나무 시루를 놓기 전에 행주로 탁자를 한 번 더 닦으며 슬며시 미소를 지었다. 앉은키까지 큰 왕빈의 얼굴과 허리를 약간 숙인 여주인의 얼굴은 거의 같은 높이였다. 왕빈은 탁자를 닦을 때 튀어나온 여자의 하얀 쇄골을 보고 얼른 고개를 돌렸다. 그녀의 몸에서 식물 냄새가 났다. 향장목, 국화, 아니 만두에 넣는 다진 향채 같은 냄새였다.

그때 한 손에 맥주병을 든 사내가 맞은편에 앉으며 웃었다.

"아직까지 저녁도 안 드시고 뭘 하셨소?"

"주말에는 항상 좀 늦네요. 혼자 요릿집에 가서 먹기도 그렇고."

여자의 이름은 영영이었다. 그녀는 구부정하게 앉아서 만두를 입에 넣는 남자에게 눈길을 줬다. 앉아 있어도 올려다봐야 할 정도로 키가 컸지만 어깨가 꾸부정했다. 풀을 뜯으려 고개를 숙인 기린 같았다. 남자치고는 하얗고 곱상한 얼굴이었지만 입매는 굳게 닫혀 있었다. 영영은 그때까지만 해도 그 남자를 매일 보게 될 것이라고는 생각하지 못했다.

퇴근할 때 진 청장이 왕빈을 불렀다. 청장에게 왕빈은 나름대로 쓸모 있는 소품이었다. 그를 배경삼아 앉혀 놓고 자기 이야기를 하다 기술적인 문제에 부딪히면 그에게 질문을 던졌다. 진 청장은 공무원이라기보다는 훌륭한 비즈니스맨이었다.

그는 뒤탈 없는 사람과 뒤탈 없는 돈을 찾아내는 능력, 그리고 절정의 무대를 열기 전에 여러 소품을 활용하는 법도 확실하게 알고 있었다. 절정의 무대에는 절대 올리지 않지만 무대를 열 때는 항상 왕빈을 소품으로 이용했다. 왕빈은 탈 없는 소품이자 꽤나 쓸모 있고 말 잘 듣는 부하였다.

평소였다면 왕빈은 열한 시까지는 어색한 자리를 지키다 진 청장이 그의 '고객'과 더 대화를 원할 때쯤 취기를 핑계로 물러났을 것이다. 키다리 여자들이 가득한 룸살롱은 왕빈에게는 언제나 너무 추웠다. 이쯤 되면 청장은 왕빈을 잡지 않았다. 그의 진짜 고객들은 대화에서 전문용어를 별로 사용하지 않는 사람들이었다.

오늘 왕빈은 청장이 자신을 소품으로 쓸 것이라는 것을 알면서도 나름대로 단호하게 만날 사람이 있다며 거절했다. 진 청장은 놀람과 비웃음이 섞인 미소를 지으며 말없이 손짓으로 승낙했다. 그리고 다 알고 있다는 듯 음충맞은 미소를 흘렸다.

만둣가게 문을 열면서부터 왕빈은 안절부절못했다. 그런 그의 모습을 발견한 영영이 피식 웃음을 흘렸다. 그녀가 자기를 보며 웃자 왕빈은 아래만 바라봤다. 뭘 시켜야 할지 고민하고 있을 때 좁은 공간을 고루 울리는 부드러운 목소리가 들려왔다.

"찐만두요? 아님 국물이 있는 거요?"

왕빈은 반사적으로 머리를 들며 대답했다.

"찐 거하고 국물 있는 훈툰(중국식 물만두)하고 같이 주세요."

고민을 거쳐 나온 주문은 매일 거의 같았다.

그 말을 하는 몇 초 동안 왕빈은 영영의 눈을 바로 보았다. 말을 핑계 삼아 두 다리에 힘을 모아 그녀를 똑바로 봤다. 머릿수건 아래 동요 없는 갈색 눈동자가 자리 잡고 있었고, 붉은 얼굴에 언덕처럼 광대뼈가 솟아 있었다.

조바심이 났다. 오늘은 뭐라도 말을 해야 한다, 아무리 실없는 소리라도.

"오늘은 맥주를 안 먹으려고요."

말을 뱉어내고는 스스로도 어이가 없어 허탈했다. 맥주가 없는 곳에서 맥주를 안 먹겠다고 선언하다니. 영영은 만두 시루를 모으다 말고 주방에다 기별을 넣었다.

"오빠, 맥주 마실 친구 왔네요."

그녀의 입가에는 미소가 맺혀 있었고, 이내 왕빈에게도 비슷한 미소가 맺혔다.

'나는 배가 고파서 왔을 뿐이야.'

이런 것을 변명이라고.

'이건 죄가 아니야. 저녁은 먹어야 하잖아.'

잡념에 휘둘리던 왕빈은 영영의 옆모습을 바라보았다.

그녀는 손님이 떠난 자리를 정리하고 있었다. 소쿠리와 시루를 거두고, 식탁을 닦고, 그릇을 모아 능숙하게 주방으로 옮겼다. 앞치마 옆에 단 하얀 행주에 손을 닦고 머릿수건을 벗었다.

왕빈은 천천히 만두를 하나씩 입에 넣고, 반쯤 식은 훈툰 국물을 마셨다. 평소와 달리 허리를 꼿꼿이 세우고 음식을 먹었다.

"요즘 맥주 맛이 맹탕이에요. 그렇죠?"

맥주 두 병을 들고 온 영영의 오빠가 하나를 왕빈 앞에 놓고 자기는 맞은편에 앉으며 말했다. 왕빈은 어색하게 대답했다.

"네, 그런 것 같습니다. 사실, 저는 술맛은 잘 모르지만요."

하얀 이를 드러내놓고 싱긋 웃는 검은 얼굴의 남자는 자기 이야기를 늘어놓으며 가끔 왕빈의 동의를 구했다.

"일이 끝날 때 맥주 한잔은 해야지요."

그날 저녁 그들은 가게 문을 닫고 거리에 탁자를 내놓고 앉아서 다진 마늘 안주에 미지근한 맥주를 몇 병 마셨다. 에어컨 없는 가게 밖은 춥지 않아서 좋았다. 맥주가 달았다.

왕빈은 취기를 빌려 평상복을 입고 나온 그녀를 오래 쳐다봤다. 붉은 얼굴이 가로등에 반사되어 옅은 은빛을 띠었다. 그녀는 술을 마시지 못했지만, 남자 둘의 이야기를 가만히 들으며 내일 아침에 쓸 만두를 빚었다. 진 청장의 거짓말을 들어주는 것이 일상이 된 왕빈에게 만둣가게 안에서 하는 만두 이야기는 소소한 재미가 있었다. 그들은 곧 가게를 떠날 것이라 한다. 가겟세는 계속 올라가지만 만두란 이 세상에서 제일 싼 음식이 아닌가.

영영은 가끔씩 두 사람 사이에 끼어들어 이야기를 정리해주곤 했다.

"아침에 오륙십 시루, 점심나절에 오십, 저녁에서 밤까지 사오십, 하루에 만두만 거의 백오십 시루를 찌네요. 달랑 탁자 여섯 개가 전부인 가게를 매일 그렇게 많은 사람이 스쳐갑니다."

영영은 두 사람을 살폈다. 까맣고 짧은 얼굴과 허옇고 긴 얼

굴이 고개를 끄덕거리며 이야기하는 장면을 보다 문득 머리맡
에 곰 인형 한 마리가 있는 자기 침대가 떠올라서 놀랐다. 저 장
대 같은 사람이 눕자면 너무 짧은, 그러나 충분히 넓은 침대. 맥
주 몇 잔에 얼굴이 붉어진 남자는 다시 허리를 구부정하게 구부
리고 오빠의 말을 듣고 있었다. 시선이 마주치면 놀란 듯 허리를
펴고 가슴을 어색하게 내밀었다.

"많이 만들어서 많이 팔지요. 제가 좋아하지 않는다면 할 수도
없는 일이고. 한 달에 삼만 위안 벌어서, 가겟세로 오천 위안, 가
스하고 물 값으로 오천 위안, 재료비로 칠팔천 위안 남짓, 그래도
우리 둘이 만 위안은 버네요. 빚만 없다면 할만은 하죠."

한 명이 오천 위안. 오직 일요일 하루만 쉬는 긴 노동의 대가.
한 달에 몇천 명을 먹이면서 버는 돈. 진 청장이 크게 한번 접대
받을 때 마시는 술값의 반 정도다.

'빚만 없다면?'

왕빈은 문득 그 붉은 봉투 안에 얼마가 들어 있었을까 생각하
고 얼굴을 붉혔다. 영영이 불쑥 끼어들었다.

"나는 이 음식이 정말 좋아요. 국수 한 그릇 값이면 배불리 먹
을 수 있잖아요. 국수만 먹으면 몸에 나쁘대요. 만두는 국수보다
더 든든하니까 좋아요."

위로 들어간 만두가 맥주 가스와 섞여 부풀어 올랐다. 왕빈은
포만감 때문에 살짝 눈물이 나려 했다. 그때 영영이 만두소를 손

으로 만져보더니 조물조물 빚어 놓은 만두를 죄다 잔반통에 쏟아버렸다.

"날이 너무 더워 만두소가 상했어."

오빠가 어깨를 으쓱했다.

'그래 상한 것은 버리는 거지.'

왕빈은 그녀가 조금 더 좋아졌다.

"재는 항상 저렇다니까. 몇 푼이나 번다고⋯."

오빠는 남은 맥주를 입으로 털어 넣었다. 그것이 신호인 것처럼 왕빈도 자리를 털고 일어났다.

"다음에 또 오세요."

영영이 꾸벅 고개를 숙이며 인사를 건넸다. 왕빈은 망강루공원의 담을 그녀와 함께 걷고 싶었지만 입 밖으로 내지 못했다.

'그녀가 다시 오라고 했어. 나는 정말 배가 고프니까, 국수 대신 만두를 먹는 것은 당연하지.'

취기 섞인 머리로 되지도 않는 변명거리를 구상하며 망강루공원 담길을 휘적휘적 걸어 집으로 향했다. 금강 옆에 그의 아파트가 서 있었다. 감리 담당 엔지니어로 있는 그에게 이 아파트는 과분했다. 이 집의 주인은 아내였다. 엄밀히 말하면 그녀의 아버지, 즉 왕빈의 장인이 마련해준 것이었다.

정작 그녀는 아버지가 마련해준 아파트가 마음에 들지 않았는지 한 달의 반 이상을 여행지에 있었다. 이 공간의 '사용주'는 그였다. 집을 자고 먹고 씻고 쉬며 친근한 사람들을 초대하기도 하는 곳으로 정의한다면 그는 주인이 아니었다. 그는 정확히 욕실과 침실만 사용하는 손님이었고, 이틀에 한 번씩 와서 집안 곳곳의 시설을 다 사용하고 가는 청소부 아주머니가 진짜 주인이었다.

왕빈은 아내에게 전화를 걸었다. 수화기 너머로 바흐의 첼로곡이 들려왔다. 아내 전화기의 수신 대기음이었다. 곡의 강약이 두어 번 반복되었지만 그녀는 받지 않았다. 냉장고 문을 열어 오래된 맥주를 한 병 꺼내 마시고, 거실 소파에서 담요를 두른 채 잠이 들었다.

뚜뚜, 신호음이 울렸다. 벌떡 일어나 전화를 받았다. 아내 소평이었다.

"여보, 어디야? 며칠 동안 전화를 받지 않아서…."

수화기로 취기가 올라온 아내의 목소리가 들렸다.

"우리 여보, 자고 있었어? 내가 왜 당신을 따라왔는지 모르겠어. 바보같이. 그런데, 사랑해. 그리고, 곧 집으로 갈게."

술 때문인지 아내의 얼굴이 아무리 애를 써도 좀처럼 떠오르지 않았다.

쿤가 걀포의 방문

문천 대지진이 일어난 2008년 초여름 무렵, 성도 체링의 사무실에 쿤가 걀포가 찾아왔다. 그때 데키건축연구소는 고사 직전이었다. 몇 개의 프로젝트를 하고 있었지만 돈줄은 말라 있었다.

쿤가 걀포는 운남에서 대리석 광산으로 큰돈을 번 인물로 이제는 성도에 본사를 두고 티베트라는 이름이 들어간 건물들을 도맡아 시공하고 있는 사업가였다. 사천, 운남, 감숙, 그리고 티베트 자치구의 관리라면 그를 모르는 사람이 없었다. 티베트인 사업가로서는 유별나게 성공한 그는 당에서 차지하는 위상도 상당했다. 그가 가지고 있는 직함이 몇 개인지 전부 다 아는 사람이 없을 정도였다.

티베트 사람이었지만 왕 사장이라는 중국식 호칭으로 불렸고, 걀포[王]라고 부르는 이도 있었다. 어떤 사람들은 '운남 대리석의 왕'이라고 해서 왕 사장이라고 부른다고 했지만, 중국인 어머니의 성이 왕이기 때문에 그렇게 불리게 된 것이다.

체링은 방문 약속을 잡는 쿤가의 전화를 받고 그 정도 되는 거물이 무슨 이유로 궁벽한 곳의 중소 건축업자 사무실에 오겠다는 것인지 의아했다.

6월 둘째 주 금요일, 비가 추적추적 내리는 오후에 쿤가 걀포가 사무실에 나타났다. 화인주라고 불리는 어딘지 모르게 야살스럽게 생긴 회계사와 북경 말을 하는 늘씬한 여자 비서 한 명을 대동한 채였다. 체링은 겨우 다섯 명이 상근하고 있는 사무실이 유달리 초라해 보일 것 같은 생각이 들었다.

쿤가는 배가 약간 나오긴 했지만 어깨가 쩍 벌어진 남자로, 척 보기에도 강인한 인상을 풍겼다. 실제 나이는 오십 중반을 훌쩍 넘겼지만 잘 가꾼 얼굴은 체링보다 젊어 보였다. 짙은 눈썹과 굵은 턱 선을 빼고는 티베트 사람이라는 흔적도 거의 없었다. 하지만 그가 입을 열었을 때 나온 말은 티베트어였다. 의식적으로 사용하는 모양새가 드러나긴 했지만 꽤나 정중한 어투였다.

"안녕하십니까, 쿤가 걀포입니다. 실례를 무릅쓰고 찾아왔습니다."

차를 마시며 한담을 이어가다 방문 목적이 궁금해서 더 이상

참을 수 없을 때쯤, 문득 생각났다는 듯 쿤가가 말을 던졌다.

"롭쌍 도르지 셍게가 아버지시죠?"

"네, 저희 아버지를 어떻게 아십니까?"

체링은 적잖이 놀랐다.

"선배님입니다. 라싸에서 만났어요. 정말 유명한 목수였지요. 요즘은 아버님 같은 분이 별로 없죠. 그렇게 강한 분은 그 시절에도 드물었으니까요."

쿤가는 잠시 아버지의 이야기를 늘어놓고는 마지막 말을 툭 던졌다.

"사업은 신용이죠. 나는 믿을 만한 사람이 필요해요."

그 말을 끝으로 쿤가는 용건도 설명하지 않고 사무실 밖으로 나가버렸다. 마치 체링 정도의 인물이 자신의 제안을 거절하는 것은 있을 수도 없는 일이라는 태도였다. 여비서가 서둘러 쿤가의 뒤를 따랐다. 회계사 화인주가 그 자리에 앉아 설명을 이어 갔다.

"대강 짐작하셨겠습니다만, 왕 사장님께서는 체링 소장님의 데키건축연구소를 공가그룹으로 인수합병하길 원하십니다. 물론 소장님을 비롯해서 기존의 인력은 모두 채용이 보장됩니다."

화인주에게서는 회계사 특유의 빈틈없는 계산이 엿보였다. 체링은 본능적으로 화인주가 싫었다. 그가 제시한 조건은 나쁘지 않았다. 천만 위안을 바로 지급하여 회사 지분을 완전히 확보하고, 체링에게는 강녕 서쪽의 중요한 사업을 맡기고 싶다는 이야기였다. 소유권 확보가 목적일 뿐 경영에 직접 관여할 생각이 없다는 것도 덧붙였다. 한순간도 막힘없이 말을 늘어놓는 것을 보니 화인주에게는 이런 일이 익숙한 모양이었다.

"체링 소장님, 기회란 원한다고 오는 놈이 아닙니다."

'기회'라는 말이 심하게 거슬렸지만 체링은 지쳐 있었다. 체링만이 아니었다. 당시 사천성 북부를 뒤흔든 문천 대지진이 몰고 온 처참한 파괴의 여파로 대다수의 건축가들이 자괴감으로 지쳐 있었다. 즉시 입금될 천만 위안은 유혹적이었다. 그 돈이면 청산해야 할 대금들을 한 번에 해결하고 홀가분하게 다시 일에 집중할 수 있었다. 이 회사는 그의 자부심이고 독립의 상징이었다. 처음 시작한 이래 한 번도 실패를 생각한 적은 없었다. 체링은 앞으로 중국 소도시나 읍락 건축의 화두는 생태적 배치가 될 것이라고 믿고 있었기에 꾸준히 준비를 해오고 있었다. 그러나 생각하는 변화는 그렇게 빨리 찾아오지 않았고, 시대는 돈에 휩쓸려 거꾸로 가는 중이었다.

"저 혼자만의 회사가 아니라서. 동업자들과 협의하고 다시 말씀드리겠습니다."

"그렇게 하시죠. 그래도 결정에 너무 오랜 시간이 걸리지 않았으면 좋겠습니다. 제 발로 찾아온 기회란 놈을 놓치면 오히려 위기를 불러들이기 십상이죠."

체링은 그의 말이 제안을 거절하면 위기를 직접 만들어주겠다는 협박처럼 들려서 배알이 뒤틀렸다.

"그럼 긍정적인 답변 기다리겠습니다. 참고로 왕 사장님은 거절을 몹시 싫어하십니다."

당장에라도 호통을 치며 거절하고 싶었지만, 체링은 의자에 앉아 제 할 말만 하고 사라지는 화인주의 등을 멀거니 바라볼 뿐이었다.

동업자들은 대번에 천금 같은 기회를 잡아야 한다며 안달이 났다. 만성적인 자금 걱정을 해결하고, 다시 사업을 시작하면 된다는 것이었다. 특히 동업자인 툽텐 진파가 적극적으로 찬성하고 나섰다. 테키건축연구소가 갖고 있는 자산 대부분이 공정기술이나 설계와 같은 무형의 것들이니 합병된다고 해도 계속해서 독립성을 유지할 수 있다며 체링을 설득했다.

체링은 꺼림칙했지만, 결국 툽텐 진파의 의견에 따르기로 했다. 정말로 쿤가 걀포의 뜻대로 계약이 체결되었다. 그가 사무실에 나타나고 불과 사흘을 넘기기 전이었다.

은행 차입금은 공가그룹이 인수했고, 공동 명의와 개인 부채는 체링과 동업자들이 함께 청산하고 남은 자금을 나누었다. 체링은 남은 백만 위안을 들고 집으로 갔다. 그 백만 위안에는 여전히 장인이 보낸 야크 오십 마리가 들어 있었다.

한동안은 기존에 해오던 사업을 연장할 수 있었다. 일 년 후 공가그룹의 강녕 고층 휴양소형 아파트 건설 프로젝트가 시작되자 데키건축연구소는 강녕 프로젝트의 시행자로 전락했다. 공가그룹이 추진하는 프로젝트는 체링이 맡은 강녕 남쪽 유림하 하면에 각각 여섯 동으로 된 십칠 층짜리 리조트형 쌍둥이 아파트 두 단지 외에도, 공가산 연자구 계곡의 이백 실 규모의 관광호텔과 리탕 평원의 온천 관광 지역, 초원 민속촌 등 성도 외의 것만 일곱이었고, 성도에서 벌이는 사업은 셀 수 없이 많았다. 그에 더해 공가그룹은 문천 지진 재건 사업의 주 민간 사업자였다. 체링은 왕의 명령을 수행하는 유능한 신하가 되어 사방으로 뛰어다녔다. 체링의 시간은 천만 위안으로 왕에게 저당 잡힌 채 흘러갔다.

"사장님이 제일 잘 아시잖아요! 화인주 그 놈이 아니면 이런 짓을 할 사람이 없어요!"

니마가 선불 맞은 멧돼지처럼 설쳐대고 있었다. 마침 사무실에 아무도 없는 것이 다행이었다.

"무슨 말이야?"

체링이 보고 있던 도면에서 눈도 들지 않고 말했다.

"뚠주가 사라졌어요."

"어디 휴가라도 갔나보지."

"절대 그렇게 사라질 놈이 아니라는 것은 사장님이 가장 잘 아시잖아요!"

"연락을 해봤어?"

"휴대전화도 꺼져 있어요."

"그럼 화부장에게 물어봐야지. 왜 나한테 와서 이래?"

"그 자식은 뚠주를 만난 적도 없다고 딱 잡아떼고 있어요."

"그래서?"

"지난번 술집에서 뚠주를 만났을 때, 굉장히 흥분되어 있었어요. 뭔가 단단히 한몫 챙길 기회를 잡은 것 같은 느낌이었다고요."

"그게 뭔데?"

"모르죠. 하지만 사람이 느낌이란 게 있잖아요. 팍! 하고 오는 거."

체링은 잠시 침묵했다. 거기에 힘을 얻었는지 니마가 더욱 흥분해 침을 튀겨 가며 말했다.

"분명히 화인주의 뒤통수를 칠 수 있는 뭔가를 알게 된 것이 틀림없었어요. 그런 느낌이 파팟! 왔다고요!"

"그래서?"

"문제는 뚠주가 찾은 그게 뭔지를 모르겠다는 거죠. 그래서 화인주를 가장 잘 아는 사장님을 찾아온 거고요."

"나는 자네들이 하고 있는 일은 하나도 몰라. 화부장이 요즘 뭔 일을 하고 있는지 모른다고."

체링이 퉁명스럽게 대꾸했다.

"에이, 왜 그러세요. 화가 그놈이 어떻게 대금을 빼돌리는지 가장 잘 아시잖아요."

니마가 비릿한 웃음을 흘리며 너스레를 떨었다.

"화인주가 어떻게 돈을 빼먹었는지 아는 바 없어. 나는 그저 화부장이 돈을 주는 만큼 공사를 했을 뿐이야."

"알았어요: 그렇다고 하죠."

"그렇다고 하는 게 아니라, 실제가 그래."

체링이 아무리 단호하게 말해도, 니마의 입가에 걸린 웃음은 사라지지 않았다.

"알았어요. 그냥 대도가원 공사비 거래 내역만 다시 정리해주십쇼. 컨소시엄 건은 상관도 없습니다. 형님한테 피해가는 일 없이 깔끔하게 처리하겠습니다."

"나는 대도가원 공사만 끝나면 공가그룹을 떠날 거야."

"그러니까 형님이 더 도와주셔야죠. 화인주, 그 교활한 놈이 형님이 떠나는 것을 그냥 보고만 있을 것 같습니까? 잘못하면 놈이 싼 똥까지 뒤집어 쓸 수 있어요."

체링은 얼마 전까지만 해도 니마가 형님이라고 부르는 대상 중 하나가 화인주였다는 것을 떠올렸다.

"형님! 제가 돈 때문에 이러는 것 같습니까? 아닙니다! 놈이 제 동생을 죽였기 때문에 이러는 거예요. 지금처럼 어려운 때일

수록 티베트인 형제끼리 힘을 합쳐야 하지 않겠습니까? 형님도 죽은 동생을 위해 눈물 한 방울 적선하는 셈치고 도와주세요. 뜬주가 얼마나 형님을 믿고 따랐습니까?"

쿤갸 갈포 밑에서 궂은일을 주로 처리하는 다시 노르부에게는 두 명의 동생이 있었는데, 니마와 뜬주였다. 그 중에 뜬주가 좀 더 약삭빠른 면이 있었고, 니마는 쇠갈고리란 별명이 알려주는 것처럼 주로 뒤처리를 담당하고 있었다. 니마가 체링에게 와서 설치는 것은 배후에 다시 노르부가 있다는 뜻이었다.

다시 노르부와 화인주는 동전의 양면, 쿤갸 갈포의 음과 양이었다. 체링은 동전의 양면 같던 두 사람이 어떤 이유로 틈이 생겼는지 몰랐지만, 그의 입장에서는 나쁜 일만은 아니었다. 둘의 반목은 쿤갸 걀포의 사업에 틈이 생겼다는 뜻이고, 그만큼 체링이 빠져나갈 구멍이 커지고 있다는 의미였다.

그물을 잘라야 해.

체링은 손바닥의 땀을 슬그머니 바지에 닦고는 입을 열었다.
"좋아. 대도가원 공사비 거래 내역을 정리해주지. 누구나 대충 아는 일이잖아. 나머지는 자네들이 알아서 해. 나는 더 이상 끌어들이지 마."
"절대 형님한테 피해가 가는 일은 없을 겁니다!"

니마가 엄지손가락을 치켜세웠다.

"자료가 좀 꼬여 있어서 정리하려면 시간이 걸릴 거야. 다 되면 연락 줄게."

"알겠습니다. 대신 너무 늦지는 마십쇼!"

체링이 고개를 끄덕이자, 니마가 모자를 챙겨들고 서둘러 밖으로 나갔다. 그가 완전히 사라지고 나서야 체링은 이마에 맺힌 땀을 훔쳤다.

한참을 그렇게 앉아 있던 체링이 전화기를 들고 익숙한 번호를 눌렀다.

"오! 체링 소장님이 먼저 전화를 다 주시고. 무슨 일이십니까?"

목소리를 듣자마자 야살스런 상대방의 얼굴이 떠올라 체링은 이마를 찌푸렸다. 하지만 그의 입에서 나온 목소리는 어느 때보다 부드러웠다.

"화부장님, 안녕하십니까? 잠시 긴히 드릴 말씀이⋯."

그물을 잘라야 해. 그물눈을 하나씩 끊는 것이 아니라, 벼리를 잘라버려야 해.

아무도 없는 사무실에 체링의 나지막한 목소리가 한참 이어졌다.

댐

아직 지각운동을 멈추지 않은 산은 언제나 더 안정된 형태로 바뀔 용트림을 준비하고 있었다. 2008년 강녕에서 그다지 멀지 않은 문천에서 일어난 대지진은 단 몇 번의 흔들림으로 도시를 완전히 '멸망'시켰다.

강녕은 문천보다 훨씬 더 좁은 곳이지만 인구는 몇 배나 많았다. 산을 깎고 강을 좁혀 땅을 만들었고, 그 땅 위에서 사람들은 겹겹이 쌓여 살고 있었다. 강의 양쪽을 연결하는 교각 없는 다리들은 수십 미터 간격으로 이어졌다. 눈썰미 있는 감리인 한 사람이면 하루 만에 이 도시의 취약함을 모두 정리할 수 있을 것이다.

이제는 일상이 되어 누구도 주목하지 않지만 물은 한 시각도 쉬지 않고 하변의 옹벽을 침식하고 있었다. 십 층에 달하는 시 제1병원 축대의 화강석 덩어리들은 이미 수십 개나 떨어져 나갔다. 산을 깎고 유림하에 축대를 세워 만든 신도시의 뒤편에는 작년이나 올해 발생한 산사태의 흔적이 역력하고, 건물 때문에 어쩔 수 없이 한데 모여 유림하로 유입되는 물줄기는 벌써 오륙 미터 깊이로 땅을 파고 들어가 아파트 옹벽을 위태롭게 만들고 있었다. 유림하 서안에는 군데군데 토사에 반쯤 묻힌 건물들이 철거되지 않은 채 흉측한 모습으로 남아 있었다.

이 모든 상황이 앞으로 다가올 현상의 징후에 불과했다. 돈과 결합한 탐욕은 진행형이었고 갈수록 속도가 붙었다.

상대적으로 하천이 넓은 유림하 양변에는 터를 닦는 굴착기들의 굉음이 끊이지 않았다. 이미 서 있는 고층 건물 아래 또 다른 건물의 터를 닦고 있었다. 이 비상식적인 건축이 어떻게 허가가 나는 것일까? 터를 닦으며 나오는 토사를 강으로 밀어 넣고 강물에 씻긴 토사에서 나오는 골재를 건물의 재료로 쓰는 방식은 둥지도 털고 어미 새까지 잡은 묘안이었다. 강에 토사가 흘러 들어가고, 그 토사에서 골재를 채취하고, 그 골재로 또 건물을 만들고, 또 그 터에서 토사가 흘러나가고…. 강을 파서 돈을 번다는 토건업자들의 발상은 아시아 전역의 공통관념인 것 같지만, 강녕에서 그 진면목을 드러냈다.

더 놀라운 이야기도 있다. 처음에는 다른 목적이 있었겠지만 현재는 퇴적토 때문에 무용지물이 되어 오직 토사 채취용인 보洑가 버젓이 고층 건물 옆에 있었다. 거기다 다목적 댐이 등장한다. 상류의 협곡에 세워진 댐은 양편의 경사도가 거의 60도에 달하는 산록에다 콘크리트를 분사해서 산사태를 막는 장치를 해놓았다. 강녕이라는 도시는 언제 터질지 모르는 물 폭탄을 머리에 이고 있었다.

별의 눈물

햇살이 따듯해지자 페마는 말 두 필을 끌고 나왔다. 늙어서 그런지 뛸 마음은 아예 없어 소처럼 천천히 걷는 놈들이었다. 둘은 말을 타고 천천히 목장으로 올라갔다. 고원 목장은 고요한 것처럼 보여도 온갖 변화를 품고 있었다. 구름이 끊임없이 빠른 배처럼 초원 위를 흐르며, 그림자로 페마의 얼굴을 덮었다가 사라지곤 했다. 무거운 지우를 태우고 언덕을 오르는 늙은 말은 콧김을 거칠게 내쉬었지만 페마의 말은 사뿐사뿐 굽을 내디뎠다. 페마는 구름처럼 움직이고 지우는 구름에 끌려가는 그림자 꼴이었다. 그녀가 말 위에서 뒤를 돌아보며 말했다.

"목장이 메마르고 있어요. 나는 이곳으로 곧 돌아올 거예요."

"혼자서 가축을 키우려고요?"

대답 대신 그녀는 언덕 아래로 비스듬히 말을 몰았다. 앞 말이 뛰는 것을 보고 지우의 말도 마지못해 뛰었다. 떨어질까 두려워 지우는 고삐를 바투 잡았다. 그러나 달리는 말 위에서 몸이 자꾸 기울어졌다. 페마의 말이 크게 원을 그리고는 지우의 옆으로 따라붙었다. 그녀가 나란히 달리며 지우가 타고 있는 말의 재갈을 움켜쥐었다. 드디어 말이 멈춰 섰고, 지우는 뒤뚱거리며 균형을 잡았다.

"당신도 목동 소질이 있네요. 떨어질 때까지 울지 않는 걸 보니."

페마가 깔깔 웃으며 말에서 내렸다.

하얗고 갓이 둥근 땅 버섯이 소 똥 위에 가득 피어났는데 페마가 하나씩 따서 주머니에 넣었다. 관절염 약으로 쓴다고 했다. 비 내린 고원에는 노란색 꽃술을 달고 땅바닥에 잎을 완전히 누인 꽃이 지천이었다. 꼭 샤프란 같지만 술이 보랏빛인 꽃이 사이사이에 끼어 있었다.

말에게 풀을 뜯기면서 그들은 점심을 먹었다.

"우리 숲으로 들어가요. 어릴 때 저기에 늑대가 여러 마리 있었거든요. 그때는 양을 많이 키워서 가끔 내려오곤 했어요. 지금은 잘 내려오지 않지만 아직도 몇 마리는 있을 서예요. 여기가 중국에서 야생 영양이 제일 많은 곳이래요. 어릴 때 곰이 바위를 기어오르다 떨어지는 것도 봤어요. 곰도 떨어지면 아파하더라고요."

지우가 곰 흉내를 내며 아픈 표정을 하자, 페마가 웃음을 터트렸다.

점심을 마친 둘이 말을 타고 6부 정도의 능선을 따라 수평으로 이동하자 고원의 모습이 서서히 바뀌었다. 초지 대신 관목이 앞을 막자 말은 여러 번 와본 듯 계곡으로 내려갔다. 버드나무 사이로 한 시간쯤 올라가자 커다란 화강암이 구경꾼처럼 듬성듬성 자리한 곳에 가문비나무가 나타났다. 다시 한 시간을 올라가자 지우는 숨이 차올랐지만, 거대한 삼나무에 감탄하느라 고통을 잊었다. 그가 일했던 수목원에서 제일 큰 나무보다 훨씬 큰 가문비나무가 계곡을 가득 채우고 있었고, 물길마저 이 나무들을 피해 흐르고 있었다.

말에서 내리자 페마는 돌을 세 개 놓아 솥 다리를 만들고 넘어진 나무의 송진을 모아 불을 피웠다. 상처 난 나무 아래 땅을 파면 송진 덩어리가 나왔다. 그런 후 말린 고기를 꺼내고 말 엉덩이에 단 조그만 주전자를 꺼내 물을 끓였다.

"이제 당신이 왜 의사되기를 포기했는지 말해줄래요? 당신 혼자서는 돌아가지도 못할 테니까, 지금부터 취조를 받아야죠."

페마는 제가 한 말이 우스운지 계곡이 울리도록 깔깔댔다. 지우가 천천히 입을 열었다. 지우는 자신의 아이를 임신했던 여자에게도 들려주지 않았던 이야기를 시작했다.

　그 일이 일어난 날 군의관 지우는 일직사령이었다. 정확히 새벽 한 시에 일직사관이 헐떡이며 뛰어 들어왔다.

　"자살! 사병이 자살했습니다."

　무작정 그를 따라 달렸다. 막사 뒤 비닐하우스 건조장에서 체육복을 입은 사병 한 명이 옆으로 쓰러져 있고 넋이 나간 병사세 명이 내려다보며 안절부절못하고 있었다. 넘어져 있는 사병의 경동맥에 손을 댔다. 덜 감긴 눈은 흰자위뿐이었다. 경동맥에는 채찍으로 맞은 것 같은 붉은 압박 흔적이 뚜렷했다. 몸은 아직 따듯했지만 맥박은 멈춘 뒤였다. 지우는 그를 바로 눕히고 흉부를 여러 차례 내리 누른 후 입으로 공기를 세차게 불어넣었다. 반응이 없자 일직사관에게 인공호흡을 인계하고 자동심장충격기를 가지러 뛰어갔다. 보고 따위를 하고 있을 시간이 없었다. 충격기의 전류가 세차게 사병의 몸을 관통했지만 심장은 반응하지 않았다. 사병의 몸이 가망 없이 식고, 자신의 땀도 식을 무렵에야 지우는 제정신으로 돌아왔다.

　세 명의 얼굴을 둘러봤다. 그들은 완전히 사색이 된 얼굴에서 돌아와 이제는 뭔가 새로운 두려움에 빠져 있었다. 지우가 병장을 보고 물었다.

　"왜 내가 왔을 때 인공호흡을 하고 있지 않았지?"

병장이 머뭇거리자 지우는 생각할 겨를도 없이 커다란 손으로 뺨을 후려쳤다. 병장은 변명했다.

"오실 때까지 하고 있었습니다. 그 직전에 멈췄습니다."

지우는 주위를 돌아봤다. 건조대의 얇은 철근이 땅에 닿을 정도로 휘어져 있고 옆에는 병사용 허리띠가 풀어져 있었다.

"어떻게 된 일이야? 말해봐."

"오성호 일병이 목을 맸습니다."

"언제 발견했나?"

"이십 분 전쯤이었습니다."

"확실한가?"

"시계를 봤습니다."

"너희들 모두 여기 꼼짝 말고 있어."

일직사관에게 보고 조치를 취하게 하고 시신과 현장을 찬찬히 살폈다. 먼저 휴대전화를 꺼내 현장 사진을 열 장 정도 찍었다. 다음으로 오 일병의 옷을 걷고 사진 몇 장을 찍었다. 드러나는 외상도 없고 골절 흔적도 없었지만 분명 가슴 정면에 뚜렷한 피멍 자국이 두엇 있었다. 지우는 오 일병의 목에 난 상흔을 찬찬히 살폈다. 피가 배어 있었지만 조직이 괴사하지는 않았고 대소변도 없었다.

지우는 그들을 돌아보며 다시 물었다.

"오 일병이 여기 있다는 것은 어떻게 알았나?"

병장이 머뭇거리다 대답했다.

"근무 후 침상으로 복귀하지 않아서 알았습니다."

"그런데 왜 너희들 셋이 한꺼번에 모인 거야? 누가 처음 알렸나?"

다시 병장이 대답했다.

"제가 후임 둘과 찾아 나서서 발견했습니다."

"아무도 알리지 않았는데 찾아 나섰다고?"

그들은 대답이 없었다. 지우는 그들의 눈을 보았다. 생물학적인 두려움이 이성적인 두려움으로 바뀐 눈빛. 지우가 생각하기에는 단순 자살은 아니었다.

사십 분 후 대대장이 도착했고 다시 한 시간이 지나서 사단의 의무과장과 헌병이 도착했다. 그들은 사무적인 동작으로 시신을 관찰하고, 관련 사진을 찍었다.

대충 현장 검증을 마친 헌병 법의관이 지우에게 말했다.

"물증은 모두 나왔고 목의 상처도 확실하니까 자살로 봐야겠군."

지우가 되물었다.

"몸에 난 다른 상흔도 모두 보셨습니까?"

법의관이 조소를 흘리며 대답했다.

"이 분야에서는 확실한 것을 확인하느라 시간 보내는 놈들이 너무 많아. 허 대위, 자네도 의대 나왔다고 아는 척하는 거야?

지금까지 내가 본 시체가 몇 구인 줄 알아?"

법의관은 분명 심사가 뒤틀린 표정이었지만 상관의 체면 혹은 관대함을 과시하고 싶었는지 일부러 웃으며 지우의 어깨를 두어 번 두드렸다.

"원래 군대에는 못 버티는 놈들이 나와. 자연법칙이야, 그런 놈들은 치유할 수 없어."

그때 지우는 자신이 찍은 사진을 상관들에게 드러내지 않아야 겠다고 결심했다. 그는 최초의 사진을 깊숙이 간직했다.

군 법정에 서기 전 사단장이 지우를 두 번이나 불렀다.

"허 대위, 자네가 모두 책임질 일은 아니라고 본다. 일단 유서 가 나왔으니까, 가혹행위로 인한 자살로 봐야겠지."

가혹행위라는 말을 인정하는 것이 큰 선심이라도 쓰는 모양새 였다.

"군의관으로서 의견이 있습니다."

"허 대위, 법정에서는 사적인 의견을 개진하지 마라. 애들 미 래가 걸린 일이야. 일단 자네가 최초 목격자이자 의사로서 현장 을 검증했으니까 자네 말에 힘이 있어. 확인되지 않은 일로 창창 한 놈들에게 불리한 증언을 할 필요는 없잖아."

사단장에게 죽은 병사에 대한 연민은 남아 있지 않았다. 망가 진 부품은 새로운 부품으로 교체하면 그만이었고, 군대에는 가 용 자원이 차고 넘쳤다.

유서에 가혹행위자들의 이름이 등장했으므로 녀석들은 한데 묶여서 법원에 등장했다. 녀석들의 눈에는 두려움이 가득했다. 세 명은 자신들의 목줄을 쥐고 있는 지우를 애처롭게 바라봤다.

헌병 법의관은 질식사를 확신하고 있었다. 재판이 진행되어 지우의 차례가 되었고, 판사가 덤덤하게 질문했다.

"허지우 대위, 당시 현장에 갔을 때 오성호 일병은 이미 사망한 상태였지요?"

"네, 심장이 멎은 상태였습니다."

"현장을 제일 먼저 본 군의관으로서 직접적인 사인은 무엇이라고 추정합니까?"

"현재로서는 확신할 수 없습니다."

지우의 대답이 끝나자 군사법정이 술렁거렸다. 판사가 다시 물었다.

"오성호 일병이 허리띠로 자살을 시도했다고 보십니까?"

"그렇습니다. 하지만 군의관으로서 최소한 질식사는 아니라고 생각합니다."

몇 안 되는 사람들만 자리를 차지하고 있는 법정이 순간적으로 고요해졌다.

"근거를 말해보세요."

"저는 두 가지 근거를 가지고 있습니다. 우선, 건조대의 강관은 칠십 킬로그램의 몸무게를 지탱하지 못합니다. 현장 사진과 같이 강관이 지상 1.3미터 지점까지 꺾여서 내려와 있습니다. 이 상태에서는 두 발로 충분히 지지할 수 있습니다."

순간 숨 막힐 듯 무겁고 신경질적인 한숨 소리가 지우의 귀에 박혔다.

"두 번째로 얼굴이나 목에서 치사에 이를 정도의 울혈은 찾지 못했습니다. 허리띠 자국은 단정하고 또 별로 깊지 않았기 때문에 죽기 직전에 심하게 요동쳤다고 볼 수도 없었습니다. 목을 맨 경우라면 무의식적으로 요동치지 않을 수 없습니다."

그때 변호사의 이의 제기가 있었다. 그러나 판사는 그를 제지하고 지우에게 다시 기회를 주었다.

"그렇다면 다른 사인을 추정할 수 있는 근거가 있습니까?"

"확실한 근거는 없습니다. 다만, 숨진 오 일병의 복부와 흉부에서 타박상이 세 군데 발견됩니다."

"헌병대에서 제출한 검시 결과에는 타박상이 명확하지 않습니다. 그리고 가슴 부위의 타박상은 몸부림치는 상황에서 생긴 찰과상이라는 추정이 있습니다."

지우는 자신이 보관하고 있던 사진 세 장을 제출했다. 사단장도 모르는 사진이었다. 판사는 사진 세 장을 찬찬히 살폈다. 플래시 때문에 색이 약간 왜곡되었지만 가슴 부위의 선명한 타박상이 드러나 있었다.

"먼저 장기에 타격을 입고 출혈이 있은 후 자살을 시도한 것으로 보입니다. 질식사인지 장출혈인지 정확한 사망 원인을 특정할 수 없습니다."

진술을 마친 지우는 온몸을 덜덜 떨었다. 두려움 때문이 아니라, 순간적으로 재판관이 된 도덕적 번민 때문이었다. 유서에 등장하는 가혹행위 내역이 사실이라고 진술했으므로, 그들을 간접적인 살인자로 판결한 것이나 마찬가지였다.

하지만 재판의 결론은 자살이었다. 유서에 자살 암시가 아니라 반드시 자살하겠다는 의지가 담겨 있었다는 것이 이유였다.

지우는 남은 복무 기간 동안 배신자 취급을 받았다. 세 병사부모들의 투서가 몇 번이나 날아들었고, 헌병대는 그를 세 번이나 심문했다. 사단장은 술만 먹으면 지우가 있든 없든 '개새끼', '무책임한 새끼'라는 말을 입에 달았다. 판결이 자살로 확정된 이상 지우는 불행한 사병 셋을 살인자로 만들지 못해 안달한 인간이 되었다.

때로는 자괴감이 들었지만, 지우는 그렇게 진술할 수밖에 없었다.

세 병사들은 분명히 이십 분 전에 오 일병을 발견했다고 말했다. 그때라면 분명히 살아있는 상태였을 것이다. 지우가 일병을 발견했을 때 심장은 멎었지만 몸은 따뜻했다. 그 이십 분 동안 적절한 조치를 취했거나, 속히 의사를 불렀다면 살 수 있었을 것이다. 대신 그들은 아무 조치도 취하지 않았거나 뭔가를 숨기려

하고 있었다. 그들은 그 이십 분에 대해서 책임을 져야 했다. 하지만 그들은 법정에서 지우가 나타나기 몇 분 전에 오 일병을 발견한 것으로 말을 바꾸었고, 자살이라는 판결을 얻어냈다.

제대 후 그는 중문학으로 방향을 틀었다. 의사 지망생에서 땡중으로 변신한 동문, 현각의 영향도 있었다.

어느덧 해는 지고 고원의 공기는 매섭게 차가워졌다.

"나도 그날의 진실을 몰라요. 나는 그저 그들에게 진실을 말하라고 하고 싶었을 뿐이었어요. 사람이 죽었어요. 분명히 알아야죠, 왜 죽었는지. 우리는 모두 자신의 과거를 책임져야 한다고 생각했거든요. 하지만 나는 그 일 때문에 책임감이 없다는 소리를 들었죠. 나는 그것 때문에 떠다녔던 것 같아요. 기름처럼 세상 위를 떠다녔죠."

차가운 공기 때문인지 콧등이 찡해지며 눈물이 흘렀다. 페마가 소매로 눈물을 닦아주었다.

"지금 우리 오빠가 당신이 좋다고 하네요."

"뺀바가요?"

"아뇨, 큰오빠요. 오빠는 제게 이렇게 말했어요. 페마, 두려움을 바라봐, 몸을 비틀지 말고. 당신이 그런 사람이에요."

한참 기다리다 지우가 대답했다.

"아뇨. 나는 두려움에서 달아나는 겁쟁이에요."

"쓰레기 더미에서 나와 별로 달아나는 것은 달아나는 게 아니죠. 당신은 달아난 것이 아니에요. 더 가까이 간 거죠."

그녀가 지우에게 살짝 기대며 말했다.

"그 사람들이 말해요. 오빠가 스스로를 태운 것이지 자기들이 오빠를 태운 건 아니라고. 하지만 그 사람들 말은 사실이 아니에요. 당신 눈에 그들이 진실을 말할 용기가 없어 보였다면, 당신이 그렇게 증언한 것은 옳은 일이었어요. 당신은 책임을 다했어요."

지우는 책임을 다했다는 말을 들어본 적이 언제인지 가물가물했다. 어둠과 함께 부슬비가 내렸기에 그들은 산을 내려갔다.

밤에 지우는 여러 차례 비슷한 꿈을 꾸었다. 눈이 허리까지 쌓인 고원을 혼자 헤쳐가고 있었는데 왠지 눈이 차갑지 않았다. 그는 계속 길을 만들면서 산을 올라갔다. 그렇게 길 없는 길을 헤치고 가니 어떤 사람이 먼저 와서 기다리고 있었다. 그 사람의 얼굴을 바라볼 때 꿈이 깨었다. 다시 눈길을 가는 꿈을 꾸었지만 그 사람은 나오지 않았다.

아침에 눈을 뜨니 아이들이 마당에서 놀고 있었다. 비가 오자 지렁이들이 기어 나와 마당 가운데 콘크리트로 포장한 통로로 올라왔다. 하지만 다시 땅으로 돌아가지 못하고 긴 몸뚱이를 버둥거리고 있었다. 페마와 아이들은 지렁이를 한 마리씩 집어 그릇에 담아서 풀밭에다 쏟았다. 아이들이 깔깔대며 지렁이를 한 사발 들고 와 지우에게 건넸다. 실처럼 가는 것들이 꼬물거리다 물기가 덜 가신 텃밭에 쏟으니 이리저리 땅 속으로 사라졌다.

"오늘은 온천으로 가요. 노천 온천은 이제 이곳에서도 드물거든요."

온천이라는 말을 듣고 지우는 잠깐 페마의 알몸을 상상했다. 둘이 아침을 먹는 동안 뻰바는 먼저 나가 말에 돗자리와 작은 천막을 실었다. 지우가 뻰바도 가냐고 물으니 손사래를 쳤다. 아침식사 후 어머니의 배웅을 받으며 말을 타고 다시 가문비나무 계곡을 거슬러 올라갔다. 하루 만에 늙은 말의 속성에 익숙해진 지우가 안장 위에서 여유 있게 물었다.

"고향에 오면 계속 감시당하지 않을까요?"

둔한 지우도 밤낮없이 따르는 자들을 느끼고 있었다.

"감시하는 사람들이 힘들겠죠, 이렇게 말 타고 숲 속을 돌아다니니, 말도 없는 사람들 발바닥만 까지겠죠. 그렇지 않아요?"

지우와 페마는 함께 미소를 지었다.

"고향으로 돌아오지 못한 사람들이 수두룩해요. 분신할 때 오빠와 함께 있었던 친구는 지금 어디 있는지도 몰라요. 내가 그 가족을 돌봐야죠. 돌아오면 병원이나 보건소에서 사람들을 고칠 거예요."

세 시간 가까이 말을 탄 다음, 가문비나무가 덜 빽빽하고 간간이 풀밭이 자리한 계곡의 작은 능선에 도달했다. 비바람을 피할

쉼터처럼 낮게 돌을 쌓아 놓은 곳 위로 수증기가 무럭무럭 피어올랐는데 그곳이 바로 온천이었다. 이곳은 지구의 심장을 식히는 숨구멍이었다. 전나무 통을 파서 계곡물을 끌어들이지 않았다면 물은 살을 익힐 정도로 뜨거워질 것이다. 온천물이 땅에서 끊임없이 솟아나 아래로 흘렀는데 그 주위로 이끼가 가득 끼어 있고 물풀까지 돋아 있었다. 언덕 건너로 강포공가의 눈 덮인 봉우리가 하얗게 빛났다. 지우는 탄성을 내질렀다.

"어마어마한 곳이네요. 이런 곳은 한 번도 본 적이 없어요."

그녀가 뜨거운 물이 나오는 구멍에 계란을 쌓으면서 깔깔거렸다.

"자, 허지우 씨. 이제 과거의 잘못을 씻어내요. 몇 가닥은 남기구요. 너무 깨끗해지면 이 세상에서 살 수 없으니까."

자기 말이 우스운지 페마는 배를 잡고 웃었다.

"오후니까 찾아올 사람도 없어요. 마음 놓고 씻어요."

담요와 수건을 돌 위에 깔아놓고 페마는 시야 밖으로 사라졌다. 계곡물이 들어오는 전나무 홈통 아래에 자리를 잡고 지우는 천천히 몸을 씻었다. 미끌미끌한 온천수에 사지가 완전히 풀릴쯤 페마가 고개를 옆으로 돌린 채 다가와 말했다.

"너무 오래 씻으면 고소반응이 올 수 있어요. 이제 나와요."

몸을 닦고 밖으로 나가니 페마는 온천 옆 공터에 자그마한 하얀색 천막을 치고 그 안에 자리와 담요를 깔아 놓고 기다리고 있었다. 페마가 씻으러 나갔다. 지우도 서서히 고원의 희박한 공기에 적응하고 있었다. 두통이 약해질수록 그녀를 안고 싶은 열망이 커졌다.

페마가 덜 마른 머리카락을 대충 부여잡고 천막으로 돌아왔다. 북경에서 오래 생활했지만 여전히 뺨에 고원 태양의 붉은 상흔을 간직하고 있는 얼굴이 복숭아 같았다. 지우는 다시 숨이 막혔다. 페마는 지우의 마음은 아랑곳하지 않고 예전에 사람들이 불을 피운 그 자리에 잔가지를 모아 불을 붙이고 물을 끓였다. 많이 움직이면 숨이 차오르는 지우는 그저 소소한 것만 도울 수 있었다. 페마가 수유차를 만들고 보릿가루에 부어 손으로 조물조물 조그마한 경단을 만들어 지우에게 건넸다.

"곰처럼 생겼는데 숲에 들어오니 더 힘들어하네요. 외로우면 친구들을 불러줄까요?"

"아뇨. 거의 사람이 다 됐거든요. 친구들을 만나면 다시 곰이 돼요."

천막에 자리 둘을 깔고 누워 소소한 이야기를 나누다 이른 잠을 청했다. 지우의 숨이 고르지 않을 때마다 페마는 일어나 뜨거운 물을 따라주었다. 다행히 숨이 천천히 돌아왔다.

그날 새벽 지우가 깊은 잠에 빠져 있을 때 페마가 귀에다 속삭였다.

"당신에게 보여줄 게 있어요."

잠에 취한 눈으로 지우가 묻자 페마가 소리 없이 웃으며 "별의 눈물"이라고 속삭였다.

옷을 주섬주섬 챙기고 천막을 나가니 낮에 타던 말이 바로 앞에서 풀을 뜯고 있었다. 바람도 잦아드는 새벽, 어둠이 내린 계곡으로 물 흐르는 소리가 잔잔하게 들려왔다. 페마는 말의 앞뒤 다리를 줄로 묶고는 엉덩이를 찰싹 때렸다. 말은 어둠 속으로 사라져 풀을 뜯었다. 손전등을 끄고 모전을 땅에 깔았다. 마치 준비된 듯 부드럽고 짧은 풀이 난 천연의 침대였다. 그 위로 양가죽 웃옷을 깐 페마가 똑바로 누웠다.

"당신도 누워요. 오늘 하늘이 무슨 말을 전하는지 들어보자고요. 늑대가 나타나면 당신이 지켜주겠지요?"

"늑대는 여기 있잖아요."

지우는 농담을 던지고는 바로 후회했다. 언제나 중요한 순간에 이런 유치한 말이 나온다. 그녀가 깔아놓은 양가죽 옷 위에 앉았다. 굳이 올려다볼 필요도 없이 별은 사방에 깔려 있었다. 거대한 산 사이로 이어진 계곡 저 너머 지평선 가까운 곳에서 별이 올라오고 있었다. 별이 살아 움직이는 듯한 착각이 들었다.

지구가 별을 낳고 있어.

별이 지구의 자궁을 나서고 있어.

그때 페마의 목소리가 들렸다.

"소리가 들려요?"

"무슨 소리요?"

"별이 눈물 흘리는 소리. 오늘은 별이 우는 날이거든요."

그때 눈앞으로 새하얀 물체가 별 사이를 죽 긋고 지나갔다. 지평선 아래로 사라질 때까지 그 유성은 광막한 하늘을 가로질렀다. 이 유성이 사라지자마자 또 하나가 나타났다. 지우가 소리를 질렀다.

"유성우! 난생 처음 봐요!"

그녀가 나지막이 웃으며 물었다.

"소리도 들리나요?"

"소리는 안 들리는데요. 불타는 눈물이군요."

"맞아요. 불타는 눈물. 우리가 없어도 유성은 하늘을 갈랐겠죠? 그렇지만 우리가 같이 보고 있으니 의미가 남을 거예요."

페마는 고개를 돌려 지우를 보더니 이어 말했다.

"저 방향, 저 찰나에 사라지는 것을 함께 보는 수많은 사람들을 생각해봐요."

그녀가 그의 손을 잡아끌어 자기 가슴에 대고 눈에 입을 맞췄다. 지우는 현기증을 느꼈다. 피가 세차게 흐르며 혈관벽에 떨림을 만들었다. 그녀의 단단한 어깨를 한 손으로 감싸고 하얀 속적삼을 벗기자 희끄무레한 가슴이 드러났다. 그는 가슴에 부드럽게 입을 맞추면서 그녀를 뉘었다. 그녀의 엉덩이 아래에 양가죽 웃옷을 하나 더 깔았다. 뜨겁게 젖어 있는 그녀 속으로 지긋이 들어갔다.

그때 다시 유성 하나가 하늘 전체에 꼬리를 남기며 사라졌다. 고개를 들지 않아도 산 아래로 유성을 볼 수 있었다.

그녀는 입술과 혀마저 두터웠다. 잠시 고통의 시간이 지나자 그녀의 강인한 신체는 침착한 리듬을 회복했다. 고지의 옅은 대기 때문에 심장이 계속 아파왔지만 지우는 멈출 수 없었다. 그녀가 그의 팔을 잡고 애원했다.

"그만해요, 다치겠어요."

유성 두 개가 동시에 하늘을 가르는 순간 그는 몸을 뒤로 젖히고 뜨거운 것을 뿜었다. 멀리서 늑대인지 삵인지 눈에 불빛을 내는 짐승들이 이쪽을 바라보았다. 그녀는 재빨리 땀으로 흥건한 그의 등을 담요로 감쌌다. 지우는 러닝셔츠를 그녀의 단단한 허벅지 사이에 넣었다. 붉은 피가 하얀 속옷을 적셨다. 맑은 피 냄새가 그녀의 피부에서 나는 요구르트 냄새에 섞여 고원에 퍼졌다.

지우는 첫 경험인 페마를 거칠게 안은 것 같아 부끄러웠다. 하지만 부끄러움을 느낄 사이도 없이 격렬한 두통에 이은 심장의 격통으로 신음이 터져나왔다. 페마는 얼른 옷을 챙겨 입고 지우를 일으켜 세워 천막 안으로 들어갔다. 그녀는 두꺼운 옷을 지우의 몸에 덮고 보온통에서 뜨거운 차를 따라 먹였다. 그리고 지우의 심장에 손을 얹었다. 지우가 서서히 호흡을 회복하자 페마가 말했다.

"처음 봤을 때 알았어요. 당신이 심장을 별 사이에 감춰 놓은 사람이란 걸요. 그런 사람들은 밤이 되어야 빛을 내죠."

검은 땅과 그녀의 검은색 티베트 옷 추파를 구별할 수 없었기 때문에 그는 그녀의 하얀 적삼과 검은 머리카락이 거대한 대지의 눈동자가 아닐까 하는 착각이 들었다. 페마가 다시 침착하게 말했다.

"곧 떠날 거죠? 나와 함께할 생각은 없죠?"

그는 가쁜 숨으로 천천히 말했다.

"아뇨, 떠나지 않을 겁니다. 당신이 떠나라고 하지만 않으면…."

"그럼 나랑 같이 갈래요?"

그는 선뜻 대답하지 못했다. 유성 하나가 다시 하늘을 가로질렀다. 당장 네라고 대답하고 싶었지만 그는 주저했다.

"하지만 당신이 실망할 거예요. 나는 당신이 생각하는 그런 사람이 아니에요."

"내 실망은 당신 책임이 아니잖아요."

그녀의 심장, 그리고 그곳에서 나오는 말은 모두 지우에게 버거웠다. 순간 벅차게 행복했지만 왜 그녀가 먼저 고백하도록 만들었는지 부끄러워 견딜 수가 없었다.

"당신은 과분한 사람이지만, 나를 허락해준다면⋯."

그녀는 고개를 끄덕였다.

"당신이 어떤 사람인지 당신만 몰라요. 오늘의 일은 비밀로 간직할 거죠?"

지우는 고개를 끄덕였다.

"그렇다면 이제 당신과 나는 우리예요."

지우는 그녀를 끌어당겨 입을 맞췄다. 페마의 몸은 하늘거리지 않고 굵었다. 그 몸이 지우 자신과 더 잘 어울린다는 걸 깨달았다.

페마가 말했다.

"나는 어디든지 갈 수 있어요. 당신이 사는 땅으로 갈까요?"

지우는 고개를 저었다.

"내가 사는 땅은 당신이 살기에는 너무 낮아요. 당신은 고향에서 할 일이 있다고 했잖아요."

"그럼 여기서 야크를 키우면서 살까요? 저 아래 숲에 집을 하나 더 짓고 마을을 내려다보면서. 당신은 숲을 좋아하잖아요. 여기는 곰하고 늑대도 있어요. 당신은 여기서 글을 쓰고 나는 보건소로 나가요."

지우는 고개를 끄덕였다.

"도르지 스님이 그랬어요. 우리 오빠처럼 심장을 별에 둔 사람은 지상에 오래 머물지 못한대요. 당신도 오빠처럼 떠날까 두려워요."

"내 심장은 여기 있는데요."

지우가 페마를 가리키며 말했다. 페마는 부끄러워하며 그의 가슴에 손등을 댔다. 신열이 나고 심장이 마구 뛰고 있었다. 그녀가 울먹이며 말했다.

"미안해요. 날이 밝는 대로 빨리 내려가요. 몸을 많이 상했어요."

지우는 누웠지만 머리로 피가 몰려 잠이 오지 않았다. 해 뜰 무렵 우르릉 산이 무너지는 소리가 들렸다.

"빙하가 떨어지는 소리예요. 날이 따듯해지니까."

망강루공원

토요일 오전 열한 시 무렵, 왕빈은 앵화포자를 찾았다. 일주일
사이에 대범해진 그는 먼저 쾌활하게 인사를 올렸다.

"형님, 만두 반 시루하고 훈툰 국물 주세요."

영영 오빠의 이름은 태화였다. 이내 영영이 다가와 만두 시루
를 놓으며 슬그머니 핀잔을 줬다.

"키는 두 사람 몫인데 밥은 반사람 몫으로 먹겠다고요?"

왕빈은 대답하지 못하고 시루를 내려다봤다. 커다란 만두 열
개가 들어 있었다.

"형님, 손님들이 몰려들기 전에 산책 좀 해요. 그러다 반숙에
들러붙겠어요. 오늘은 일하는 아주머니도 있잖아요."

왕빈은 자신이 농담을 할 줄 안다는 사실을 최근에서야 깨달았다. 태화는 본인이 간다는 말 대신 엉뚱한 대답을 던졌다.

"네가 저 친구 데리고 산책 다녀와라. 저 친구가 바쁜 사람을 귀찮게 한다."

태화가 턱짓으로 여동생을 가리켰다. 영영이 오빠의 말을 핑계 삼아 왕빈을 따라 나섰다. 둘은 붉은 담장 위로 시커멓게 굵은 대나무 줄기가 쑥쑥 솟아난 망강루공원 담길을 걸었다. 댓잎은 푸르다 못해 새카매 보였다. 담처럼 키가 큰 왕빈이 안쪽에 서고 그보다 바깥쪽 반 발 뒤에 영영이 따랐다. 담벼락 끝의 향장목은 습한 날씨 덕에 더욱 짙은 향을 풍기고 있었다.

담 끝에서 돌아서기 전에 한 발 늦춘 왕빈이 영영의 손을 잡았다. 반죽에 길들여진 손이 까칠까칠했다. 먼저 여자의 손을 잡은 건 처음이었다. 왕빈은 영영이 손을 뺄까 두려워 숨소리가 빨라졌지만 다행히 그녀는 그러지 않았다.

"저는 나쁜 놈이에요."

"왜 그렇게 말해요?"

영영이 또박또박 물었다.

"저는 사실 아내가 있어요."

등뒤 향장목의 향기에 취한 탓인지 아니면 담 위로 솟아난 대나무 푸른 잎이 사각거리는 소리 덕분인지 왕빈은 허덕허덕 말을 꺼냈다.

"아내와 만난 것은 미국에서 유학할 때였어요. 저는 외톨이였고, 그녀는 누구나 아는 유명인이었죠…."

그가 새로운 언어를 처음 배운 사람처럼 더듬더듬 말을 이어 갈 때, 영영은 가만히 왕빈의 가슴팍을 바라보고 있었다. 헐렁한 셔츠 틈으로 깡마른 가슴팍이 애처롭게 헐떡거리고 있었다.

"…이런 제가 싫은가요?"

마침내 말을 마친 왕빈이 조심스레 물었다. 셔츠 틈으로 엿보이는 가슴팍이 말을 할 때보다 더 크게 울렁거렸다.

"아뇨."

영영은 담담하게 고개를 저었다. 그리고 고개를 들어 왕빈의 얼굴을 올려다봤다. 창백한 얼굴에 감출 수 없는 홍조가 피어나고 있었다.

"말한 대로 저는 아직 아내가 있지만, 당신이 받아준다면…."

영영은 말이 끝나기도 전에 그의 눈을 똑바로 올려다보며 천천히 고개를 끄덕거렸다. 한참 그녀를 내려다보던 왕빈이 불쑥, 편지 한 장을 건네주었다. 얼마를 주머니에 넣고 다녔던지 쭈글 쭈글했다. 영영은 그의 편지를 읽지도 않고 주머니에 넣으며 희미하게 웃었다.

습기를 머금은 바람이 댓잎을 시원하게 스치고 지나갔다.

앵화포자가 쉬는 날, 왕빈은 남매의 두 칸짜리 집으로 초대 받았다. 맥주를 마시며 태화와 나누는 이야기는 두서없이 겉돌았다. 왕빈이 맥주 한 병을 다 비우기도 전에 태화는 약속이 있다며 집을 나갔다.

"오랜만에 만나는 녀석들이라 밤새 마셔야겠어."

태화가 문을 닫기 전에 어깨 너머로 흘린 말이었다.

문이 닫히는 소리와 함께 좁은 집 안에 어색한 공기가 채워졌다. 어색한 공기가 더 흐르기 전에 왕빈이 영영의 어깨에 손을 얹었다. 부모님이 나가기만을 애타게 기다리던 사춘기 소년이 된 것 같았다. 대나무처럼 가벼운 그녀의 몸에서는 짙은 향장목 향기가 났다. 목덜미를 만질 때에도 영영은 생각에 잠긴 듯 가만히 있었다. 왕빈은 정성스럽게 그녀를 어루만지다 불쑥 말했다.

"그냥 거부하지 못해서 견디는 거라면 싫다고 해요."

그녀가 고개를 가로저었다.

그는 파도가 밀려오면 파도를 타고 흐를 뿐이었다. 그의 인생 처음으로 자신의 의지로 파도를 거스르고 있다. 침대에 그녀의 몸을 뉘고 천천히 옷을 벗겼다. 잘게 떨고 있는 그녀의 몸 구석구석을 부드럽게 어루만졌다.

"집으로 돌아가세요. 당신은 누군가를 저버릴 수 있는 사람이 아니잖아요."

정사를 마친 후, 영영이 말했다. 단호한 말투와는 다르게 그녀의 눈에는 눈물이 고여 있었다. 그녀의 눈물을 닦아주며 왕빈이 말했다.

"당신이 싫다고만 하지 않으면 나는 떠나지 않을 거예요."

"나는 당신이 거짓말쟁이가 되는 것이 싫어요."

"거짓이 아니라 정직해지는 거죠, 태어나 처음으로."

영영이 왕빈의 깡마른 몸을 끌어안았다.

그날 밤은 영영의 침대에서 잠이 들었다. 작은 침대 밖으로 발목이 삐죽 튀어나왔지만 상관없었다.

왕빈은 꿈을 꾸었다. 망강루공원 옆에 버섯같이 커다란 건물의 뿌리가 생기는 꿈이었다. 건물은 버섯처럼 쑥쑥 자라더니 갓이 펴졌다. 공원 안에 그와 영영이 있었다. 갓이 점점 커지자 공원은 완전히 어둠 속으로 빠져들었고 둘은 어디로 갈지 몰라 길을 헤맸다. 버섯 건물은 점점 커지더니 불꽃을 일으키며 무너져 내렸다. 왕빈은 영영의 몸을 감쌌다. 건물의 잔해가 앙상한 등짝을 부수며 떨어져 내릴 때, 왕빈이 소리치며 꿈에서 깨어났다.

벌써 방 안은 아침의 햇살로 환했다. 곁을 두리번거리니 영영이 의자에 앉아 책을 읽다가 걱정스럽게 왕빈을 바라보고 있었다.

"악몽을 꿨어요?"

"별거 아니예요."

그 말을 증명이라도 하려는 듯 침대에서 몸을 일으켜 알통을 만들어 보였다. 길고 허연 팔에 보일 듯 말 듯 빈약한 알통. 소평에게는 그런 장난스런 과시를 해본 적이 없었다. 민망함을 감추려 영영이 읽고 있던 책을 들췄다.『홍루몽』이었다.

"이런 유약한 책을 읽느니 차라리 영웅들이 나오는『수호전』을 읽어요."

왕빈은『수호전』을 읽어본 적도 없으면서 농담 섞인 핀잔을 건넸다. 말하는 짧은 순간에 스스로 결심했다.『수호전』을 읽어봐야지.

영영은 대답 없이 웃으며 아침밥을 가져왔다. 푹 삶은 돼지고기와 야채 볶음이었다. 식탁을 채우며 영영이 말했다.

"매일 만두만 먹으면 근육이 안 생겨요."

벼리

탑공의 어머니 집에 들른 체링은 작은 탁상 전등을 켜놓고 랩톱 컴퓨터로 작업을 하고 있었다. 강녕 사무실에서 마무리하기에는 민감한 자료들이었다. 아내는 옆방에서 막내를 재우느라 노래를 부르고 있었다. 자장가 소리가 멎더니 아내가 건너왔다.

"당신 요즘 너무 바쁜 거 아니에요?"

아내가 걱정스런 표정으로 물었다. 체링은 서둘러 랩톱을 덮으며 대답했다. 아내가 본다고 알 수 있는 작업이 아니었지만, 그녀에게는 조금이라도 보이고 싶지 않았다.

"괜찮아. 곧 마무리 지을 수 있을 거야."

그물을 잘라야 해.

"당신 요즘 너무 바쁜 것 같아요. 좀 쉬어요."

"이번 건만 끝나면 쉴 수 있을 거야."

"강녕은 완전 시장판이고 성도는 낮아서 습하고 덥잖아요. 높은 곳에 사는 사람들은 그런 곳에서 오래 지내면 약해진대요. 당신처럼 덩치가 큰 사람은 더 빨리 상해요. 야크도 큰 것은 낮은 곳에서 못 살잖아요."

아내는 요즘 부쩍 두려움이 많아졌다.

"건축가가 사람을 만나지 않고 어떻게 일을 하겠소."

"아버님처럼 그냥 민가를 지으면 안 될까요?"

체링은 대답하지 않았다.

"아버지 얘기는 그만해."

"알았어요."

그녀는 남편이 아버지 얘기만 나오면 민감해진다는 것을 알고 있었다.

"이제 성도 일은 끝낼 거야."

"정말요?"

아내가 눈을 동그랗게 뜨고 되물었다.

"다시 처음처럼 따로 독립할 거야. 이제 가능해. 그럼 큰 공사는 좀 줄더라도 탑공에서 더 많은 시간을 보낼 수 있을 거야."

"정말 잘됐어요."

"봐서 민가라도 몇 채 지어보지 뭐."

체링의 말에 아내가 환하게 웃더니 막내 곁으로 돌아갔다. 그렇게 되려면 그물을 먼저 잘라야 한다.

쿤가가 손을 내밀 때는 정말 어쩔 수 없었다. 불교 건축물 사업 몇 개를 진행하고, 연구 용역 몇 개를 수행했지만 비용을 정산할 때면 언제나 몇 푼이 아쉬웠다. 쿤가는 이미 화인주를 통해 체링의 형편을 훤하게 꿰고 있었다. 그는 체링이 자신의 제안을 결코 거절하지 못할 것이라는 것을 알고 있었다. 제안을 거부한다고 해도 별 문제 없었다. 그저 전화 몇 통으로 공사 대금 지불을 한두 달만 더 늦춰도 체링은 파산할 수밖에 없는 상황이었다. 그것도 안 통하면 '다시 노르부'라는 칼이 있었다. 쿤가 걀포는 원하는 것을 포기하는 사람이 아니었고, 티베트의 대목수, 롭쌍 도르지 셍게의 아들이라는 체링의 간판이 필요했다.

아버지의 이름을 떠올린 것만으로 체링은 씁쓸했다. 평생을 아버지의 그늘에서 벗어나려 했지만, 그의 가장 큰 효용성은 롭쌍 도르지 셍게의 아들이라는 것이었다.

처음에는 쿤가와 손을 맞잡은 것이라고 생각했지만, 그것은 착각이었다. 손을 잡은 것이 아니라, 그물에 잡힌 것이었다.

그물을 잘라야 해.

어쩌면 이번이 마지막 기회일지도 몰랐다. 벼리를 잘라버릴 가윗날 한쪽은 뚠주를 만났을 때 얻었다. 다른 한쪽 가윗날은 화인주를 통해서 나올 것이다. 체링은 점점 더 파국이 다가오고 있다는 절박함을 버릴 수 없었다.

랩톱 컴퓨터를 열고 아까 하던 작업을 이어갔다. 눈이 뻑뻑하고 화면이 흐릿해졌다. 눈을 감고 미간 사이를 문질렀다.

그물눈을 하나씩 끊는 것이 아니라, 벼리를 잘라버려야 해.

체링은 문서를 이동저장장치로 옮기고 랩톱을 닫았다.

2부

시한부 도시

가문비 탁자

돌아오는 길에 고도가 낮아지자 지우는 들떠서 노래를 흥얼거렸지만 페마는 언제나 그렇듯이 단정하게 앉아 있었다. 둘은 나란히 앉아서 서로의 손을 잡고 있었다. 페마는 강녕에서 며칠 쉰 후 북경으로 가서 일을 정리할 예정이고 지우는 강녕에서 며칠을 더 보낸 후, 북쪽 감숙성으로 가서 다시 동쪽 북경으로 이동하기로 했다.

강녕에 돌아오니 이미 늦은 밤이었다. 다음날 저녁, 페마는 북경 친구들 선물을 사느라 시가지 상가에 가고, 뻰바와 지우는 조촐한 술자리를 가졌다.

뻰바 단쩬은 사람을 편하게 해주는 사람이었다. 양쪽으로 길게 찢어진 눈은 잠자는 사람처럼 어떤 위압감도 없었다. 아이들은 양쪽에서 지우의 팔을 잡아끌며 장난을 쳤다. 지우는 양쪽 알통에 아이를 하나씩 걸고 커다란 탁자를 마주하고 뻰바와 창을 마셨다. 안주는 볶은 땅콩과 야크 고기가 전부였다.

6월 하순 토요일 밤이었다.

"페마가 돌아오리라는 생각은 했지만 남자친구를 사귈 줄은 몰랐어. 어머니는 자네 덩치가 맘에 든다고 하시네."

지우는 얼굴을 붉혔다.

"형님이 저를 받아주셔서 고맙습니다. 저는 멀리 다른 세상에서 온 사람인데."

뻰바가 창을 따르며 미소를 지었다. 그러고는 두런두런 가족에 대한 이야기를 이어갔다.

"어릴 적부터 형님이 대단했지. 뭐든 못하는 것이 없었어. 형님에 비하면 나는 그저 그런 아이였고."

"이렇게 번듯하게 가족을 건사하는 것도 대단하신 겁니다."

"무슨. 요즘은 애들 먹는 것도 문제잖아. 그래서 야크 젖을 애들 음식으로 만들면 어떨까싶어. 우리 할아버지도 여기서 중국 상인들하고 크게 거래를 했다고 하더라고. 아버지 말로는 그때 할아버지와 거래하던 중국 친구들은 정말 신용이 있었대. 요즘이야 돈만 되면 뭐든지 하는 사람들이 많고."

뻰바는 형이 분신한 후 일 년 동안 제대로 일거리를 맡지 못했다. 공안의 감시가 심한 탓이었다. 하지만 요즘 다시 일을 시작했다. 뻰바는 일을 해야 살 수 있는 보통 사람이었다.

지우도 맞장구를 쳤다.

"요새는 돈 버는 데 규칙 따위는 상관없나봐요. 어떻게든 벌면 되니까."

뻰바가 야크 고기의 기름을 잘라 건네며 말했다.

"야크 젖은 기름이 많아. 요즘은 기름 때문에 난리지만. 애들은 그런 걸 먹어야 크지. 우리는 추운 곳에서 자랐지만 정작 감기가 뭔지도 몰랐거든."

창이 몇 순배 돌고 둘의 얼굴이 달아오를 무렵 지우의 눈에 전부터 기이하게 생각하던 물건이 눈에 들어왔다.

뻰바와 마주 앉아 있는 커다란 탁자였다.

"이 탁자가 마음에 드네요. 다리가 꼭 코끼리 다리 같아요."

아이들도 키득거리며 맞장구쳤다.

"맞아, 코끼리 다리."

"할아버지 때부터 축제 때 쓰던 거라고 하던데, 집에 있는 것을 가져왔지."

지우는 살짝 취한 눈으로 틈마다 기름때가 묻은 탁자를 찬찬히 살폈다. 일단 네 다리가 작은 집의 기둥처럼 두껍고 길었다. 네 다리 위에 홈을 판 두꺼운 사스레나무 판자를 올려 틀을 만들고 그 위에 가문비나무 상판을 얹어놓았다. 상판은 넓은 판자 두

장이었는데, 판자 한 장의 너비는 두 자에 두께가 거의 세 치는 됐다. 대충 열 사람이 함께 앉아 식사할 수 있는 크기였다. 모서리에 갈린 자국이며 다리에 긁힌 자국과 희미한 글자들이 세월을 말하고 있었다. 어떤 문양이나 조각도 없었지만 모서리는 대패로 예쁘게 굴려놓았다.

"탁자가 어지간히 큰데요. 배가 떠 있는 것 같아요."

뻰바는 할 이야기가 많다며 또 술을 따랐다.

"이 건물을 봐. 이걸 집이라 할 수 있겠어? 나야 이런 건물에 살고 싶지 않지만 일을 해야 하니까 잠시 쓰고 있지. 그래도 사람 사는 이층에는 뭐 그럴듯한 것이 필요하잖아. 그래서 좀 우악스런 놈을 뒀지."

그는 슬그머니 탁자를 어루만졌다. 블록으로 쌓고 모르타르를 대충 바른 벽 위에 슬라브 지붕을 올리고 나무창을 두어 개 낸 창고 같은 간이집과 순전히 검은색으로 빛나는 탁자가 선명하게 대비되었다.

"예전에 할아버지가 제사 지낼 때는 저 위에 소 한 마리를 올렸다고 하더군. 강녕으로 올 때 이걸 가져왔지. 나중에 새 집에 들어갈 때 가지고 가야지."

야크 기름을 바르고 반질반질하게 닦아서 가까이 가면 콤콤하면서도 친근한 냄새가 났다. 긴 시간의 냄새였다. 페마의 머리에서 나던 요구르트 냄새 같기도 했다. 이 검고 육중한 가문비 탁자에 이 가족의 삶과 한때 이 가족 삶의 거의 전부였던 야크의 흔적이 있다. 통으로 익힌 야크를 이 위에 올리고 제자를 지냈으리라. 한때 그런 날것의 삶이 있었다.

"아버지는 이 탁자를 정말 좋아하셨어. 페마가 어릴 때는 이 위에서 둘이 같이 잤지. 요즘은 가가도 이 위에서 가끔 자."

지우는 의자를 뒤로 밀고 시커먼 가문비 탁자를 다시 내려다봤다. 오늘날의 디자인 기준으로 봐서는 낭비였다. 탁자가 이층 중앙을 차지하고 있어서 사람이 오히려 이 탁자를 피해 다녀야 했다. 가문비 탁자가 이층의 주인이었다.

지우는 술 취한 눈으로 탁자에 대해 두서없이 생각하다 까무룩 잠이 들었다. 끼자와 가가는 등받이 없는 의자 두 개를 이어서 옆에 뉘었다. 술을 적게 마신 뻰바는 창고를 정리한다고 내려갔고 페마는 아직 돌아오지 않았다.

대도가원이라 불리는 커다란 별장식 아파트 여섯 동 아래의 초라한 삼층 벽돌집에 네 남자가 있었다. 창밖으로 어둠이 짙어지자, 굉음을 내며 달리는 트럭들 때문에 들리지 않던 유림하의 물소리가 이층 창문을 넘어와 방안을 채웠다.

지우가 잠에서 깼을 때 천장 가운데 전등은 아직 켜져 있었고 대작하던 뻰바는 보이지 않았다. 눈을 비비는 차에 탁자 위의 술잔이 따르르 떨리는 것이 보였다.

어지럼증 때문인가.

하품을 하며 일어나는 순간 휘청하며 허리가 탁자에 부딪혔다. 몸을 바로 세우려 했지만 흔들리는 잔이 탁자 모서리 쪽으로 확 몰렸다. 땅콩 그릇과 야크 고기 광주리가 좌우로 두어 번 흔들리더니 땅으로 떨어졌다. 탁자가 한 뼘 이상 왼쪽으로 움직였다.

지우은 눈을 끔뻑였다. 잠과 술에 취한 상태였지만 그의 이성은 퍼뜩 깨어나 경고를 했다. 저 탁자는 뭔가에 부딪힌다고 경망스럽게 움직일 물건이 아닌데.

땅이 움직이고 있었다. 몸을 일으키는 순간 지우는 왼쪽으로 내동댕이쳐졌다. 폭탄이 터진 것일까? 몸을 가눌 수 없을 정도의 요동이 이 초, 삼 초 간격으로 이어졌다. 초보 기수를 떨어뜨리려는 야생마의 몸부림처럼 진동은 잔인하고 집요했다.

지진이다! 밖으로 나가야 한다!

본능적으로 그는 밖으로 향했다. 그러나 문을 나서 바깥 계단을 두어 발자국 내려간 순간 퍼뜩 아이들이 떠올라 몸을 돌렸다. 그의 오른쪽에 가가가 의자 두 개를 연결해서 누워 있고, 왼쪽의 끼자는 의자 하나에 엎드려 양 팔과 다리를 땅에 대고 자고 있었다.

이층으로 돌아온 순간 전등이 모두 나갔다. 고개를 돌려 밖을 보니 창 쪽으로 흘러 들어오던 빛도 모두 꺼져 있었다.

"가가! 끼자! 가가! 끼자!"

지우가 울부짖었지만 아이들의 소리는 들리지 않았고 눈에 보이지도 않았다. 순간 요란한 소리를 내며 나무 찬장이 덮쳐왔다. 깨진 창밖으로 무언가 무너지는 굉음이 들렸다. 지우는 다시 넘어졌다.

침착하자!

어둠에 익숙해지려고 지우는 잠시 눈을 감았다. 눈이 어둠에 익숙해진 순간, 가까스로 끼자의 몸통을 잡았다. 안고 일어서는 순간 훨씬 강력하고 무자비한 진동이 잠깐의 휴지기도 없이 이어졌다. 지우는 무릎을 꿇고 엎어지며 아이의 목을 보호하느라 한 손을 짚었다. 손목이 부러진 듯했다. 깨어진 사기그릇에 무릎 힘줄이 끊어지는 소리가 서걱 하고 들렸지만 아픔은 느껴지지 않고 어둠보다 두려운 불길함이 밀려들었다.

끼자는 잡았다. 가가를 찾아야 해.

지우는 그릇파편 위를 기어가며 아이를 더듬어 찾았다. 가가는 눈을 뜨자 두려움에 질려 꼼짝도 못했다. 지우는 끼자를 한 팔로 안고 가가의 손을 잡아끌었다.

"가가, 밖으로 뛰어."

희미하게 빛이 흐르는 문으로 다가가는 순간 그는 죽음의 벽을 보았다. 문 위의 벽이 그들이 오기를 기다렸다는 듯이 갈라졌다. 그 순간 단단한 덩어리들이 아래로 쏟아져 내렸다. 지우는 어깨에 극심한 통증을 느끼며 바닥으로 처박혔다. 꿇어앉았다가 고개를 드니 이층 슬라브지붕이 무너져 내려앉으며 나가는 길을 막아버렸다.

어둠과 진동 때문에 방향을 파악할 수 없었다.

건물은 완전히 부서지고 있었다.

어딘가 단단한 곳으로 몸을 숨겨야 했다.

탁자!

가문비나무로 만든 탁자!

잠이 들기 전까지 주시하고 있던 그 탁자의 환영만 커다랗게 떠올랐다. 그는 방향을 틀어 완전한 어둠 속에서 손을 휘저으며 탁자의 위치를 찾았다. 커다란 탁자의 모서리를 잡기는 어렵지 않았다. 먼저 끼자를 밀어 넣고 가가도 넣은 후 자기 몸을 넣으려는 순간 건물 전체가 기울었다. 바닥으로 상상할 수 없는 힘이 전해지는 순간 바닥 전체가 아래로 떨어졌다. 일층 벽이 완전히 붕괴된 것이 분명했다. 연이어 이층 천장이 떨어져 내리면서 사방을 막았다. 그리고 한 번 더, 삼층의 지붕이 떨어져 내렸다. 인간의 귀가 견딜 수 없는 소리였기에 첫 번째 굉음 이후에는 그저 좌우의 진동만 느껴졌다.

버텨 줘! 제발!

지우는 아이들을 끌어안고 간절히 빌었다. 가문비 탁자에 세 사람의 목숨이 달렸다.

수백 킬로그램의 콘크리트 덩어리들이 탁자의 상판을 때리며 부서졌다. 거의 건물 한 동이 무더기로 쏟아져 내렸지만 탁자는 의연했다. 잔혹하고 난폭한 진동이 이어질 때마다 탁자 옆으로 파편들이 더 높이 쌓였다. 지우는 아이들을 더 안쪽으로 밀어넣으며 몸을 웅크렸다. 눈물범벅이 되어 무서움에 비명을 지르는 작은아이의 머리를 감쌌다.

진동이 잦아들 때까지 탁자는 엄청난 하중을 견디며 서 있었다. 그 탁자 아래 세 사람은 한 덩어리가 되었다. 탁자는 그 엄청난 충격을 견뎌냈다. 진동이 멈췄다.

진동은 그쳤어, 우리는 안전해. 진동이 지나면 금방 나갈 수 있어. 침착해야 한다. 몸부림 쳐봤자 힘만 빠진다.

지우는 겨우 십 분 만에 지난 세월 동안 드러내지 않았던 철저한 현실주의자의 덕목들을 몸에 우겨 넣었다. 기다려야 한다, 다 지나갈 때까지. 좌우로 털어내듯 흔들던 땅의 광폭함이 분명 쉬고 있었다.

잠깐 진동이 멈춘 안식의 순간이 지나고 반시간쯤 후에 다시 땅이 격렬하게 움직였다. 그리고 땅 아래에서 올라오는 진동과는 다른 울림, 땅의 표면을 육중하게 두드리고 긁어대는 진동이 몰려왔다. 아주 빠른 속도로 달려오는 덩어리, 자신의 힘을 제어하지 못하는 덩어리, 그 덩어리를 따르는 덩어리, 가끔씩 경로를 벗어났지만 같은 방향으로 달리는 덩어리들이 서로서로 길을 만들고 터주며 달리고 있었다. 이 덩어리들은 미친 듯이 튀어 오르며 앞을 가로막는 것들은 모조리 파괴했다.

지상을 달리는 것들이 저렇게 빨리 움직일 수 있다고 상상한 이는 별로 없을 것이다. 낙석은 이리저리 날뛰며 신도시의 고층 아파트 벽을 종잇장처럼 찢어버리고 아래로 내달리다 마지막으로 강변의 미루나무들을 가차 없이 무너뜨리며 세찬 유림하의 물속으로 뛰어들었다. 어둠을 가르며 하늘로 포말이 솟았다. 거대한 낙석 덩어리들의 굉음에 묻혀 나무들의 비명은 들리지도 않았다.

부수는 것이 지나가자 뒤덮고 질식시키는 물체가 달려들었다. 먼저 달려든 거석에 이어 지난주 슬금슬금 내린 빗물을 머금은 토사가 다가왔다.

지우는 다가오는 토사 무더기를 느낄 수 있었다. 얼마나 쌓일까, 지우는 소리에 귀를 기울였다. 질식당하지 않아야 한다. 아이 둘을 껴안고 그는 숨을 다잡았다. 아무리 쌓여도 공기가 들어올 틈은 있을 것이다. 코끼리 다리를 단 탁자는 그 정도 무게는 견뎌낼 거다. 눈물로 범벅이 되었지만 아이들은 겁에 질려 소리 내 울지도 못했다.

다시 반시각이 지났을까, 드디어 소리가 멈췄다. 어느새 높이 쌓여버린 토사가 소리를 차단했기 때문이었다. 다행히 숨은 막히지 않았다. 여전히 공기가 안팎을 오가고 있음을 확신할 수 있었다.

지우는 플라스틱 외피에 유리관을 넣어 만든 보온병을 소중히 감싸 안았다. 중국에서는 어디서나 볼 수 있는 흔한 보온병이었다. 플라스틱은 깨졌지만 유리는 멀쩡했다. 삼 리터의 물, 달아나는 희망을 부여잡기 위한 양으로는 충분하다. 페마는 언제나 물통이 가득 차도록 물을 부었다. 가문비 탁자와 보온병에 세 명의 목숨이 달려 있었다.

응급실

6월 24일 늦은 오후. 집으로 들어가자 소평이 돌아와 있었다. 그녀의 얼굴이 전에 없이 발그레했다. 그녀가 다가와 불에 입을 맞췄다. 왕빈은 당황했다.

아내는 포도주 한 병을 탁자 가운데 두고 김이 나는 만두와 음식 몇 접시를 준비하고 기다리고 있었다. 왕빈은 더욱 안절부절 못했다. 그녀가 음식을 만든 이유도 불안했지만, 오늘 저녁도 영영의 만둣가게에서 먹기로 했기 때문이었다.

오늘 그녀는 유달리 다정했고, 그는 유달리 냉정했다.

"미안해."

왕빈의 첫 마디였다.

"미안하다고? 왜? 내가 미안하지. 매일 집을 비워서."

소평의 말에 진심이 느껴졌다. 지금도 그녀는 충분히 도도하고 아름다웠다. 부부의 아파트에 부부가 함께 있는 토요일 오후의 지극히 자연스러운 모습이었지만, 왕빈에게는 밥에 섞인 모래알처럼 이질적이었다. 왕빈은 그 이물감을 견딜 수 없었다.

"밖에서 식사 약속이 있어."

"벌써 다 만들었는데? 조금이라도 먹고 가."

"그냥 갈게. 미안해."

"누구랑 약속인데? 미룰 수 없는 약속이야? 업무 약속?"

"아니."

"별일이네. 원래 친한 사람 딱히 없잖아. 남편이 갑자기 사교적이 된 건가?"

평범함을 가장한 아내의 말 속에 미묘한 불안이 섞였다. 왕빈은 잠시 호흡을 가다듬고 말했다.

"이제 이 집에서 살지 않으려고."

소평은 어리둥절한 표정을 지었다.

"무슨 말이야? 왜 이 집에서 살지 못하는데? 다른 곳으로 파견됐어? 내가 늦게 와서 화나서 그래?"

"살지 못하는 것이 아니라, 살지 않으려고."

왕빈은 더듬거리면서도 단호하게 말을 이었다.

"좋아하는 사람이 생겼어. 미안해."

그녀의 얼굴이 단번에 구겨졌다. 한참 동안 말없이 고개를 숙이고 있다가, 다시 얼굴을 들어 어이없다는 미소를 짓다가, 끝내는 호소하는 표정으로 말했다.

"무슨 소리야? 나는 다 버리고 당신을 따라 이곳으로 왔잖아? 여기는 우리 집이고, 당신은 나를 사랑하잖아?"

"사랑했어. 하지만 앞으로 사랑할 사람을 만났어."

왕빈은 더듬거리면서도 단호하게 말했고, 소평은 그런 그를 처음 보는 사람처럼 올려다봤다.

"사랑할 사람을 만났다고? 당신은 결혼한 사람이야. 어떻게 다른 여자를 만나?"

"도덕적인 비난을 하는 거라면 내가 잘못했어. 나는 당신이 헤어지길 원하는 줄 알았어. 당신은 항상 밖에 있었잖아."

"나도 밖에 있고 싶지 않았어. 그냥 변화를 받아들일 시간이 필요해서 여행을 했을 뿐이야. 이제는 이렇게 돌아왔어. 다시 밖으로 나가지 않을 거라고."

소평은 남편의 덤덤한 표정이 생소했다. 평소처럼 미안해하며 불안해하던 얼굴이 아니었다. 소평의 마음속에서 무엇인가가 툭 끊어졌다. 그녀는 식탁 의자에 무너지듯 앉더니 고개를 묻고 흐느끼기 시작했다. 만두 접시 위로 눈물이 뚝뚝 떨어졌다. 그녀의 목소리는 점점 가늘어졌다.

"좋아. 당신도 잠시 나갔다 와."

흐느낌 때문에 뒷말은 제대로 들리지 않았다.

"하지만 나는 밖에 있어도 당신을 배신하지는 않았어."

왕빈의 심장이 요동쳤다. 배신이란 보통의 남자들이 치욕스러워하는 단어고 왕빈도 예외는 아니었다. 소평은 평소보다 갸날프고 지쳐 보였다. 그녀는 이 집을 싫어했고 그와 함께 있는 시간을 무료해했다. 그렇지만 그것은 왕빈 자신의 오해일 수도 있다. 그녀는 잠시 집을 비웠다 돌아왔고, 여전히 그를 사랑한다고 말하고 있었다.

대나무를 닮은 여자가 떠올랐다. 마른 몸 어딘가에서 향장목 향기가 나는 여자.

"미안해."

왕빈이 듣기에도 메마른 목소리였다.

"여보, 왕빈. 나에게 이러지 마. 나는 돌아왔다고."

눈물이 그녀의 화장한 얼굴을 타고 내려 기묘한 무늬를 만들었다. 왕빈 또한 울고 싶었지만 동시에 이 순간에서 달아나고 싶었다. 그는 소평이 '사랑하는 사람이 도대체 누구냐'고 물을까봐 두려웠다.

서로 어긋나긴 했지만 그녀는 분명 왕빈을 사랑하고 있다. 어쩌면 식었던 그녀의 심장이 다시 살아난 것일 수도 있다. 남성미를 풍기거나 세련된 사람은 아니었지만 가슴에 불씨 하나는 품고 있는 남자, 약간 바보스럽지만 천진함과 무기력하지만 확실한 선량함을 지니고 있는 남자. 그녀는 왕빈을 사랑하지는 않았을지 모른다. 하지만 최소한 왕빈의 '비현실적인' 천진한 부분을 좋아하는 것은 사실이었다.

왕빈은 지금 소평을 만날 때와는 완전히 다른 느낌의 연인을 만났다. 이성과 감성이 배치되지 않는 관계. 해치지 않고 서로 북돋우면서 자라나는 그런 사랑을 느끼고 있었다. 영영과의 만남은 단순하고 자연스러웠다. 함께 있을 때 둘은 누가 잘나고 못난 사람이 아니라 온전히 못난 둘이 될 수 있었다. 무기력하고 내성적이며 자책감에 빠진 남자와 가난하지만 강인하고 확신이 있는 여자. 그는 지금 영영을 통해 자신을 존중하는 법을 배우는 중이었다. 이해하기 위해 억지로 논리를 짜내고, 결국 이해에 실패하면 고통스럽게 서로를 상처내는 소평과의 관계에서 벗어나고 싶었다. 그는 미안하다는 말만 반복했고 소평은 결국 악을 쓰며 소리쳤다.

"나쁜 새끼! 처음부터 나를 배신할 생각이었다면 그때 왜 거부하지 않았지? 왜 나를 이 똥구덩이 같은 곳으로 오게 했냐고!"

소평의 얼굴이 지치고 초라해 보여 안쓰러웠다. 그녀는 식탁 위에 놓인 물을 한 모금 마시고 침실로 들어갔다.

달칵.

문이 잠기는 소리가 들렸다.

고개를 숙이고 있던 왕빈은 퍼뜩 놀라 침실 문고리를 잡고 흔들었다. 잠겨 있었다.

"여보! 잠깐 문 좀 열어봐!"

두들기고 소리쳐 불러도 대답이 없었다. 충동적이고 격정적인 소평의 성격을 아는 왕빈은 불길한 예감에 휘말렸다. 있는 힘껏 문짝을 발로 차고 안으로 들어갔다. 침대 위를 붉은 피로 물들이며 소평이 누워 있었다. 손목 깊숙한 자상에서 피가 끊임없이 뿜어져나왔다. 그녀의 희미한 눈동자가 그를 보고 웃었다. 깨끗한 속옷으로 손목을 묶을 때도 순순히 따랐다. 왕빈은 그녀의 손목을 묶으며 구급차를 불렀다.

황급히 달려간 병원에서 응급조치를 마치고 병실로 옮겼다. 왕빈은 아내의 침대에 얼굴을 묻고 잠이 들었다. 밤새 울리는 전화벨 진동도 느끼지 못할 정도로 깊은 잠이었다. 소평이 어깨를 흔들고 나서야 간신히 눈을 뜰 수 있었다.

"여보, 전화가 계속 울리고 있어."

소평이 메마른 입술을 달싹이며 말했다. 퍼뜩 정신이 든 왕빈은 휴대전화를 열었다. 본능적으로 휴대전화를 열고 가장 먼저 든 생각은 영영이었다. 어젯밤에는 경황이 없어서 연락도 못했었다. 아내 옆에서 영영의 전화를 받는 난감한 상황만큼은 피하고 싶었다.

다행히 영영의 전화가 아니었다. 문자 착신 알림이었다. 같은 문자가 여럿 찍혀 있었다.

－감자(가르체) 장족(티베트) 자치구 강녕에서 지진 발생. 왕빈 지진 조사관으로 파견 확정. 여섯 시까지 청으로 출근할 것.

"뭐야?"

아내가 물었다.

"강녕에서 지진이 났대. 지진 조사관으로 임명됐다는 문자야."

"얼른 가봐야겠네."

왕빈은 근심어린 표정으로 아내를 내려다보았다. 자신이 왜 지진 조사관으로 임명된 것인지도 알 수 없었고, 소평을 이대로 두고 가는 것도 내키지 않았다.

소평이 그를 올려다보며 말했다.

"그냥 가. 앞으로 이러지 않을게."

"두 번 다시 어리석은 짓 않겠다고 약속해."

"막상 피를 보니 겁나더라고. 두 번 다시 안 해."

언제나 생기 넘치던 그녀의 얼굴은 몇 시간 사이 바싹 마른 고목처럼 비틀려 있었다.

"환자분 혈압 좀 잴게요."

비대한 몸집의 간호사가 두 사람의 어색한 침묵을 깨고 들어왔다.

"갔다 와서 정리해."

소평이 덤덤한 목소리로 말하고는 눈을 감았다. 잠시 머뭇거리던 왕빈은 병실을 나와 병원 밖으로 달렸다. 청으로 여섯 시까지 도착하려면 서둘러야 했다.

영영의 두 칸짜리 집 계단을 오르면서 왕빈은 태화와 마주치게 되리란 건 예상하지 못하고 있었다. 당연한 일임에도 불구하고 그에게는 영영에 대한 생각뿐이었다.

초인종을 누르자 태화가 문을 열었다. 오빠 뒤에 영영이 있었다.

"일단 앉아."

왕빈이 식탁에 앉자 태화가 구깃구깃한 편지를 건넸다.

"유부남이라며?"

"형님."

"그래도 동생을 속인 건 아니라서 다행이야."

"설명 드릴게요."

"됐어. 편지에 쓴 대로 깔끔하게 정리할 수 있지? 그거면 돼. 이 집을 둘이 쓰라고."

"오빠!"

태화는 동생을 한 번 물끄러미 보더니 그냥 문을 열고 나갔다.

"형님!"

왕빈은 나가는 태화를 붙잡으려 뛰어 나가려다 영영에게 손목을 잡혔다.

"나중에 해요."

영영이 그의 손목을 잡고 속삭이다 소맷부리에 구덕구덕 굳어 있는 혈흔을 발견하고 소스라치게 놀랐다.

"피! 다, 다쳤어요?"

"괜찮아요. 내가 아니에요."

"그럼 누구예요?"

왕빈은 차마 아내가 손목을 그었다고 할 수 없어 아무 말도 못했다. 영영은 눈물을 뚝뚝 흘리며 왕빈의 손목을 더듬었다.

"지진이 났어요. 난 조사관으로 가야 해요."

영영이 고개를 끄덕였다.

"뉴스에서 봤어요. 몸조심하세요."

"갔다 와서 봐요."

왕빈은 수줍게 그녀의 이마에 입을 맞추었다. 고개를 숙이고 있던 영영은 강옥으로 만든 목걸이를 벗어 왕빈의 손에 쥐어주었다. 왕빈은 목걸이를 바지주머니에 넣으면서 두툼한 붉은 봉투를 꺼내 그녀에게 건넸다.

"누가 줬던 건데 당신이 대신 버려주면 좋겠어요."

영영은 봉투 안을 보지도 않고 쓰레기통에 던져 넣었다. 그리고 왕빈의 양 볼을 잡고 입을 맞추었다. 왕빈은 따뜻한 입술의 감촉에 주저앉고 싶었다. 짭짤한 눈물이 입안으로 스며들어왔다.

"갔다 올게요."

영영을 떼어놓고 택시를 탔다. 난장판이 된 집에 들러 간단한 옷가지를 챙겼다. 호텔 같았던 곳이라 챙겨야 될 짐도 몇 가지 없었다. 왕빈은 어쩌면 두 번 다시 돌아오지 않을 집을 힐끗 쳐다보고 밖으로 나왔다.

청으로 가는 택시 안에서 왕빈은 현장 사람들을 생각하고 있었다. 지진은 분명 두려운 일이었지만 왕빈은 일을 하고 싶은 강렬한 욕구 때문에 몸을 떨었다. 살아오면서 처음 느끼는 감정이었다.

페마

6월 24일 밤. 그녀는 부슬부슬 내리는 비를 맞으며 강녕하변에 줄지어 서 있는 기념품 가게들을 하나씩 지나고 있었다. 다시 북경에 갈 일이 별로 없을 테니 친구들을 한 명씩 떠올리며 신중하게 선물을 골랐다. 마침 흑옥으로 만든 남자 목걸이를 두고 흥정을 마친 후였다. 아무런 조각도 새기지 않은 둥그런 모양이 지우와 잘 어울릴 것 같았다. 가게 양쪽에 달아놓은 새장 속 앵무새 두 마리가 미친 듯이 새장에 몸을 부딪쳤다. 몇 초 후 이어지는 흔들림에 사람들이 가게 밖으로 튀어나왔다. 겁에 질린 외침이 온 계곡을 채웠다.

"지진이다! 지진이다!"

어떤 이는 진열장의 물건에 미련을 보이기도 했지만 얼마 지나지 않아 모두 거리로 뛰쳐나갔다. 몇 초간의 휴식은 숨 고르기에 불과했다. 좌판과 건물을 양쪽으로 뒤흔들며, 대지는 몸을 떨었다. 날카로운 비명이 터져나오고 온 거리의 불이 모두 꺼졌다.

페마는 뒤를 돌아봤다. 산이 떨리고 있었다. 마치 부름을 기다리고 있었다는 듯 주위의 모든 사물과 풍경이 적대적으로 변했다. 이 떨림에 제일 먼저 광분한 것은 기둥 없이 지은 벽돌집들이었다. 그것들은 아이들이 세운 장난감집보다 더 쉽게 무너졌다. 밑에 깔리는 사람들은 변변한 비명조차 내지 못했다. 전신주들이 일제히 쓰러지고, 도시는 어둠으로 빨려 들어갔다.

완전한 어둠이 닥치기 직전 페마는 무서운 광경을 보았다.

강녕하의 서편에 있는 이 도시의 얼굴과 같은 바위, 아마도 천 톤은 됨직한 그 바위가 원래 자리를 빠져나오고 있었다. 불상이 그려진 바위는 육자진언이 새겨진 그보다 좀 작은 바위 두 개의 지지를 받고 있었다. 보기에는 오묘하지만 가끔씩 이곳에 사는 사람들도 아래를 지나갈 때면 오싹한 두려움을 느끼곤 했던 거암巨嚴. 바위 아래는 야채와 고기를 파는 시장이었다. 시장은 산에 완전히 붙어 있어서 예전에도 가끔 건물에 낙석이 떨어져 균열이 가곤 했었다. 바위를 감싼 엉성한 철망이 역설적이게도 그 바위의 위험을 웅변하고 있었다.

바위가 엎어지는 순간 남은 불빛도 모두 꺼졌다. 천 개의 천둥이 한꺼번에 떨어지는 것 같은 굉음이 울리더니 바위는 시장 건물을 깔아뭉개고 그대로 강물로 뛰어들어 교각 없는 다리를 내리누르고 멈췄다. 페마는 불상이 그려진 바위가 인간이 만든 건축물 위로 떨어지는 모습을 보며 넋을 잃고 무릎을 꿇었다. 연이어 토사가 건물의 파편을 끌고 밀려왔다. 다리가 낮아지고 바위가 물의 중심을 막자 떠내려온 폐기물이 다리에 걸려 물길을 막았다. 다행히 겨우 남은 양쪽의 불안한 틈새로 물이 세차게 빨려들어갔다.

땅바닥에 엎드리고 있다가 진동이 잦아들자 페마는 곧장 오빠의 삼층집을 생각했다. 그 정 붙이기 힘든 건물은 언제나 미덥지 못했다. 바로 그곳에 그녀의 존재를 증명하는 모든 사람들이 모여 있었다.

벌떡 일어나 길을 따라 뛰었다. 흔들림은 집요하게 그녀의 발밑을 따라왔다. 푸석푸석 무너지는 건물이 내는 먼지가 눈과 입으로 사정없이 들어오고, 사람들의 비명과 신음이 뒤섞여 유령처럼 따라붙었다. 그러나 그녀는 아랑곳하지 않고 달렸다.

아이들이 자고 있었을 거야. 오빠와 그 사람이 거기에 있어.

정신없이 남쪽으로 뛰면서 문제의 가건물이 있는 언덕 아래 다다랐을 때 그녀가 본 것은 지옥의 사자들이 할퀴고 간 광폭한 파괴 현장이었다. 밤길을 달리던 차들은 서로 부딪혀 멈춰 있었고, 그나마 붕괴되는 건물의 위협에서 조금 벗어난 길에는 사람들이 몰려나와 아비규환을 이루고 있었다.

페마는 인파를 헤치며 유림하를 따라 언덕을 거슬러 올라갔다. 숨이 턱에 차오를 때 다시 진동이 시작되었다. 그녀는 땅에 엎드려 언덕을 바라봤다. 그 삼층집을 보려 했지만 어둠 때문에 흐릿했다. 하얀 벽이 보일 만도 한데 보이지 않았다. 페마는 낙석과 잔해를 헤치며 언덕을 올랐다.

그때 대도가원 뒤쪽 멀리서 웡웡 굉음이 울렸다. 산이 그때까지 버겁게 잡고 있던 바위들을 놓치고 있었다. 바위가 떨어지는 소리는 어떤 가없이 큰 짐승의 사지가 찢어지는 듯 섬뜩했다. 앞을 가리는 먼지가 대도가원 뒤쪽 하늘에서 솟구쳐 올라 검은 밤을 더 검게 만들었다. 얼마 후 공중으로 시커먼 바위들이 솟아올랐다. 관목만 있는 산비탈을 달리며 한껏 속도를 더한 바위는 대도가원 뒤쪽의 좁은 평지에 부딪히자 땅을 때리며 수십 미터 높이로 다시 튀어올랐다. 바위가 대도가원의 벽을 때리자 가여운 벽은 저항조차 하지 못하고 종잇장처럼 찢어졌다. 바위가 건물 골조와 부딪힐 때 번쩍번쩍 섬광이 일었다.

그때 그녀는 어렴풋이 보았다. 돌덩이 하나가 오빠의 삼층집을 향해 달려들고 있는 것을. 그 바위는 이미 처참하게 내려앉은 그 집을 다시 덮치고 있었다.

그 광경이 보인 것은 비가 오는 사이에 잠깐 떠오른 달 때문이었다. 그리고 다시 어둠이 덮쳤다.

가가, 끼자!

그녀는 소리를 질렀다. 하지만 땅에서 울리는 굉음 때문에 그 소리는 몸에서 몇 발짝 떠나지 못했다. 이어서 대도가원이 덩치만 크고 맷집은 약한 복서처럼 기울어지는 모습이 보였다. 건물들은 차례로 토사에 밀려 하천 방향으로 기울었다. 그러나 마지막 건물은 먼저 밀려든 토사가 오히려 방어막이 되어 버티어냈다. 완성되지 않은 건물 일부가 무너지며 콘크리트 가루가 폭풍처럼 달려들어 눈을 뜰 수가 없었다.

콘크리트 먼지가 눈물에 달라붙어 폐마의 얼굴은 얼룩 범벅이었다. 끼자, 가가, 오빠, 지우! 번갈아 이름을 불러가며 허둥댔지만, 한치 앞도 분간할 수 없는데다 밀려드는 토사 때문에 감히 접근조차 할 수 없었다. 산에서 빠른 속도로 쏟아져 내린 바위와 토사는 대도가원의 건물 사이를 달려 낫으로 보리를 베듯 손쉽게 강변 경사지의 나무를 삼키며 물살로 사라졌다.

그녀는 무릎을 꿇었다. 옴마니반메훔, 옴마니반메훔….

제발 그쳐주소서, 나 하나를 제물로 올려 분노를 잠재울 수 있다면···.

그녀는 두서없이 지하에 도사리고 있는 힘과 협상에 들어갔다.

내 몸을 제물로 올릴 수 있다면.

흔들림은 이어졌다.

내 몸을 바칠 수 있다면.

마침내 굴러 내려오던 돌의 미친 춤이 뜸해진 듯했다. 그녀는
다시 확답을 줬다.

멈춰준다면 내 몸을 드리지요.

벌벌 떨리는 입에서 나중에는 '내 몸을, 내 몸을'이라는 말만
기계적으로 반복해서 튀어나왔다.
　땅이 울리는 밤, 밤새 원하지 않는 흔들림이 찾아왔다. 요람에
매달린 아이를 기어이 땅바닥으로 패대기치고야 말겠다는 악의
를 가진 손처럼. 그날 밤의 지진은 의도를 가진 것처럼 집요했다.
진동이 그치자 기력을 모두 써버린 페마는 땅바닥에 엎어졌다.

대도가원

체링이 이동저장장치를 갈무리할 때, 책상 스탠드 불빛이 물결처럼 흔들렸다. 의아한 느낌이 든 지 겨우 몇 초 후 등이 난폭하게 흔들리며 넘어졌다. 그리고 완전히 꺼져버렸다.

서랍을 열어 손전등을 꺼냈다. 옆방으로 기어가니 이미 아내는 아이를 안고 꿇어앉아 있었다. 아내는 막내아이를 안고 계단을 내려가고, 그는 선잠이 든 큰애와 둘째를 소리쳐 깨우고 벽을 짚으며 어머니 방으로 갔다. 무릎이 좋지 않은 어머니는 눈을 뜨고 있었다.

"무슨 일이냐?"

"지진입니다. 어서 밖으로 나가요."

끼이익 나무 결구가 뒤틀리는 소리가 들리고 이어서 불단이 요란하게 흔들렸다. 천장으로 등을 비추니 대들보가 부르르 떨고 있었다. 격렬한 떨림 속에서도 대들보는 건물 전체를 버텨내려 용을 쓰는 중이었다. 떨어진 벽시계의 깨진 유리를 밟으며 체링은 어머니를 데리고 밖으로 나왔다. 실내화가 찢어지며 유리에 엄지발가락이 찔렸다. 어머니를 밖으로 내보내고 일층의 소를 풀어서 밖으로 보냈다. 말 우리의 문을 열고 고삐를 풀었다. 놀란 말 한 마리가 체링을 매단 채로 밖으로 한참 내달리다 멈췄다.

뒤를 돌아보니 아버지가 유일하게 어머니에게 남겨준 집이 진동과 싸우고 있었다. 집이 이리저리 흔들릴 때마다 서까래 사이의 흙이 떨어져 내렸지만, 무너지지 않고 견고하게 버텨냈다. 집 안의 큰 물건들이 넘어지는 소리가 선명하게 들렸다. 아버지의 집이, 아니 아버지 자신이 지진과 싸우고 있었다. 진흙 벽에 금이 갔지만 집은 기어이 진동을 견뎌냈다.

체링은 복잡한 표정으로 그것을 지켜보고 있었다.

진동이 뜸해졌을 때 그는 담요를 가지러 다시 들어갔다. 담요를 깔고 풀밭에 아이들을 누이니 바로 잠이 들었다. 어머니는 두려움에 떨고 있었지만 달빛에 비친 아내의 모습은 담담했다. 그녀는 아무 말이 없었고, 그 또한 말이 없었다. 여진이 반복되었지만 이제 집을 위협할 정도는 아니었다.

"다시 안으로 들어가지 마요."

아내에게 주의를 주고 체링은 풀밭에 앉아 꺼내온 라디오를 틀었다. 켜자마자 온통 지진 이야기였다. 진앙지는 강녕이었다.

무너져 내린 강녕.

체링은 목이 바짝 탔다.

진동이 멈추기를 기다린 후 체링은 근처에 어슬렁거리는 말을 끌고 와서 수유차 한 병만 안장에 묶었다. 아내가 다가왔다.

"강녕으로 갈 건가요?"

체링이 고개를 끄덕였다.

"나도 가요."

"당신은 여기서 어머니를 보살펴. 절대 건물 안으로 들어가지 말고 천막을 쳐요."

"여보, 나도 같이 가요."

아내는 같은 말을 반복하지 않는 사람이다. 그녀가 꼭 가고자 한다면 가는 것이다. 체링은 고개를 끄덕였다. 강녕까지 지름길로 사십 킬로미터, 절다산 언덕 아래 있는 집까지는 삼십오 킬로미터가 채 안 되는 거리다. 부지런히 걸으면 새벽녘에는 도착할 것이다. 길은 다 끊어졌겠지만.

둘은 먼저 어머니와 아이들이 있을 천막을 치고 기물을 옮겼다.

밤 열한 시 무렵 체링과 설련은 말 두 마리에 나눠 타고 동쪽으로 떠났다. 말 위에서 둘은 말이 없었다. 가끔씩 땅이 흔들릴 때마다 말이 놀라 날뛰었다. 길에는 띄엄띄엄 차들이 멈춰 있고,

차에서 나온 사람들이 두려움에 떨며 비교적 평탄한 곳에 모여 있었다. 절다산 가까이 갈수록 길은 더 깊이 끊어져 있었고 부슬부슬 내리던 빗줄기가 서서히 굵어졌다. 길이 막히면 둘은 관목 언덕을 가로질러 곧장 나아갔다.

체링은 허리를 세우기도 힘든 무력감 때문에 말 위에서 깜박 잠이 들었다. 몸이 심하게 흔들릴 때마다 누군가 다가와 고삐를 잡았다. 아내였다.

비스듬한 경사면에 동트는 빛을 받으며 서 있는 집이 보였다. 여러 채가 무너졌지만 그의 집은 무너지지 않았다. 아버지의 방식으로 만든 집이다. 체링은 집으로 들어가지 않고 아내와 말만 들여보냈다.

아내가 얼굴을 부비며 말했다.

"약해지지 마요. 약해지려 하면 가족을 생각해요."

아내가 평소라면 하지 않을 소리를 했다. 체링은 아무 말 없이 고개만 끄덕이고 몸을 돌렸다.

그는 다시 반시간을 걸어 언덕에 올라 강녕 신시가지를 내려다보았다. 불빛은 모두 사라지고 자가 발전 시설이 있는 호텔 두 개와 관공서의 몇 군데만 희미한 불이 켜져 있었다. 동이 틀 순간이지만 구름 때문에 계곡은 어두컴컴했다. 사람들의 절규가 새벽 하늘을 가르고 언덕으로 올라왔다.

체링은 멀리서도 보이는 문제의 건물을 대충 파악했다. 피로 때문에 스르르 눈이 감겼지만 머릿속에서는 핏줄기가 요동쳤다.

얼마간 앉아 비를 맞다 고개를 드니 도시의 전모가 드러났다. 먼저 그는 두드러진 하얀색 때문에 멀리서도 한눈에 보이는 대도가원을 응시했다. 대도가원은 산에 바짝 붙어 있는 위쪽 상대도가원 여섯 동과 유림하에 붙어 있는 아래쪽 하대도가원 여섯 동, 합이 열두 동이다. 어쩐 일인지 맨 위쪽의 여섯 동은 토사를 교묘하게 피해 서 있었다. 그 옆 건물은 이 층 높이까지 토사에 묻힌 채 아래로 기울어 언제 넘어질지 모르는 형상이었다.

남쪽으로 이어진 신도시의 고층 건물들은 절반이 기울거나 넘어졌고, 낮은 건물들은 토사에 거의 잠겼다.

체링은 핏발 선 눈으로 도시의 참상을 마치 사진을 찍듯이 기억하려 애썼다.

'다른 건물들은 더 심하게 부서졌어. 그래도 대도가원은 아직 서 있어.'

체링은 그렇게 되뇌며 계곡으로 내려갔다.

흙무덤

땅을 흔드는 소리가 잦아들자 그제야 밤공기를 찢는 가녀린 통곡 소리들이 계곡에 울려 퍼졌다. 가느다랗게 흩뿌리던 빗줄기가 점점 굵어지는 와중에 페마는 양 다리가 부러진 뻰바를 평평한 곳으로 끌고 가기 위해 애를 쓰고 있었다. 뻰바는 일층 창고를 정리하다 진동을 느끼고 밖으로 난 계단으로 올라갔지만 진동 때문에 튕겨져나가 떨어지며 두 다리가 부러지고, 낙석에 맞은 한쪽 발목은 으스러진 상태였다. 그럼에도 밀려오는 토사를 피해 옆으로 기어나가 살아남은 것이 기적이었다.

보통 여자 두 명의 힘을 가진 그녀였지만 축 늘어진 남자를 끌고 가는 것은 무리였다. 모두들 자기 사람을 돌보는 데 바빠 무너진 건물 잔해 사이에서 바동거리는 페마를 돌아보지 못했다. 오십 미터쯤 옆 평지에 있는 새로 들어설 건물 옹벽이 목적지였지만 두 시간이 지나도록 페마는 목적지에 닿지 못했다. 비와 땀이 범벅이 되어 뺀바를 끌고 비탈을 기어 올라갈 때 그가 소리를 지르며 울었다.

"아이들이 안에 있어. 페마, 아이들이 안에 있어."

페마는 나직이 오빠를 달랬다.

"아이들은 지우하고 같이 있어요. 낮에 구조대가 오면 꺼낼 수 있어요. 깊지 않으니까. 어차피 오빠는 도울 수 없어."

페마는 오빠의 바지를 걷고 덜렁거리는 다리를 살펴볼 생각조차 하지 못했다. 힘이 빠진 뺀바는 소리 없이 울었다. 옹벽 밑에서 나무 거푸집을 두 개 가져와 깔고 오빠를 뉘인 후 웃옷을 벗어 덮어주고 나니 어느새 어둠이 조금씩 밀려나고 있었다.

"곧 돌아올게."

뺀바는 돌아서려는 페마의 다리를 잡으며 말했다.

"페마, 나는 걱정하지 마라. 너만 믿을게. 옷을 가져가."

대답 대신 페마는 오빠를 덮은 옷을 촘촘하게 여며주었다.

너무 힘을 쓴데다 웃옷을 벗었더니 한기가 몰려왔다. 페마는 계곡 아래쪽의 구시가지를 내려다보았다. 자가 발전기로 불을 밝힌 인민광장에는 겨우 겉옷만 걸친 사람들이 바글바글 모여들고 끊임없이 확성기 소리가 흘러나왔다. 모두 건물 밖으로 나오

라. 광장으로 피신하라.

페마는 소리는 들려도 이해되지는 않는 확성기 소음을 배경으로 흙더미 위에 엎드려 깜빡 잠이 들었다.

잠깐 멈췄던 비가 새벽이 되자 또 거세졌다. 차가운 빗방울에 문득 깨어난 페마는 똑같은 협상에 들어갔다.

내 몸을 드리겠으니, 비를 멈추어주소서.

강녕을 둘러싼 산들은 상처 입은 늑대처럼 여기저기 붉은 맨살을 드러내고 있었다. 빗줄기가 점점 더 심해졌다.

유림하변의 강녕주둔 인민해방군 기지를 출발한 굴착기와 불도저 날을 단 장갑차들이 남북으로 동시에 움직이며 큰 길을 뚫으려 했지만 역부족이었다. 길을 막은 우악스런 낙석은 장비가 밀어낼 정도의 크기가 아니었다. 길 쪽으로 무너진 건물 잔해의 철근은 아교처럼 끈적거리며 굴착기의 날을 잡았고, 구시가지까지 가는 다리 하나는 축대가 무너져 엿가락처럼 축 늘어져 있었다. 쓸모없어진 다리 옆에 임시 교량을 놓고 장비들이 들어오려면 최소 사나흘은 걸릴 것이다.

페마는 기력을 그러모아 흙무덤 위로 올라갔다.

불발탄 제거자

'이제 남은 이도 몇 개 없군.'

틀니를 씻으며 거울을 보던 장인우가 쓴웃음을 지었다. 누구에게든 나이는 어쩔 수 없이 쌓인다. 퇴직 후 그는 지독한 외로움에 시달렸다. 공병학교에서 강의를 할 때까지는 좋았다. 그러나 이제 그마저 끝났다.

아들 녀석은 단단히 골이 나 있다. 달래보려 했지만 소통할 길이 없다. 하지만 한때 병영생활을 함께했던 부하들에게 부탁하는 것은 정말 죽어도 싫었다. 그 녀석 일은 그 녀석 일이다. 요즘 녀석들은 조금만 채워지지 않으면 날뛴다. 어쩌다 군에서 소장까지 진급했지만 그것은 어디까지나 공병 대장으로서 그의 업

적 덕분이었다. 그는 소위 정치가 돌아가는 양상을 몰랐다. 일상생활도 아내에게 거의 의지했다. 시장에 갈 때도 혼자 가는 것이 불안할 정도니까.

요즘은 혈압약 때문에 아내와 다툼이 잦았다. 혈압약을 먹을 때마다 자신의 자존심을 삼켜 똥으로 만들고 있다는 자괴감이 들었다. 약을 먹은 후 찾아오는 안정감이 무력감처럼 느껴져 벗어 던지고 싶었다. 약을 그만 먹을까 생각해봤지만 이내 아내의 잔소리가 이어졌다. 누구 좋으라고 그만두냐, 젊은 때 생과부로 살아왔는데 늙어서 진짜 과부로 살란 말이냐, 자기 두고 먼저 가면 저승까지 따라가 해코지하겠다고. 온갖 병치레를 하지만 다행스럽게 지금까지 함께 와준 아내에게 매일 고마움을 느꼈다. 혈압약 먹기는 그녀의 과거에 대한 최소한의 보답이었다.

잠이 없는 노부부가 새벽에 TV를 켜니 온통 지진 소식이었다. 보통 때였으면 금세 껐겠지만 이번에는 그러지 못했다. 요즈음 그는 사소한 나쁜 소식을 들어도 온종일 우울해지는 경향이 생겼다. 은근히 옛 사람들의 미신도 믿게 되었다. 세상이 잘못 돌아가니, 나라의 지도자가 무슨 죄라도 지었나.

그때 아내가 휴대전화를 들고 왔다. 새벽 다섯 시였다.

"여보, 성도 공병대 누구라는데요."

'이 새벽참에 다 늙은 퇴역 군인이 필요한 용무가 무엇일까?'

화장실에 빼어놓은 틀니를 끼우고 전화를 받아 들었다. 전화

를 건 자는 성도군구제14집단군 공병단 사령부의 채화 상교라고
했다. 그는 적어놓은 글을 낭독하듯 침착하게 자기 이야기만 읊
었다.

"장군님, 강녕 채석탄 다목적댐이 지진으로 인한 산사태로 토
사에 묻혔습니다. 붕괴가 우려된답니다. 14군구 공병단 20개 중
대가 구호 현장에 투입될 예정이지만 지휘부에 댐 해체 경험이
있는 이가 부족합니다. 시가지 중앙의 강녕하도 토사 때문에 수
위가 높아지고 있습니다."

'새삼스럽게 장군은 무슨. 어쨌든 결정이 빠르기도 하군.'

아무리 정치를 몰라도 이 상황을 파악하지 못할 정도로 아둔
하지는 않았다. 유사시 댐 해체는 대개 이겨도 판돈을 가져오지
못하는 도박이다. 실패의 책임은 무거웠지만 승리의 대가는 없
다. 해체 시 우선순위는 속도, 비용, 위험성이다. 늙은 퇴역 군인
에게 이런 기회를 주기로 결정한 녀석이 누군지 짐작이 되지만
생각하지 않기로 했다.

전화를 끊기가 무섭게 집 앞으로 차가 도착했다. 차를 대기시
키고 전화를 걸었을 것이다. 대개 한없이 느리게 움직이는 것을
장기로 삼고 있는 제14집단군은 이런 일에는 번개처럼 빠르다.

오랜만에 군복을 챙겨 입는 그를 보고 아내가 악다구니를 썼다.

"낼모레 팔십인 고혈압 환자 영감탱이를 데려가서 뭘 어쩌겠
다고! 그놈들은 정말 양심도 없답디까!"

오십 년간 들어온 잔소리는 그의 마음을 편안하게 만들었다. 그동안 한 번도 성공하지 못한 반대만 해온 여자의 눈길이 애처롭다. 습관처럼 혈압약과 보온 물통을 가지고 오는 아내를 물끄러미 한 번 더 바라보고 밖으로 나왔다. 아내가 따라나와 솔로 군복의 보푸라기를 떨어냈다.

성도에서 아안으로 가는 수송용 헬리콥터를 탔다. 아안은 이미 집결한 군인들로 발 디딜 틈도 없었다. 아안에서 소형 헬리콥터로 갈아탔다. 대형 수송기에서 자기 몸집만 한 의료품을 내리는 여군들의 눈빛이 초롱초롱했다.

지진은 강녕만의 문제가 아니었다. 히말라야 동쪽 끝 횡단산맥, 그 골짜기마다 사람들이 살았고 똑같은 고립 속에서 구호를 기다리고 있었다. 낙석으로 육로로 접근하는 길은 거의 다 막힌 상태였다. 골짜기 안쪽에 매몰된 사람들은 길이 뚫리길 기다리지 못하고 세상을 떠야 할 것이다.

헬리콥터가 떠오를 때 장인우는 눈을 감았다. 이런 일은 미리 생각해서 좋을 것이 없었다. 앞으로는 한동안 불면의 밤을 견뎌내야 할 것이다.

소형 헬리콥터는 댐 상공을 한 바퀴 선회하고 삼천삼백 미터 고지의 짧은 풀밭에 내려앉았다.

장인우는 인도자 한 명과 함께 가파른 언덕을 걸어 내려갔다.

비옷을 뚫을 듯 억수로 쏟아지는 비에 벌써 몸이 차가워졌다. 팔순이 다가오는 노구는 젊은 기술자들의 속도를 따라잡으려고 안간힘을 썼지만 자꾸 미끄러졌다. 장인우는 초지를 벗어나 바위지대로 난 좁은 길을 걸으며 아래로 언뜻언뜻 보이는 댐을 주시했다.

댐이 내려다보이는 단단한 바위 위에 오르는 순간 다리가 후들거렸다. 좌우에서 잡아주지 않았다면 미끄러져 넘어졌을 것이다. 그는 기다시피 오른 바위 위에서 댐을 내려다보며 심한 현기증을 느꼈다. 잠깐 사이에 달라진 기후 때문인지 믿기지 않는 광경 때문인지 분간이 가지 않았다.

장인우는 고혈압약과 심장약을 만지작거리다, 동글동글한 혈압약을 골라 몰래 풀밭에 버렸다.

콘크리트로 보강한 전망대에 서서 아래의 붉은 댐을 내려다보았다. 물은 누렇다 못해 완전히 핏빛이었다. 물이 닿는 곳마다 대지의 붉은 창자 같은 토사가 하염없이 밀려 내려왔다. 물은 염산처럼 땅을 녹이고 있었다. 토사가 무너지는 소리는 퍼붓는 빗소리를 압도하고도 남았다. 댐 아래에는 다시 바위와 토사가 사오 미터 높이로 쌓였고 파열 부위에서 뿜어내는 물이 낙석으로 울퉁불퉁한 댐 아래의 하상을 때리고 있었다.

회색 콘크리트와 검은 바위와 붉은 흙, 자연과 인공의 어울리지 않는 질감의 조합이 장인우의 낡은 심장을 더욱더 옥죄었다.

'세상이 거꾸로 물구나무 서 있어.'

장인우는 간신히 숨을 고르고 유입량과 방출량에 대해 물었다. 동행한 공병대 유 대교大校가 대답했다. 그가 이번 작전의 책임자였다.

"초당 육십 톤의 물이 들어오고 사십 톤가량 빠지는 것으로 추정됩니다."

"총 저수량은?"

"최고 상황에서 구백 만 입방미터입니다."

"현재를 삼백 만으로 보면 만수위까지 사흘 정도 남았군."

"만수위에 이르기 전에 붕괴할 가능성이 있습니다. 파열구가 대략 여섯 개 정도 되는데, 점점 커지고 있습니다. 그리고 이 댐의 저수량은 칠백 만 톤을 초과한 적이 없습니다."

한참 고개를 숙이고 있던 장인우가 입을 열었다.

"물이 더 많이 빠져나가면 만수위에 달하는 시간이 늘어날 수도 있겠군. 최소 사흘 반."

"토사 유입량을 계산하지 못했습니다. 눈도 녹고 있고요."

"비가 그친다면? 일기예보는 어떻게 말하나?"

"이틀 동안 더 내린답니다."

"어쨌든 우리에게 적어도 70시간이 있다는 말이지."

"무슨 말씀이신지요?"

"대교, 아무 방법이 없을 때 공병의 행동요령을 아나?"

장인우의 질문에 유 대교는 아무런 말이 없었다.

"그냥 당장 하는 거야."

말을 마친 그는 심장약 덩어리들을 마른 목구멍으로 털어넣고, 입술 언저리의 빗물을 훔쳐 삼켰다. 그러곤 지도를 가리키며 말했다.

"폭약 일 톤과 삼십 리터 포대 오 만 개를 당장 공수하게. 그리고 인원 팔백 명을 이쪽 양장구羊腸溝 마지막 굽이 양쪽 언덕에 사백씩 배치해줘. 고도에 적응된 사람들 위주로. 네 시간 이내에 가능한가?"

유 대교는 선뜻 대답하지 못했다.

장인우는 대교의 어깨를 툭 치며 한 마디 던졌다.

"시간을 끌수록 책임이 무거워져. 그냥 내게 맡기게."

"알겠습니다."

장인우는 구조본부 막사로 향했다.

광장

오전 아홉 시, 요란한 헬리콥터 소리가 들리더니 구시가지 인민광장의 잔해 더미 옆 공터에 내려앉았다. 이어서 민족문화예술센터의 광장에도 헬리콥터가 내려 녹색 군복은 입은 병사들을 토해낸 후 다시 떠올랐다. 헬리콥터는 쉬지 않고 군인들을 토해내고 사라졌다. 군인들은 한 무더기로 모이면 남북으로 행군을 시작했다. 여진이 느껴지면 잠시 멈췄다가 다시 행군했다. 삽과 괭이와 커다란 해머를 든 일군이 지나면, 그 뒤로 몇 명이 조를 이뤄 발전기 따위의 무거운 장비를 들고 지나갔다. 잔해를 따라 군인들의 행렬이 이어지고, 그 사이에 구조견을 대동한 부대가 뒤를 따랐다.

강녕은 어둠을 틈타 덮친 지진에 마구잡이로 얻어맞았다. 진동은 천편일률로 적용되었지만 파괴는 선별적으로 이뤄졌다. 완전한 콘크리트 철골 건물은 그나마 완파되지 않았다. 기둥이나 보도 없이 벽돌 위에 슬라브를 얹은 싸구려 건물들은 모조리 무너졌다. 철저하게 폭삭 주저앉은 건물은 대체로 오래된 학교였다. 얼마 되지 않는 옛날식 목조 가옥들은 대개 그대로 서 있었지만, 시멘트 벽돌과 나무의 성긴 만남으로 만들어진 민가들은 폭풍에 쓰러진 나무처럼 무너졌다.

큰 건물들이라고 재앙을 피한 것은 아니다. 불안한 기반 위에 선 거대 건물들은 부서지는 대신 뿌리째 기울었다. 늦게 만들어진 건물들의 지반은 더 불안했기에 기울어진 건물 중에는 새것이 많았다. 그런 건물들 대부분이 신도시에 몰려 있었다. 강녕시 제1병원 역시 기울어 붕괴를 기다리고 있었다. 다행히 건물이 꺾이지 않아 입원환자들은 두려움에 떨며 밖으로 나왔지만 비를 맞은 중환자들은 새파랗게 질려 공터를 찾았다. 그러나 이 도시에 그들을 수용할 수 있는 공터란 공터는 모두 산비탈을 올라야 했기에 그들은 사실상 방치되었다.

광장은 피를 흘리며 움직이지 못하는 사람들로 가득 찼고, 성한 이들은 건물 잔해 더미를 필사적으로 파내며 누군가를 찾으려 했다. 충격으로 몸이 바스러진 사람들의 시체가 군데군데 방치되어 있었고, 시체 위에서 오열하는 사람들의 절규가 물소리를 뚫고 울렸다.

떨어진 상가 간판 위에 아이의 시체를 놓고 부질없이 사지를 주무르는 여자는 울 힘도 없어 보였다. 그녀는 여진이 올 때도 꼼짝 않고 아이를 주무르다 돌연 아이를 안고 일어서 북쪽으로 걸었다. 그러나 아무도 울어주지 않는 시체가 훨씬 많았다.

군인들은 한시도 쉬지 않고 시체를 들것에 실어 남쪽 외곽의 공터로 옮겼다. 그 옆의 헬리콥터 승강장에서는 중환자들이 자기 순번이 되기를 기다리고 있었다. 이 도시에서 환자를 위해 쓸 수 있는 시설들은 모조리 무용지물이 되었기에 촌각을 다투는 이들에게 남은 희망이란 그저 이곳을 벗어나는 것뿐이었다. 위급한 환자들을 실은 헬리콥터는 한 시간마다 동쪽으로 날아갔지만 환자들은 계속 늘어만 갈 뿐이었다. 광장에 환자용 천막이 쳐졌지만 들어가는 이는 극소수고 대부분은 그대로 비를 맞았다. 지금은 구조의 시간이라기보다는 그저 죽음을 확인하는 시간이었다.

가족이 온전한 이들과 경미한 부상자들은 북쪽으로 걸어 시가지를 벗어난 후 동쪽의 노정 방향으로 탈출을 감행했다. 사람들이 적으면 적을수록 도시가 숨을 쉴 수 있었기에 떠나는 사람들에 대해서는 누구도 시비 걸지 않았다.

새벽부터 다시 비가 쏟아지기 시작하자 물먹은 토사는 곧 숨이 끊어지려는 가련한 사슴을 질식시키는 비단뱀처럼 스멀스멀

산을 기어 내려왔다. 토사는 아래로 내려올수록 탁해져 마지막에는 시멘트 반죽처럼 흘러내렸다. 저것이 대지를 덮으면 지하의 사람들은 모두 질식당할 것이다.

구호를 기다리는 사람들 중에는 페마도 있었다. 그녀는 건물을 뒤덮은 흙무더기 위에다 기다란 나무토막을 꽂아 표시하고 계속 돌을 들어냈다. 그녀는 삽을 달라고 소리를 질렀다. 병사한 명이 삽을 건넸지만 흔적도 없이 완파된 건물과 그 위를 두껍게 덮고 있는 자갈을 보고 다른 구조대는 달려들지 않았다. 너무나 많은 사람들이 깔려 있었고 파야 할 곳은 넘쳤다. 그렇게 깊은 곳에 시체로 존재할 사람을 위해 쓸 시간은 없었다.

선문답

체링은 보온통을 꺼내 반쯤 식은 수유차를 한 모금 들이키고 언덕을 내려갔다.

엿가락처럼 휘어진 유림하의 다리를 건너 잔해를 헤치며 신시가지에 도착했다. 주변을 둘러보지 않고 바로 구시가지로 발걸음을 재촉했다. 그는 중앙대로를 따라 북쪽으로 계속 걸었다. 가족 누군가가 지하에 있기에 이곳을 벗어나지 못한 사람들이 공터마다 이불을 깔고 있었다. 새벽에 내린 비에 이불이 젖어 뒤척이는 사람들은 그나마 힘이 있는 사람들이었다. 어떤 사람들은 젖은 채로 꼼짝도 못했다. 그는 사람들을 외면하며 중앙로를 따라 구시가지 중앙의 하천 동편에 있는 자신의 이층 사무실로 향했다. 데키건축연구소의 간판은 옆의 벽돌 건물이 완전히 무너졌는데도 용케 제자리에 달려 있었다.

떨어진 횟가루가 자욱이 깔린 계단을 따라 이층으로 올라가 문을 마주했다. 손끝이 떨리다가 심장까지 부들부들 떨렸다. 전기가 끊어진 상태라 번호입력식 디지털 자물쇠는 열리지 않았다. 다시 건물 입구로 가서 축구공만한 콘크리트 덩어리를 들고 올라갔다. 수십 번을 내리쳐 자물쇠를 박살낸 이후에야 문이 열렸다.

안으로 들어간 체링은 바닥에 떨어진 컴퓨터의 하드디스크를 하나씩 떼어냈다. 철제 장식장을 열어 필요한 서류와 저장장치를 골라 가죽 가방에 넣었다. 그는 소파 위에 떨어진 석고 보드 조각을 밀어내고 앉아 잠시 숨을 골랐다.

그물을 잘라야 해. 그물눈을 하나씩 끊는 것이 아니라, 벼리를 잘라버려야 해.

장식장에서 종이 상자를 꺼내 쌓고 커튼을 뜯어내 소파 아래 구겨 넣었다. 컴퓨터 덩어리며 장식장 속의 잡동사니들을 소파 위에 쏟아 부었다. 그러고는 소파 아래 불붙인 종이를 불쏘시개로 집어넣었다. 금세 커튼에 불길이 옮겨 붙었다.

체링은 불길이 역한 연기를 내뿜기 시작하자 굽혔던 허리를 폈다.

플라스틱이 타는 냄새에 밭은기침이 뿜어져나왔다. 가죽 가방을 소중하게 끌어안고 사무실 밖으로 나왔다. 연기를 뿜어내는 집은 체링의 사무실 말고도 몇 군데나 되었다. 어차피 이 정도의 파괴 속에서 작은 불길 따위를 신경 쓸 사람은 아무도 없었다.

체링은 가죽 가방을 들고 강변을 따라 되돌아갔다. 좌우는 죽음의 강을 건넌 이와 강변에서 멈춰 있는 자들로 천지였다. 길로 넘어온 건물의 잔해를 밟고 올라가는 순간 물컹한 감촉이 느껴졌다. 발밑에 가늘고 하얀 팔이 깔려 있었다. 시선의 끝에 닿은 여자의 배는 불룩 솟아 있었다.

체링은 그 몸을 그대로 넘어갔다. 욕지기를 삼키고, 시선을 앞으로 고정하고 걷고 또 걸었다. 여자의 시신을 밟은 이후로 발에서 느껴지는 감촉에는 두 번 다시 신경 쓰지 않았다.

대도가원이 보였다.

북쪽 첫 건물은 낙석에 크게 얻어맞아 산 쪽으로 고개를 숙이고 있었고, 가운데 네 동은 하천 쪽으로 기울었다. 마지막 건물만 그런대로 온전히 서 있었다.

이것이 나의 작품이야. 서서 죽은 괴물.

비릿한 웃음이 어금니 사이로 비어져나왔다.

볼품없을지라도 대지의 분노를 굳건히 버텨내던, 아버지가 지은 어머니의 집이 떠올랐다. 그의 작품은 오입쟁이 떠돌이 목수가 만든 것만도 못했다.

북쪽 첫 건물에서 아래로 사십 미터쯤 떨어진 토사 더미 위에 티베트 복장을 한 여인이 보였다. 그녀는 막대기 하나를 들고 낙석 사이의 흙을 파내고 돌을 하나씩 아래로 굴리고 있었다. 산에서 일련번호를 부르는 군인들의 소리가 들리자 그녀는 삽을 달라고 소리쳤다.

체링은 그녀를 외면하고 돌아서서 빠른 걸음으로 다리를 향해 걸었다. 다리 머리에 도착하자 몸을 돌려 신시가지를 돌아보았다. 불탄 사무실을 떠올리고, 배가 언덕처럼 부풀어 있었던 여자의 시신을 생각했다. 그의 주위를 무엇인지 알 수 없는 윙윙 울리는 소리와 통곡이 가득 채우고 있었다. 목구멍을 찢으며 울리는 어떤 여자의 통곡이 유독 크게 들렸다. 체링은 그 소리를 들으며 막대기 하나로 낙석 사이를 파헤치고 있던 티베트 여자를 떠올렸다.

체링은 중심을 잡지 못하고 휘청거렸다. 그는 비틀거리는 걸음으로 다리를 건너 언덕을 향해 허청허청 걸음을 옮겼다.

거센 비 때문에 온몸이 젖어 있었다. 집에 다다라서야 꼿꼿이 세운 채 걷느라 뻣뻣해진 목과 허리의 통증을 느낄 수 있었다. 아내는 벌써 마당에 검은 모전 천막을 두 동이나 쳐두었다. 옆집의 나왕과 같이 말뚝을 박던 아내가 체링을 발견하고 다가왔다.

"나왕 아저씨는 집에서 아무것도 못 가지고 나왔대요. 애들하고 노인네가 있으니까, 우리 마당에서 지내야 할 거예요."

체링은 고개를 끄덕였다. 그저 드러눕고 싶었다. 노인의 기침 소리가 들리는 큰 천막 대신 조그만 천막으로 기어 들어갔다. 천막을 때리는 빗소리가 점점 거세졌다. 천막 안으로 설련이 따라 들어왔다. 아내는 언제나 그랬듯이 버터기름 등잔에 불을 붙이고 향을 살랐다. 그 옆에는 어둠에도 보랏빛이 선명한 타래붓꽃 한 더미가 놓여 있었다. 향을 사르고 촛불을 밝히는 아내의 뒷모습이 가느다랗게 떨리고 있었다. 그녀의 작은 떨림에 체링은 땅이 진동할 때보다 더 흔들렸다. 그녀는 좀처럼 흔들리지 않는 여인이었다. 그녀는 아이들을 낳을 때에도 소리 내지 않았다. 어머니는 낙추의 유목민들은 원래 아이를 그렇게 빨리 낳는다고 했다. 아내가 앞을 보며 나지막이 주문을 외다 말을 걸었다.

"언젠가 올 줄은 다 알지만 정작 언제 올 지는 아무도 모르잖아요. 오면 맞이하고, 잘 보내야지요."

아내가 선문답 같은 말을 건넸다. 체링은 아무 말 없이 젖은 옷을 벗어 플라스틱 깔판 위에 던졌다. 아내는 현명한 사람이니 대략은 알고 있을 것이다. 하지만 그녀가 아는 것이란 그저 끄트머리 한 자락에 불과하다.

"당신은 그냥 미끄러진 거예요."

돌아서 응시하는 그녀의 눈동자는 맑고 차가웠다. 그 눈동자는 체링의 어둠을 꿰뚫어 보는 것 같았다.

"비를 많이 맞았어요. 좀 자요."

그는 대꾸하지 않고 비스듬히 누웠다. 몸은 숙면을 간절히 바랐지만, 의식은 점점 더 또렷해졌다. 촘촘한 그물에 갇힌 물고기가 된 듯했다. 꼬리를 빼면 아가미가 걸리고, 벗어나려고 버둥거리면 버둥거릴수록 더욱 옥죄어오는 그물.

그물을 잘라야 해. 그물눈을 하나씩 끊는 것이 아니라, 벼리를 잘라버려야 해.

체링은 이제는 진언이 되어버린 주문을 외우며 억지로 잠을 청했다.

지옥 이야기

시간의 흐름을 가늠할 길이 없었다. 두 꼬마는 이제 울지 않았다. 막다른 골목에 이르면 사람들은 눈물이 원래 사치품이란 것을 알아차린다. 진짜 문제는 대개 울음으로 해결되지 않는다. 녀석들이 울지 않는다는 사실이 주는 위안은 완전한 어둠 속에서 받을 수 있는 것으로는 최고의 상이었다.

"아빠가 곧 오실 거야. 고모도 우리가 여기 있는 줄 아니까 잠깐 자고 일어나면 꺼내줄 거야. 우리는 이렇게 안전한 집이 있잖아. 두 명 더 들어와도 되겠다."

지우는 탁자 다리를 동동 두드렸다. 바닥은 약간 차가웠지만 그다지 축축하지 않았다. 그는 아이들을 뒤에서 끌어안고 잠을 재웠다.

목이 타고 머리가 지끈거렸다. 뻗바와 과음한 것을 후회하려다 그만두었다. 후회 역시 다시 도전할 여지가 있는 사람들의 장식품에 불과하다. 다만 갈증이 심신을 녹초로 만들었다. 물통을 흔들어보았다. 묵직하게 출렁거리는 것으로 보아 거의 삼 리터는 남았다. 벌컥벌컥 마셔버리고 싶은 충동을 느꼈지만 팔에서 느껴지는 아이들의 감촉에 물통을 내려놓았다.

대신 갈증을 잊기 위해 잠을 청했다. 어깨의 통증 때문에 안면이 꿈틀거리자 얼굴에서 무지막지한 통증이 느껴졌다. 얼굴 왼쪽이 거의 움푹 꺼져버렸다. 오래전 해부학 교실에 걸려 있던 인체해부도를 떠올리며 부상 정도를 가늠해봤다.

무릎의 부상은 크지 않은 듯했지만 발목에서 피가 심하게 났다. 일단 이 출혈을 멈춰야 한다. 신을 벗고 몸을 돌려 왼쪽 양말을 벗겨냈다. 바지를 벗고 속옷까지 벗은 후 바지는 다시 입었다. 양말을 왼쪽 발에 덧씌우고 속옷을 찢어 그 위에다 묶었다. 미끈거리는 피로 온 바닥이 흥건했지만 피 냄새가 그다지 비리지는 않았다.

그간 어느 정도 되는 혈액이 빠져나갔을까?

당장 생명에 지장을 줄 정도는 아니다. 체온이 얼마나 떨어졌는지 기계적으로 계산해보려다 포기했다. 물을 마셔야 부족한 혈액을 보충할 수 있다.

이 모든 상황에도 불구하고 구원처럼 잠이 찾아왔다.

얼마나 잤는지 모르겠다. 역시 갈증 때문에 눈을 떴다.

빛은 없지만 날이 밝았을 것이다. 누군가 우리가 여기 있다는 것을 알까? 아이들 아빠는 우리 밑에 깔렸을까, 아니면 무사히 탈출했을까? 페마는 안전할까, 어딘가에 갇힌 것 아닐까?

당장 답을 알 수 없는 의문들이 지우를 괴롭혔다.

발로 콘크리트 더미를 살짝 밀어보았다. 부질없는 짓이었다. 콘크리트 더미는 꿈쩍도 하지 않았다.

"물 먹고 싶어요."

가가가 깨었다.

"아, 그래 앉아라. 물을 줄게."

보온병 뚜껑에 물을 아주 조금 따라서 아이에게 건넸다.

"물이 좀 적어. 그래도 이 정도 물이면 우리가 열흘 동안 이 안에서 편안하게 지낼 수 있거든. 약간 배가 고프겠지만, 배고픔은 금방 잊을 수 있어. 대신 물은 아껴 먹어야 돼. 그리고 이제 될 수 있으면 말을 하지 마. 힘이 빠지거든."

가가가 고개를 끄덕인다. 얼마 후 깨어난 끼자에게도 물을 먹였다.

"아저씨도 드세요."

가가의 자그만 손이 꼼지락거리며 지우의 팔에 닿았다. 지우는 한 모금만 따라 고양이처럼 핥아먹었다. 물이 위로 들어가자 한참 후 찌르는 것 같은 통증이 느껴졌다. 어깨와 발목에 신경 쓰느라 잠시 잊고 있었는데, 무너지는 벽돌에 얻어맞은 모양이었다. 장이 파열됐을까? 덩치가 있으니 당장 문제는 없을 것이라 위안했다.

의도하지 않았지만 모든 것이 그저 편안하게 느껴졌다. 장이 파열되었다고 해도 어쩔 수 없다. 걱정한들 낫지는 않을 테니까. 어깨는 문제가 없다. 다만 출혈 때문에 약간 어지럽고 춥다. 헛구역질이 좀 나지만 위급한 신호인지 아닌지는 확실하지 않았다.

지우는 기다림 끝에 삶과 죽음, 두 가지 가능성이 있으리라는 것을 직감했다. 하지만 두 아이들에게는 삶이 기다리고 있어야한다. 앞으로 할일을 상상했다. 지금은 기다림의 기술이 필요한 때였다.

"심심하지 않니? 계속 밤이다, 그치?"

"네. 잠이 깼으니 지금은 낮이겠죠? 아빠하고 고모는 밖에 있을까요? 엄마가 오려면 좀 오래 걸리겠죠?"

"아빠하고 고모는 밖에 있어. 엄마가 돌아오기 전에 너희들은 밖으로 나갈 거야. 지진이 나면 구조 매뉴얼이 있어. 마구잡이로 구하려 들다가는 사람들이 다치거든. 밖에 구조하는 사람들이 쫙 깔려 있을 거야. 짧으면 이틀, 길면 나흘쯤 기다리면 다 밖으로 나가는 거야."

다시 땅이 움직이고 아이들이 움찔한다. 두려움이 좁은 공간을 장악했다. 다행히 탁자는 끄떡없었다. 지우는 여진에 숨구멍이 막히는 것이 두려웠다. 다행히 공기가 탁하기는 해도 아직 숨쉬는 데 지장은 없었다. 녀석들의 얼굴을 번갈아 만졌다. 매끄러운 볼이 따스했다.

"우리가 밖으로 나가려면 시간이 좀 걸리거든. 기다리는 사이에 아저씨가 재미있는 이야기를 해줄까? 뭐 하루에 대충 두 개씩 하는 거야. 그러면 이야기가 끝나기 전에 밖으로 나갈 거야."

"무슨 이야기요?"

"아주 재미있는 이야기야. 아저씨 꿈이 소설가였거든. 아니 사실은 벌써 소설가야. 어떤 신문에서 주는 상도 받았거든."

"상 받은 이야기 해줄 거예요?"

"아니, 상 받은 이야기는 사실 시시해. 시시한 이야기들만 상을 받지. 오늘은 아직 아무에게도 들려주지 않은 이야기를 너희들에게 먼저 해주려고. 그런데 너희들은 말을 너무 많이 하면 안 돼. 건강하게 나가려면 힘을 아껴야 하거든."

아이들이 고개를 끄덕인다. 셋은 똑바로 누웠다.

지우는 오직 하나의 목표만 생각했다. 아이들은 반드시 살아 나가야 하고, 삶을 이어가야 한다. 말과는 다르게 그럴듯한 이야기가 생각나지 않았다. 독자를 가진 걸로는 최초이면서 어쩌면 마지막이 될 소설.

"자, 이제 이야기를 시작하지. 좀 어둡긴 하지만 박수 한 번만 쳐줄래?"

박수소리가 토닥토닥 꽤 오래 울렸다. 말을 할 때마다 함몰된 왼쪽 광대뼈가 욱신거렸다. 지우는 어두운 바다를 건너는 배를 상상하며 이야기를 풀어놓았다.

"지옥에 갔다 온 친구가 들려준 이야기를 해줄게. 나도 처음에는 안 믿었어. 근데 그 사람이 지옥에서 매일 듣던 이야기래."

가가가 되물었다.

"진짜 지옥에 갔다 왔어요, 그 사람?"

"내가 직접 본 것은 아니지만, 자기가 갔다 왔다고 하더라고. 평소에 거짓말을 별로 안 하던 믿음직한 친구였거든."

그는 속으로 현각을 떠올리며 피식 웃었다. 현각이 여기저기서 주워들은 걸로 얼렁뚱땅 만든 이야기는 대략 술집여자들에게나 통하는 것이었지만 나름 재치가 있었다. 갑자기 현각이 보살이라며 가슴을 주무르던 여자 생각이 나서 헛웃음이 나왔다. 현각은 취향이 독특하긴 해도 나름 지조가 있었다. 항상 같은 여자의 가슴만을 찾았으니까. 스님으로서 해서는 안 될 짓만 일삼던 놈이니까 지옥에 다녀온 인간 정도로 만든다고 해도 불만은 없으리라.

가가가 몸을 바짝 붙이며 물어온다.

"너무 무섭지는 않죠?"

"무섭긴 하지. 근데 살짝 무서운 이야기가 더 재미있지. 지옥에는 그 이야기를 모르는 사람들이 없대. 여기 사람들은 모르지만. 결국 아무도 모르지만 사실은 유명한 이야기라는 말이야."

"그래요? 우리 주변에는 지옥에 다녀온 사람이 없어서 모르는거죠?"

"그렇지, 맞아. 이제 시작할게."

아이들은 숨을 죽이며 이야기를 기다렸다. 지우는 이 이야기가 아이들에게 맞는지 잠시 고민하다 그냥 해주기로 결심했다.

"아주 옛날에 말이야. 사람들이 하느님의 말을 잘 안 들었대. 하느님은 사람들을 만들었다는 신인데, 사람들이 말을 안 들으니까 화가 났대. 그래서 하느님이 사람을 다 없애버리려고 했대."

"얼마나 말을 안 들었는데요?"

"그건 나도 잘 모르겠어. 그렇지만 하느님이 보기에 좀 심했나봐. 뭐, 나라면 죽일 생각까지 하지는 않았겠지만. 여하튼 하느님은 거대한 홍수를 일으켜 사람들을 죽이려 했대. 한 달 동안 하늘에서 비가 내렸어. 물은 더 이상 흘러나갈 길이 없어서 온 세상을 가득 채우고 말았지. 그래서 물에서 살 수 없는 생물은 모두 죽고 말았어."

아이들이 겁을 먹었는지 심장 박동이 빨라진 것이 느껴졌다. 애들에게 해서는 안 될 이야기인가 하는 후회가 들었지만 이미 시작된 이야기는 이어나갈 수밖에 없었다.

"그래도 하느님은 악마가 아니었거든. 세상에 물고기만 남았으니 뭔가로 또 채워야 하지 않겠어? 물이 빠지자 하느님이 고민을 좀 한 다음 두 남자를 만들었어. 한 사람은 머리에서 낳아 '해의 사나이'라고 불렀고, 한 사람은 심장으로 낳아 '별의 사나이'라고 불렀지."

"왜 남자만 둘 만들었어요?"

이번에는 어린 끼자가 끼어들었다.

"뭐, 그건 하느님 마음이겠지. 좀 기다려봐. 해의 남자는 또 자기 머리로 아들 넷을 낳았고, 별의 남자는 심장으로 아들 넷을 낳았지. 해의 가족과 별의 가족은 한 곳에서 물고기를 잡아먹으며 살았는데 아이들도 꽤 컸지. 그러자 하느님이 말했어. '앞으로는 남자의 몸에서 남자가 나올 수 없다. 옛날 방식대로 너희들은 여자를 찾아가라. 해가 출발하는 동쪽 세상 끝에 내가 너희들의 배필을 준비해두었다. 그쪽으로 여행을 떠나거라. 네 고개를 다 넘으면 너희의 배필이 있다. 그 여자들이 있는 곳에서 살아도 좋다. 더 가고 싶다면 그 다음 목적지는 영원한 삶이 있는 천국이다.'"

지우는 다시 고민했다. 이 이야기가 아이들에게 맞는 걸까? 하지만 지우 스스로도 이야기의 끝을 확인하고 싶었다. 이야기는 싹이 트고 자라 일어나고 스스로 걸어간다. 그에게 남겨진 단어가 몇 개 정도인지는 모르겠지만, 분명 퇴고할 기회는 주어지지 않을 것이다.

꼬마 둘이 더 파고들었다. 둘을 안아도 팔이 별로 저리지 않았다. 얼마 전 페마가 그의 팔을 베고 누웠을 때가 떠올랐다. 그렇게 커다란 몸을 안았는데도 전혀 무게가 느껴지지 않았다.

"그런데 그 여행에는 조건이 있었어. 하느님이 해의 남자와 별의 남자를 불러 조용히 말했지. '한 고비마다 너희 자식 한 명을 희생으로 바쳐라. 나의 권능을 의심하지 말라. 천국에서 너희들은 모두 다시 만날 것이다. 이제 길을 떠나라.'"

가가가 흠칫 놀라며 끼어들었다. 녀석의 심장박동이 또 빨라진다.

"아들을 바치라고요? 그게 무슨 뜻이에요?"

아이들은 언제나 당황스런 질문을 한다. 복부에서 찌르는 것 같은 통증이 다시 느껴졌다. 위산 때문일까? 아이들의 허기가 걱정되었다.

"희생이지. 그리고 말을 너무 많이 하면 지치니까 아주 짧게 질문해라. 그럼 아저씨가 이야기를 계속할게. 먼저 해의 남자가 길을 떠났어. 첫 고개에서 아들들에게 하느님의 명령을 전했어. '앞으로 우리들은 모두 천국으로, 영원한 삶이 있는 곳으로 가서 고통 없이 살 거야. 먼저 가서 기다릴 사람이 누구지?'"

이야기가 어디로 흐르는 거지? 지우는 자신이 무슨 이야기를 하고 있는지 알 수 없었다. 하지만 계속해서 말을 이어갔다.

"하지만 대답하는 아들이 없었지. 그래서 막내를 먼저 하느님 께 희생으로 바쳤어. 가장 어린 친구가 힘이 제일 없었으니까."

아이들이 또 꿈틀했다.

"그 다음 고개에서는 셋째를 바쳤어. 또 한 고개에서 둘째를 바치고 마지막 고개에 이르자 아버지와 큰아들만 남았어. 아버 지가 말했지. '아들아, 이제 마지막 고개다. 네가 먼저 천국으로 가서 기다려라. 나도 천국으로 올라가마.' 큰아들은 두려워하며 말했어. '우리는 세 동생을 죽였어요. 그들은 정말 천국에서 우 리를 기다리고 있겠지요?' 아버지가 말했지. '물론이지, 하느님 이 우리를 기만하시겠니?' 그러자 첫째가 울면서 말했다. '저는 먼저 갑니다. 아버지의 손에 피가 묻지 않도록 스스로….'"

가가가 또 끼어들었다.

"왜 희생을 바쳐야 해요?"

사실은 지우도 그 이유를 묻고 싶었다. 마흔 해 가까이 살면서 여전히 알아내지 못한 삶의 비밀이었다.

"그건 하느님의 마음이지. 나도 들은 이야기니까 그 이유는 몰라. 그래서 마지막 고개를 넘었더니 과연 들판이 있고 여자들 이 사는 마을이 나왔어. 여자들만 다섯 명 있었대. 하지만 아버 지는 괴로웠어. 자식들이 천국에서 기다리고 있을 테니까. 그래 서 아버지는 여자들을 외면하고 바로 천국으로 가는 고개를 넘 었어."

"그 아들들이 천국에서 기다리고 있었나요?"

"아마도 그럴 거야. 그런데 지옥에 갔다 온 내 친구는 그 이야기를 안 해주더라고. 나중에 내가 다시 확인해볼게. 이제 별의 가족으로 돌아가볼까? 별의 가족 이야기는 좀 기니까 쉬었다 하자. 너희들도 좀 쉬어라."

지우는 아이의 손을 잡았다. 크기가 다른 두 개의 손. 다섯 개의 손가락, 엄지는 두 마디, 나머지는 모두 세 마디. 지우는 아이들 손가락을 하나씩 확인했다. 엄지는 두 마디 나머지는 세 마디. 감각을 잃은 왼팔은 거의 말을 듣지 않았기에 오른손으로 병아리만 한 손과 달걀만 한 손의 모양을 하나씩 확인했다. 따뜻하고 가늘지만 확고하게 움직이고 있는 손가락이 도톰한 손바닥을 중심으로 모여 있었다. 달걀만 한 손의 손가락 다섯 개가 거칠고 두툼한 지우의 검지를 움켜쥐었다.

"배고프지 않니?"

아이들이 고개를 저었다.

국무원 조사팀

왕빈은 자신에게 부과된 임무가 여전히 이해되지 않았다. 그가 새롭게 맡은 자리는 국무원 조사팀의 팀장이었다. 지금껏 그는 중요한 사람도 아니고 청 외부에 알려진 인사도 아니었다. 어제까지도 그는 청장의 소품으로 저녁 술자리에 불려 다니다 아침이면 청탁에 진저리를 치는 평범한 공무원일 뿐이었다.

아안에 도착해서 수송기에서 내리자 북경에서 온 국무원 건축안전특별조사팀의 섭 과장이라는 사람이 다가와 봉투 하나를 건넸다. 섭 과장은 완벽한 북경어를 구사하고 있었다. 그런 섭 과장 옆에 중앙기율위 소속이라는 젊은 친구 하나와 비서로 보이는 사람 두 명, 그리고 그 옆에는 왕빈과 함께 청에서 일하는 늙은 감리전문가 팽 주임이 서 있었다. 팽은 하급공무원이지만 나름대로 경험 많기로 유명한 사람이었다. '국무원 대외비'라는 글씨가 찍힌 붉은색 봉인을 뜯자 두툼한 문서 두 뭉치와 짤막한 지침이 나와 있고 중국인이라면 거의 누구나 아는 어떤 이의 친필 서명이 적혀 있었다.

서명자가 정말 왕빈이 아는 그 사람인지 궁금했지만 물어볼 용기는 없었다.

「사후 보고 외 별도 보고 필요 없음」

왕빈은 서류의 서두만 보고 봉투에 도로 집어넣었다.

그들은 소형 헬리콥터로 갈아탔다.

국무원 공문의 서두에는 "내진 전문가를 팀장으로 하여"라는 문구가 들어 있었다. 왕빈이 알 수 없는 어딘가 윗선에서 구색을 맞추려고 한 모양이었다.

'어쩌면 회색 가운데에도 백색에 조금은 가까운 이들이 있을 수도 있겠지.'

하지만 정말 어떤 사람이 이 무기력하고 썩은 관료 집단의 치부를 드러내려는 걸까? 그래서 왕빈을 전문가로 부른 것일까?

왕빈의 임무는 직접구조가 아니었다. 겉으로는 고층건물의 구조자문역이었지만 진짜 임무는 지진으로 드러난 이상 건물을 가려내는 것이었다.

'이상 건물을 가려내서 무엇을 하겠다는 걸까?'

그는 이 나라가 건설 사고에 대처하는 방식을 여러 번 겪었기에 불안한 웃음을 지었다. 사건이 벌어져도 제대로 된 추궁이 이뤄진 적은 한 번도 없었다. 그저 말단 공무원 몇의 실수로 치부될 따름이었다.

'선의일까, 구색 맞추기일까?'

왕빈은 그들이 원하는 것이 공무원 왕빈인지, 건축가 왕빈인지 알 수 없었다. 다행히 진 청장은 그와 함께 움직이지 않았다.

왕빈은 소형 헬리콥터의 진동에 현기증이 일었다.

소형 헬리콥터는 임시 대피 천막이 엄청난 속도로 세워지고 있는 남쪽 병영 근처 공터에 착륙했다. 병사들은 꾸준히 들것에 부상자들을 실어왔다. 고통스러워하는 신음소리보다 듣기 괴로운 소리는 고통에 대항하기를 포기한 상실의 음성이었다. 아니 어떤 신음보다 무서운 것은 소리칠 힘이 없는 이들의 눈빛이었다.

휴대전화 신호는 잡히지 않았다. 언덕에 세운 임시 송수신기는 계곡 아래까지 신호를 보내지 못했다. 대신 빈은 큼직한 위성전화기를 하나 배정받았다.

시각은 오전 열 시.

왕빈은 섭 과장, 기율위의 젊은 간부와 그 비서, 팽 주임, 그리고 서기관 역할을 맡은 앳된 군인 한 명과 조를 이뤄 전체 현장을 한 바퀴 돌았다. 병사 열 명이 지렛대를 써서 콘크리트 지붕을 뜯어내는 모습이 보였다. 지붕 아래에서 구조를 요청하는 소리가 희미하게 들려왔다.

왕빈은 현기증을 느끼며 자꾸 헛발을 내디뎠다.

북쪽 입구에서 온전한 채로 서 있는 팔 층 높이의 강녕빈관과 구시가지 중앙의 높다란 인민정부, 그리고 신시가지 언덕에 패잔병처럼 남아 있는 고층 건물들이 어제까지 이곳이 그렇게 작은 도시가 아니었다는 것을 증언하고 있었다. 하룻밤 사이에 도시는 몇십 년은 늙고 병들어 있었다.

건축가 왕빈을 허기지게 하는 것은 객관적인 지표가 아니었다. 사실 진도 7.9의 지진은 엄청난 재난이다. 그러나 적어도 그가 배운 이론에 의하면 그 정도 진도는 이렇게 철저하게, 폭풍이 갈대를 휘젓듯 지상의 구조물을 완전히 넘어뜨릴 정도는 아니었다. 마치 지진을 기다렸다는 듯, 어쩌면 지진 이전에 누워버린 것 같은 패배감을 드러내고 있는 건물들이 그의 속을 긁었다.

강을 따라 한참을 걸어서 타일이 덕지덕지 떨어져나간 현 청사 앞 인민광장에 도달했다. 당장은 위급한 부상자를 응급처치하는 곳이었다. 응급처치라야 다른 것이 없었다. 간호사들은 끊임없이 소독하고 부목과 붕대를 둘렀고 의사들은 신체에 박힌 이물질을 파내고 몇 바늘씩 듬성듬성 꿰맸다. 물을 먹이거나 아드레날린 주사를 놓기도 했다. 그러나 응급처치를 위해 몰리는 부상자의 수보다 이미 숨이 끊어진 채 들것에 실려 나가는 사망자 수가 더 많았다. 사망자 옆에 대개 가족이나 친지가 있었지만 사망자 혼자 실려 나가는 경우도 심심치 않게 보였다.

잠시 비가 그친 시간을 틈타 가까이에서 목쉰 울음소리들이 들려왔다. 목을 넘겨 밖으로 나오지 못하고 다시 심장으로 들어가 가라앉는 소리. 삶과 죽음 사이의 마지막 음성은 듣는 이에게 절망감을 줬다.

왕빈은 자신이 아무것도 잃은 것이 없다는 죄책감 때문에 부끄러웠다. 지난날 자잘한 상실들은 이 실제의 죽음 앞에서는 거의 없는 것이나 마찬가지였다. 왕빈은 강해져야 한다는 말을 되뇌었다. 그러나 초점 없는 눈동자들과 마주칠 때마다 그는 무릎을 꿇고 싶은 충동에 몸을 떨었다. 지금까지 비열함에 찌들어 살았던 자신이 부끄러웠다. 환자가 내뿜는 똥오줌의 비린내가 그나마 반가웠다. 그것은 죽은 이는 더 이상 풍기지 못하는 삶의 냄새였다.

왕빈은 자기도 모르게 멈춰 서서 어떤 광경을 물끄러미 바라보았다. 나이 열한둘쯤 되는 계집애가 다섯 살 못 되는 사내애의 손을 잡고 하얀 천에 덮인 어떤 여자의 시신 앞에 서 있었다. 티베트 말로 오가는 대화를 알아들을 수 없었지만 세상 어디에나 통용되는 엄마라는 말은 똑똑히 들을 수 있었다.

"아마(엄마)."

아이는 천을 걷더니 엄마의 늘어진 머리카락을 두 손으로 움켜쥐고 어깨 위로 올렸다. 새카맣게 빛나는 머리카락을 가진 엄마의 얼굴은 아직 핏기가 덜 가신 모양이었다. 간호사가 꼬리표를 붙이고 다시 엄마의 얼굴을 덮을 때 아이는 울음기도 없이 물끄러미 내려다보았다.

간호사가 팔을 살그머니 잡아끌자 천천히 팔을 뺀 후 얄팍한 이불 덩어리를 자기 몸에 묶었다. 그리고 다섯 살쯤 되는 동생의 손을 잡았다. 생수 한 병을 자기 주머니에 넣고 동생의 윗도리에도 하나 우겨 넣었다. 그리고 동생의 손을 꽉 잡고 남쪽 공터 위에 막 세워지고 있는 임시 피난 막사를 향해 걸음을 옮겼다. 군인 하나가 손을 잡았으나 아이는 손을 빼고 중국어로 대답했다.

"저도 길을 알아요."

간호사와 젊은 병사는 소리 없이 어깨만 들썩였다.

왕빈이 중국어로 말했다.

"이불은 거기도 있을 거야."

아이가 돌아보며 다시 또렷한 중국어로 대답했다.

"감사합니다."

왕빈은 아이의 눈동자를 차마 보지 못하고 눈을 돌렸다. 아이는 이불을 벗어놓고 동생을 들쳐 업었다. 아이는 판자를 잇대어 급하게 만든 다리를 건너 잔해 더미를 헤치며 완만한 경사를 올라갔다.

왕빈은 한동안 두 아이를 지켜보았다.

모든 것을 빼앗긴 순간에도 아이들은 삶을 향해 걸어가고 있었다. 순간 왕빈은 다리 난간을 잡고 앞으로 엎어져 헐떡였다. 맑은 위액이 누런 물 위로 떨어져 함께 흘러갔다. 그는 어금니를 물고 컥컥댔다.

죽음 없이 삶이 없음을, 삶을 살아내지 못하면 죽음을 맞을 수 없음을, 자신은 이 '마의 산'에서 확고히 삶의 편을 들어야 함을 절감하며 찌꺼기를 게워냈다.

허망한 삶이었다. 철저히 낭비한 삶이었다. 왕빈은 어금니를 깨물고 다시 허리를 세웠다. 담담하게 남자의 다리 사이에 묻은 배설물을 닦아내고 있는 간호사를 뒤로 하고 다시 신시가지로 향했다. 쓰러지고 비틀리고 무너진 것들 사이에 꼿꼿이 남아 있는 고층 건물들은 불탄 숲에 남겨진 그루터기들의 시체 같았다.

구조위원회

지진 발생 열여덟 시간 만에 구조위원회 전체 회의가 열렸다. 사천성 성장과 서기, 진 건설청장, 지진국장, 공안부장, 소방국장, 14집단군 공병단의 각급 참모들이 모였고, 강녕시 수무水務국장 등이 참석했다. 북경에서 파견한 인사들 중에는 키는 작지만 눈빛이 강렬한 중앙선전부장도 있었다. 그가 왜 여기 있는지는 아무도 몰랐다.

주둔군 막사 옆 천막 임시 회의장에서 열린 회의는 긴급한 결정을 요하는 것이었다. 서기는 계속 내일 오전 예정된 총리의 방문을 언급했다. 현재 구조 업무를 총괄하고 있는 소방국장은 매몰자 수를 대략 만오천 명으로 추정했다. 사망자와 부상자는 집

계가 불가능할 정도로 늘어나는 중이었다. 단일지역 최대 매몰자가 발생한 곳은 산사태의 직격탄을 받은 신도시였다. 그는 비가 오고 있기 때문에 매몰 생존자들이 질식사하거나 저체온증으로 사망할 가능성이 높다는 것을 여러 번 강조했다. 군대가 헬리콥터로 중장비를 옮겨줄 것과 이동식 발전기 수가 너무 부족하다는 것을 거푸 언급했다.

피할 수 없는 문제에 대한 토론이 이어졌다. 사천성장은 채석탄 댐의 붕괴를 우려하고 있었고, 주로 수무국장이 대답했다.

"만수위에 도달하기까지 몇 시간이오?"

"백 시간 정도로 예상하고 있습니다."

"그 전에 붕괴할 가능성은?"

"지금 계량화할 수는 없지만 상당히 큽니다."

"만수위에서 전면 붕괴하면 강녕시의 수위는 어느 정도가 되나?"

"구도시 제방 위쪽으로 사 미터 가량 올라와 한 시간 정도 범람하고, 다시 두 시간 후 제방 수준으로 떨어질 것으로 계산됩니다. 하지만 낙석과 토사가 강녕하를 막고 있어서 얼마만큼 빨리 범람할지 예측하기 힘듭니다."

회의장에 있던 사람들은 브리핑을 듣고 얼어붙었다.

"그럼 붕괴 시 물이 이곳까지 도달하는 시간은?"

"초당 유속을 팔 에서 십이 미터로 잡고 장애 요인을 고려하면, 십 분에서 십오분 사이에 도착할 것으로 봅니다."

"그럼 그 사이에 구조 인력을 대피시킬 수 있소?"

14집단군 공병구조대를 이끌고 있는 황 대교의 표정이 어두워졌다.

"구역을 나누어 작업하고 있는데, 지하에서 작업하는 인력이 십 분 이내에 제방에서 고도 사 미터 이상까지 올라가는 것은 어렵습니다. 보시다시피 건물 잔해 때문에 이동도 자유롭지 않습니다."

구조지원에 나선 진 청장이 끼어들었다.

"안전을 위해 수위가 더 올라가기 전에 어떻게든 댐의 물을 흘려야 할 듯한데."

잠시 침묵이 흘렀다. 어쩌면 모두가 원하는 말이지만 아무도 하지 않았던 말이었다. 침묵이 동의로 바뀔 무렵 진 건설청장 뒤에 있던 왕빈이 손을 들었다. 사실 이 자리는 왕빈이 낄 수 있는 곳이 아니었지만, 새로 맡은 직책상 참석한 자리였다.

"성장님, 등고선 지도를 보셨습니까? 매몰자들이 하변에 집중되어 있습니다. 그리고 신도시는 구도시보다 하상까지 이 미터 정도 더 가까워요. 시뮬레이션 수위까지 물러나면 신도시 구조는 거의 포기하는 거고, 구도시도 반 이상 버리는 겁니다. 물이 일 분만 스치고 지나가면 매몰자들은 다 죽겠죠. 물이 지나가지 않아도 저지대 구조를 포기하고 칠십 시간이 지나면 잔해 속에서 살아남을 사람은 거의 없을 겁니다."

진 청장의 입가가 참을 수 없는 불쾌함으로 실룩거렸다. 그는 헛기침을 하며 말을 이었다.

"제 말은 그게 현실적인 대안이라는 거지요. 오늘과 내일, 구조에 최대한 힘을 써야죠. 그런데 지금 구도시 제방 오십 미터 반경 이내에서 작업하고 있는 병력이 벌써 만 명이 넘어요. 예정대로 투입하면 신도시까지 몇만 명이 더 들어가겠죠. 그들을 물폭탄 아래 두겠다는 겁니까? 여러 번 경험에서 드러났던 것처럼 천변 매몰자의 생존율은 아주 낮습니다. 불가능한 구조작업을 하다가 더 많은 희생자가 발생할 수도 있다는 겁니다."

생존율을 언급한 것은 실수라는 것을 깨달은 듯 진 청장은 입을 닫았다.

이 회의의 드러나지 않는 결정자인 서기는 말이 없었다. 무엇이든 단박에 결정하는 법이 없는 성장이 띄엄띄엄 말을 이었다.

"내일 아니면 모레, 총리께서 오실 테니까, 일단 그때까지는 무조건 작업을 하십시다. 총리께서 현장에 오시면 상황을 알리고 대처 방안을 여쭙는 것도 괜찮을 것 같습니다. 오늘은 일단 야간 구조 전략을 짭시다. 총리가 올 때까지는 저지에 병력을 투입하고. 주력은 높은 곳으로 집중합시다."

서기가 소방국장을 돌아봤지만, 그는 아무 말도 없었다. 너무 큰일이라 쉽사리 판단을 내리지 못하는 모양이었다.

다시 침묵이 흘렀다.

침묵이 깊어져 갈 때, 공병단 참모들 사이에 있던 장인우가 벌떡 일어섰다. 늙은 몸은 거의 쓰러질 듯 했지만 주름이 자글자글한 눈두덩 아래 자리 잡은 눈만은 나이답지 않게 반짝거렸다. 그가 지도를 가리키며 말했다.

"댐 때문에 저를 부른 것일 터이니, 제가 한 말씀 드리겠소이다. 댐은 붕괴할 수도 있고 안 할 수도 있습니다. 물론 만수위에 도달하면 필연적으로 붕괴할 것입니다. 중요한 것은 만수위가 되도록 방치하지 않는 것입니다."

회의장 사람들의 시선이 일제히 쏠렸다. 장인우의 음성은 나지막했지만 우왕좌왕하는 좌중을 압도하는 침착함이 있었다.

"어쨌든 아직 칠십 시간 이상 남아 있어요. 우리 공병들이 댐에서 삼 킬로미터 떨어진 이곳 양장구에 임시 댐을 다시 만들 겁니다. 두께 십 미터에 높이 사 미터로 쌓으면 당장 사십만 톤을 가둘 수 있어요. 이쪽 보이죠? 양장구 안쪽에 평균 폭 칠십 미터의 완만한 구간이 거의 칠백 미터 정도 이어져 있습니다. 물이 꺾이는 곳이니까 속도가 줄 겁니다. 붕괴되지 않는다면 짧으면 십오 분, 길면 이십오 분 정도 버틸 수 있죠. 그 사이에 구조 병력은 다 철수할 수 있습니다. 그러니까 대략 이십 분은 버틸 수 있는 거죠."

서기의 가는 눈이 더 가늘어졌다. 장인우가 말을 이었다.

"지금 초당 오십 톤의 물만 흘러들어도 강녕하 구도시 제방 위로 물이 넘칩니다. 왠지 아십니까? 낙석 때문에 강녕하 하변이 대략 이 미터나 높아졌습니다. 치우기 힘든 거대 '낙석1'이 입구를 막고 있습니다. 이곳에 부유물이 걸리면 물이 오른쪽으로 꺾여서 제방 위로 흐를 거란 말이죠. 지표에서 삼십 센티미터 높이로 일 분만 물이 흘러도 건물 아래 빈 공간은 완전히 사라질 겁니다. 끝입니다. 신도시는 토사 위로 물이 흐를 테니, 그보다 먼저 끝장이 날 거구요. 지금 당장 거대 낙석 좌우의 옹벽을 폭파시켜서 대비해야 합니다. 일단 전 병력을 투입하고 칠십 시간이 넘으면 댐을 부분 폭파해서 물길을 내고 구조를 이어가는 방법밖에는 없습니다."

장인우가 던진 폭탄에 아무도 대꾸하지 못했다. 어쩌면 어리석은 희생양의 등장에 안도하는 모양새 같기도 했다. 선전부장은 장인우를 뚫어질 듯 보다 한 마디 거들었다.

"장군님은 원래 군인이시죠? 수만 장병의 목숨이 걸린 일입니다. 책임질 수 있겠습니까?"

장인우는 현기증이 나고 심장이 두근거렸다. 혈압약을 버린 것이 후회됐다. 예전에 중앙선전부장을 본 적이 있었다. 정치에 능한 정도가 아니라, 정치에만 특화된 인물이었다. 그의 빈정거리는 새까만 눈을 보면 숨이 막혀왔다.

선전부장의 말에 입을 다물고 있던 서기 역시 한 마디 보탰다.

"장 장군님, 말씀은 잘 들었습니다. 그런데 이 건은 관련된 인명이 너무 많습니다. 책임지기 쉽지 않은 모험입니다."

장인우는 일부러 서기 쪽만을 응시하며 입을 열었다.

"서기님, 책임을 묻겠다는 것입니까? 지진에게 책임을 물을까요? 아니면 지금 저 댐을 만든 사람을 찾아 책임을 물을까요? 그 자식을 잡아내서 목을 비틀까요? 그 자식이 다름 아닌 우리 군의 공병 부대입니다."

서기도 쉽사리 대꾸하지 못했다.

"네, 압니다. 군인에게 책임이란 죽음이죠. 그래 이 늙은이가 살면 얼마나 살겠습니까? 제가 책임지겠습니다. 그런데 군인이 물이 무서워서 아무 일도 안 한다고요?"

소위 높은 사람들 사이에 감도는 언짢은 분위기가 역력히 느껴졌다. 하지만 그들의 난감한 표정에 장인우는 남모를 희열마저 느끼고 있었다. 그는 실룩거리는 누군가의 입을 틀어막아야 한다는 것을 직감하고 바로 말을 이었다.

"보조댐 건설을 제게 맡겨주십시오. 이제 겨우 칠십 시간 남았습니다. 공병 2대는 지금 당장 '낙석1' 양쪽의 제방을 터서 물길을 만들어주십시오. 칠십 시간이 넘으면 어떻게든 물을 흘려야 합니다. 댐은 제게 맡기고 구조 병력을 투입하십시오."

서기는 주위를 둘러보며 최종 결정을 내렸다.

"여기서는 일단 제가 최종 결정권자인 것 같으니 가부간에 결

론을 내려야 할 것 같습니다. 좋습니다. 장군님을 믿고 모험을
해봅시다. 무전 점검하고 각 단위들은 작업 중에도 지령 대기하
십시오. 무전 담당자를 두 배로 늘려서 유사 시 구조반에게 신호
가 꼭 닿도록 하고요."

천막을 나설 때 젊은 서기가 따라와 슬쩍 장인우의 어깨를 감
싸며 말을 건넸다.

"장군님 말씀은 많이 들었습니다. 장군님을 믿습니다."

서기는 나름대로 야심 찬 사나이였다. 장인우도 군에서 살아
나온 사람이다. 하나라도 살 구멍을 남겨 놓으려면 잡아야 할 끈
이 이 사람뿐이라는 것을 느꼈다. 장인우는 서기에게 꾸벅 허리
를 숙이고는 현장으로 걸어 올라갔다.

다시 어둠이 내리는 강녕 시내는 요란한 발전기 소음과 뒤섞
인 통곡으로 떠들썩했다. 고원의 희박한 공기 때문에 낡은 심장
이 종잇장처럼 떨려왔다.

어둠이 깔린 산길을 안내하는 이는 임꿍 상위였다. 장인우는
이 장교의 표정이 마음에 들었다. 격정과 작은 기쁨이 모두 얼굴
에 드러나 있었다. 그는 자신의 임무를 대단히 심각하게 받아들
이고 있었다. 대체로 그런 사람은 군대에서 출세하지 못한다. 술
친구로는 제격이겠지만. 장인우는 이 친구를 전령으로 삼기로
마음먹었다.

"폭파 요원을 뽑아놓았나?"

"네, 티베트 친구 둘인데 아주 체력이 좋습니다."

"파이프는 준비됐겠지?"

"직경 일 미터짜리 여섯 개를 사슬로 묶어두었습니다."

"좋아. 폭파 끝나면 바로 작업에 들어가면 되겠군. 그리고 수송기로 최소한 중장비 두 대는 보내야 하는데."

"헬리콥터로 중장비를 운반하는 데 시간이 얼마나 걸릴지 모르겠습니다. 장군님도 아시잖습니까, 군대에서 일이 어떻게 진행되는지."

"알지, 하지만 늦어도 내일 아침에는 오겠지. 그렇게 믿자고. 인원 구성을 알려주게."

"원래 고지에 근무하거나 티베트 출신인 이들이 팔백 명입니다. 충원 여부는 내일에나 알 수 있습니다."

"충원은 필요 없어. 그 정도면 충분해. 그 친구들을 보러 가세. 폭파 작업이 끝나는 동시에 용접과 쌓기 작업을 해야 해. 식사는 작업 병사가 만들 필요 없게 계속 공수하라고 해주게. 고소증 약과 진통제도 미리 준비하고."

장인우는 폭파 임무를 맡은 둘을 먼저 점검했다.

"어둠 속에서 작업한 적 있나?"

"없습니다."

"그럼 잘 됐네. 멋진 경험이 될 거야. 임무는 들었나."

"네. 들었습니다."

"바위를 떨어뜨리는 게 목적이야. 실패하면 다시 시도할 시간이 없어. 떨어진 바위가 우리 제방의 기반이 될 거야. 폭파될 부위가 크면 클수록 좋지만 너무 욕심 부리지는 말도록. 앞으로 세 시간이다."

"네! 알겠습니다!"

장인우는 빠릿빠릿하게 대답하는 어린 사병들의 얼굴을 유심히 봤다. 그들의 얼굴에서 잃어버린 것을 찾아내기라도 하려는 것처럼.

이어서 언덕 오른쪽의 장병들과 마주쳤다. 발전기로 돌아가는 등에 비친 얼굴은 모두 검었지만 하나같이 어린 흔적을 가진 얼굴이었다. 비슷한 꿈을 가진 비슷한 배경의 아이들. 그는 수십 년간 그런 친구들을 봐왔다. 어린 나이에 단순한 삶을 체득해야 하는 친구들. 그들이 바로 장인우 자신이었다. 복잡한 바깥세상, 혼자되는 것에 대한 두려움은 해가 갈수록 커졌고 똑같은 옷을 입은 그들만이 그의 친구였다. 그들 때문에 그는 쉽사리 군을 떠날 수 없었다.

언덕에 막사를 설치하고 대기하고 있던 이들이 나와 도열했다.

"여러분, 안녕하신가?"

장인우의 목소리는 새벽 공기 때문인지 더 카랑카랑했다.

"안녕하십니까!"

"여러분은 행운아다. 사람을 죽인 군인은 많다. 그러나 사람을 살린 군인이 몇이나 되겠는가? 여러분은 군에서 겪을 최상의 경험을 앞두고 있다. 여러분들의 손에 구조를 기다리는 사람들과 구조대 전체의 생명이 달려 있다. 알겠나?"

"네! 알겠습니다!"

"정성들여서 포대를 만들고 쌓아라. 조그마한 틈만 있어도 무너진다. 충분히 쉬었다가 폭파가 끝나고 날이 밝으면 작전에 들어간다. 작전에 돌입하면 휴식은 없다. 힘내라!"

양장구 언덕 양쪽에 자리 잡은 팔백 병사들은 절벽을 뚫는 드릴 소리와 불꽃을 응시하며 침낭 속에서 대기했다. 장인우는 홑겹 천막 안에 비치된 간이침대에 누워 폭음 소리를 기다리며 상념에 빠졌다. 이럴 때는 항상 그 사나이가 나타난다. 아니 스스로 그 사나이를 부른다. 추시 강둑의 용사. 1959년 리탕에서 본 그 사나이.

각성의 별

땅 속에서 땅의 울림을 감지하고 있었다. 시간의 흐름을 알 수 없는 것이 가장 불안했다. 언제일지 모르는 구원의 순간으로 하루 더 다가선 셈이다. 어쩌면 언제일지 모를 죽음을 향해 하루 다가선 것인지도.

어둠에 잠긴 모호함 속에서 구체성을 찾기 위해 지우는 약해지고 있는 심장의 힘을 짜냈다. 아이들의 발을 만져보았다. 꼬마는 엄마 품에 안기듯 지우 쪽으로 돌아누워 있었다. 지린 오줌 냄새가 배릿하게 올라왔다. 지금 가장 확실하게 포착되는 삶의 냄새였다. 그 냄새가 지우의 마음을 흔들었다. 생을 향하는 열망이 요동쳤다.

땅은 분명 더 순해졌다. 하지만 계속 습해진다. 비가 거세지고 있는 것일까? 비가 오면 구조 작업이 더뎌질 것이다.

숨쉬기가 훨씬 나빠졌다. 불쾌한 습도가 뒤쪽에서 혀를 잡아당기는 듯 소리가 입안에서 빠져나가지 않고 맴돌았다. 밖에서 뭔가 변화가 일어난 것이다. 탁자의 다리를 어루만지니 여전히 무게를 버티고 있었다.

지우는 이야기를 이어가기로 했다. 잠도 아니고 꿈도 아니고 그렇다고 깬 것도 아닌 상태를 벗어나기 위해 그는 말을 해야 했다.

"깨어났니? 이야기 계속 해줄까? 아마 아빠가 밖에 계시나봐. 너희들 잘 때 사람 소리를 들었거든."

정말 들은 것도 같다. 사람 소리인지는 모르겠지만 분명 무슨 소리였다.

발목으로 빠져나간 피가 얼마나 될까? 지혈은 성공했지만 그 전에 흘린 피의 양이 문제였다. 지우는 이제 물을 마시지 않기로 결심했다. 물통이 가벼워지고 있었다. 아이들은 물 없이 열 시간도 견딜 수 없을 것이다. 어른이라면 며칠은 버틸 것이다. 확실하지는 않아도 어디선가 그런 내용을 읽은 기억이 났다. 언제 구조될지 모르는 상황에서 아이들의 물을 마셔버릴 수는 없었다.

"이제부터 별 가족 이야기 해줄게. 이 이야기는 잘 들어야 돼. 북두칠성이 생긴 이유를 알 수 있거든."

"아, 그래서 별 가족이었구나."

지우는 가가의 몸이 들썩이는 것을 느꼈다. 녀석은 한 마디도 놓치지 않고 알아듣는다. 끼자는 반도 못 알아들었다. 하지만 가끔씩 형이 반응할 때 따라 반응했고, 아이들의 반응을 따라 지우의 심장도 움직였다.

"그래. 별 가족 아버지도 똑같은 이야기를 들었지. 매 고개를 넘을 때마다 아들 한 명씩 희생으로 바쳐야 한다고."

가가가 또 묻는다.

"희생이 정말 무슨 뜻이에요? 바친다는 것은 알겠는데."

"너무 자세히 알려고 하지 마. 나도 잘 몰라. 제사 지낼 때 바치는 고기 같은 거지. 불쌍하지만 제사에 올리려면 죽여야겠지."

"왜 하느님은 자기가 만든 사람을 죽이려 할까요?"

모든 지식의 외투를 벗겨내자 아이의 말이 더 사무치게 들린다.

도대체 나는 왜 이런 이야기를 하는 거지?

"가가, 좋은 질문이지만 아빠가 올 때까지 튼튼하게 남아 있으려면, 좀 이해 안 되는 것이 있어도 참아줘. 나도 왜 희생을 바치는지 이유는 몰라. 왜 그래야 하는지, 왜 사람이 시험을 받아야 하는지. 어쨌든 아버지는 아이들을 둘러봤어. 막내는 귀엽고 그 위 아이는 튼튼하고 또 그 위는 똑똑하고 제일 큰 아들은 든 든했지. 아버지는 아이들을 모아 이야기를 나눴어. 평소에 이야 기를 많이 하던 가족이었거든. 수근수근, 이야기가 끝났나봐. 그 들은 하느님 앞으로 나갔지. 먼 길을 떠나야 하니까 인사를 하려 했을까? 근데 말이야, 엄청난 일이 벌어졌어. 이 다섯 남자가 뭔 일을 했냐 하면 하느님을 붙잡고 넘어뜨렸어! 첫째와 둘째가 양 팔을 잡고 셋째와 막내가 양다리를 잡고 아버지는 목덜미는 잡 고 하느님을 넘어뜨렸지."

가가가 또 끼어들었다.

"하느님은 신이잖아요. 힘이 엄청 셀 텐데 넘어져요?"

녀석의 목소리가 약간 달떠 있었다.

"세긴 세지. 근데 여러 사람이 덤벼들었잖아. 아주 기습적으 로 공격했거든. 아버지는 욕까지 한 마디 했다고 해. '왜, 우리를 시험하는 거야?' 그렇지만 신에게 대든 사람이 어디로 가지? 너 희들도 그런 이야기 많이 들어봤잖아. 신의 법을 거역한 사람들 이 가는 곳. 바로 지옥이지. 하느님은 진노했지. '내가 만든 것들 이 나에게 달려들다니. 지옥으로 떨어져라.' 소리치자마자 다섯 명은 바로 지옥으로 떨어졌어."

아이들의 꿈틀거림과 함께 심장이 옥죄어왔다.

"지옥에 대해 들어본 적 있지? 탕카[5]에 많이 나오잖아. 나쁜

5) 두루마리 그림. 티베트 특유의 불교회화

짓을 한 사람들이 가는 곳, 무시무시한 괴물들이 지키면서 죄인들을 괴롭히는 곳 말이야."

말하면서 그는 피식 웃었다.

지금 우리가 갇힌 곳이 지옥일까?

아이들은 거듭 한숨을 쉬었다. 지우는 가가의 손을 살짝 더 세게 잡아줬다. 그는 탁자 다리 하나를 만지며 말을 이었다. 무엇인가 든든하게 버텨줄 것이 필요했다. 하늘을 받치는 거인, 그 거인의 다리.

"여하튼, 그렇게 다섯 명이 지옥에 떨어져서 염라대왕 곁으로 갔지. 티베트 사람들은 야마라고 하지? 너희들 지옥 이야기 들어봤지? 근데 지옥에 다녀온 친구 말로는 우리가 책에서 본 지옥하고 실제 지옥은 많이 다르대. 그러니까 지옥에 가면 엄청나게 괴로운 것은 맞지만, 영원히 괴로움을 받는 것은 아니라는 거야. 거기도 감옥처럼 잘못에 따라 십 년, 이십 년의 형기가 있고, 제일 긴 형이 백 년 이래. 아주 못 견딜 곳은 아니지."

지우는 이 대목을 말하며 피식 웃었다. 영원한 기쁨도 괴로울 텐데, 영원한 고통이라니. 그것을 생각해낸 인간이야말로 지옥이 어울렸다.

"다섯 명이 염라대왕 앞으로 떨어졌는데 염라대왕은 새 손님

앞에서 대뜸 푸념을 하는 거야. '도대체 지옥으로 떨어지는 놈들이 이렇게 늘어나는 이유를 모르겠어. 방이 가득 찼어. 우리는 뭐 흙 파서 감옥 만드는 줄 알아?' 정말 지옥의 방마다 엄청나게 많은 사람들이 모여들고 있었지."

아이들은 진지했고, 가가는 너무 집중한 나머지 숨을 쌔근거렸다.

"염라대왕의 딸 이야기 들어봤어?"

지우는 스스로도 자기 이야기에 빠져들었다. 대충 이런저런 민화에서 빌려와 짜깁기한 것에 불과하지만 서서히 자신의 독창성이 가미된다고 느껴졌다.

"염라대왕은 무섭게 생겼잖아? 그런데 그 딸은 무지막지하게 예뻤대. 그리고 그 마음씨는 얼굴보다 몇 배는 더 예뻤다는 거야."

몸속을 도는 피가 너무 적어진 모양이다. 이야기 속의 염라대왕 딸이 눈앞에 아른거린다. 정말 예쁜 것 같지만 모습이 뚜렷하지는 않다. 현기증 때문에 몸을 살짝 돌리면서 지우는 이야기를 이었다.

"염라대왕의 딸은 말이야 '각성의 물'이라고 불리는 물을 지옥 사람들에게 나눠주는 역할을 했어. 지옥은 괴롭잖아. 그래서 사람들은 모두 현실을 잊어버리려고 해. 대충 일 년 정도만 지옥에서 살면 고통이든 과거든 모두 잊어버리는 법을 배울 수 있대.

그러면 살을 꼬챙이로 찌르든 끓는 물에 들어가든 참을 수 있다는 거야. 뭐 죄수끼리 비법을 전수하는 거겠지. 그런데 이 각성의 물을 마시면 고통이든 과거의 기억이든 앞으로의 희망이든 모두 느낄 수가 있대. 그러니 얼마나 힘들고 아프겠어."

지우는 갑작스럽게 느껴지는 통증에 신음을 토해냈다. '각성'이란 단어가 가진 힘 때문인 모양이었다.

"그런데 지옥에서 각성하고 있으면 형기가 거의 백 분의 일로 줄어든다는 거야. 예를 들어 아주 나쁜 짓을 해서 백 년을 지옥에서 살아야 하는 사람이라도 각성의 물을 마시고 깨어 있으면 일 년이면 나가는 거지."

아아, 가가가 반응하는 소리가 들렸다.

"그런데 고통이 너무 심해서 사람들은 거의 아무도 각성의 물을 마시려 하지 않았어. 하지만 아주 가끔 그런 사람이 있긴 했어. 염라대왕 딸 혼자서 무지막지하게 큰 지옥을 돌아다니며 어쩌다 보이는 희망자들에게 그 물을 주기란 너무 어려운 일이었지. 그래서 지원자를 찾았어. 함께 각성의 물을 나눠줄 사람. 조건이 있었지. 아름다운 염라대왕의 딸과 결혼을 하는 거야. 염라대왕의 딸은 말이야, 아 어떻게 설명하지? 누가 티베트에서 제일 예쁘니?"

"어, 라찌. 아니 커시 줘마."

그녀가 누군지 모르지만 지우는 말을 계속했다.

"그래, 그래. 커시 줘마보다 거의 백배는 더 예쁘고, 마음씨는 거의 천배나 예뻤어. 그런데 문제는 예쁜 마음씨였어. 염라대왕의 딸은 각성의 물을 나눠주는 일을 너무나 사랑해서 지옥이 문 닫지 않는 한 계속 그 일을 하려고 했거든. 그러니 그녀와 결혼해서 지옥에 남은 채 각성의 물을 나눠주려고 하는 사람은 아무도 없었어. 그런데 말이야, 이변이 일어난 거야. 말하자면 정말 예쁜 여자를 알아보는 영웅이 지옥에 들어온 거지."

지우는 잠시 숨을 고르며 그 영웅의 얼굴을 상상해봤다.

"하느님을 넘어뜨린 아버지와 네 아들이 지옥으로 떨어진 거 알지?"

아이들이 알고 있다는 듯 꼼지락거렸다.

"그 중 큰아들이 지옥에서 무지 큰 연자방아를 돌리고 있을 때, 염라대왕의 딸이 나타나서 큰아들에게 말했어. '망각을 원해요? 아니면 느끼기를 원해요? 비록 지옥이지만 살아 있기를 원해요? 아니면 잠자기를 원하나요?' 큰아들은 조금도 주저하지 않고 말했지. '느끼며 살아 있기를 원하오.' 염라대왕의 딸은 깜짝 놀랐어. 딸도 마음이 아팠지, 그렇게 용감한 청년에게 고통을 느끼는 물을 줘야 했으니까. 그러면서 또 제안했어. '혹시 나와 함께 사람들에게 이 물을 나눠줄래요? 혼자서 나눠주기 너무 벅차요. 당신의 아내가 될게요.' 큰아들은 또 서슴없이 대답했지. '우리 함께 물을 나눠줍시다.'"

가가가 탄식하는 소리가 들렸다.

"덕분에 지옥이 생긴 이래 처음으로 결혼식이 열리고 잔치가 벌어졌어. 그날은 정말 악독한 녀석들도 실컷 먹고 쉬었지. 결혼식 알지? 여기서도 양가 친척들 다 모여서 화려하게 하잖아. 거기도 똑같아. 아버지는 염라대왕의 사돈이 된 거야. 염라대왕하고 보리술 한 잔 하는데, 염라대왕이 속삭였어. '제가 비록 염라대왕이지만 어떻게 사돈을 감옥에 넣어두겠어요. 아쉽지만 사위가 딸과 함께 간다고 하면 같이 보내드릴게요.' 아버지와 아들들은 너무 기뻤어. 하지만 염라대왕의 딸은 지옥을 나갈 생각이 없었고, 큰아들은 아내를 두고 나갈 생각이 없었지. 아버지와 형제들이 애원했지만 결국 큰아들은 결심을 바꾸지 않았어. 나머지세 아들과 아버지만 이별의 눈물을 흘리며 지옥문을 나서게 된 거야."

여기까지 이야기하자 지우는 목이 타서 말이 나오지 않았다. 아이들이 침을 넘기는 소리가 들렸다. 지우는 물을 조금 따라 한 명씩 먹였다. 물을 흘리지 않도록 애쓰느라 부상당한 어깨에 통증이 밀려왔다.

혀끝에 물 한 방울을 떨어뜨리고 최대한 입 속에서 굴렸다. 지우는 언젠가 지옥불 속에서 한 방울의 물을 달라고 아브라함에게 청했던 부자富者의 이야기를 들었던 게 떠올랐다. 부자가 혀를 축일 한 방울의 물을 얻었는지 아니면 과거의 죄 때문에 거절당했는지 가물가물했다.

"그런데 큰아들은 염라대왕의 사위잖아. 염라대왕은 사위의 건강이 걱정됐지. 그래서 큰아들은 밤에는 하늘로 올라가서 염라대왕의 아내와 함께 쉬어. 큰아들은 깜깜한 지옥에서 사람들을 찾아다니며 물을 나눠주느라 빛을 낼 수 있게 되었어. 북두칠성의 첫 번째 별이 바로 큰아들이야. 그래서 사람들은 첫 번째 별을 '각성의 별'이라 부르게 된 거야."

한 방울의 물은 마른 혀를 축이는 데 턱없이 부족했다. 끝내 지우는 파삭거리는 소리를 내며 이야기를 멈췄다. 가가가 말없이 보온병을 만지더니 물 한 잔을 따라 지우에게 건넸다.

"아저씨, 어서 마셔요."

어린아이지만 지우의 상태가 심상치 않다는 것을 느낀 모양이었다. 지우는 아이의 손에서 뚜껑을 받아 보온병에 다시 물을 따랐다.

"가가, 아저씨는 괜찮아. 이 물은 나중에 마실게. 조금 오래 기다릴 수도 있잖아."

아이가 흘리는 눈물이 지우의 입술에 떨어졌다. 지우는 아이의 눈물을 혀로 핥았다. 어쩌면 지옥불 속에 있던 부자는 한 방울의 물을 받았는지도 몰랐다.

"우리 한숨 자자. 꿈에 북두칠성이 나올 거야."

공사비 내역

체링은 다시 휘어진 다리를 건너 서편 언덕으로 올라갔다. 초여름의 들꽃잎이 바람에 하늘거렸다.

설련은 천막 밖에서 물을 끓이고 있었다. 체링은 몇십 발자국 떨어져서 걸음을 멈추고 물끄러미 아내의 동작을 살폈다. 여자 목동이 세 아이의 엄마가 되었다. 탕라산맥 아래서 온 여자. 이제 그녀는 무엇이 될까. 아내가 바지를 입는 모습을 한 번 보고 싶었다. 티베트 시골 여인들은 바지를 입지 않는다. 그녀 역시 체링을 만난 이후 한 번도 바지를 입은 적이 없었다. 바지를 입으면 덜 불편할 텐데. 그녀가 체링을 보고 눈웃음을 지었다.

천막으로 들어가자 아내는 체링의 흙투성이 옷을 하나씩 벗겼다. 천막 한구석에는 손바닥 크기의 구리 불상이 놓여 있었고, 그 옆에는 보라색 타래붓꽃 한 무더기가 꽂혀 있었다. 아내는 뜨거운 찻물 속에 야크 버터를 한 덩어리 넣고 소금을 뿌렸다. 체링이 나지막한 목소리로 말했다.

"여보, 어머니에게 먼저 돌아가요. 이제 여기 일은 마무리될 테니까."

설련은 대답이 없었다. 아마도 같이 가자는 뜻인 듯했다. 체링이 말을 이었다.

"나는 할 일이 조금 더 있어. 좋은 일이야."

체링이 빙그레 웃었다. 처연한 표정의 설련이 체링의 목에 팔을 걸며 말했다.

"여보, 우리 모두 살아 있어요. 애들이 셋이나 있는 우리 가족이. 다 정리하고 우리 탕라로 가요. 앞으로는 모전 천막에서 살아요. 천막은 넘어지지 않잖아요."

체링은 손으로 그녀의 얼굴을 쓰다듬었다.

눈꽃을 너무 낮은 곳으로 옮겨 심었어. 높은 곳으로 다시 보낼 거야.

"그래 가야지. 우리 가자. 하지만 할 일이 조금 있어. 당신이 먼저 가요. 어머니가 애들을 한꺼번에 돌보기 힘들 거야."

아내는 고개를 끄덕이더니 밖으로 나갔다. 물통을 들고 돌아온 아내는 체링의 옷을 벗기고 대야에 뜨거운 물을 부어 수건을 적셨다. 그러곤 며칠 새 살이 빠진 체링의 등을 뜨거운 물수건으로 찬찬히 닦았다. 아기를 목욕시키듯이 물수건으로 남편의 온몸을 닦고 다시 마른 수건으로 닦아냈다. 문득 아내가 말했다.

"당신도 이제 늙는군요."

체링은 대답 대신 웃으며 생각했다.

과거도 이렇게 씻어낼 수 있는 때 같은 거라면 좋을 텐데. 매일 씻어내고 항상 새로워지는 거지.

아내가 새하얀 속적삼을 건넸다. 속적삼의 마지막 고리를 채우지 못하고 체링이 머뭇거리자 아내가 다가와 채우며 속삭였다.

"여보, 한숨 자요."

익숙한 문을 열고 사무실 안으로 들어섰다. 서류는 하나도 불에 타지 않았다. 그는 다시 서류를 긁어모으고, 모니터가 깨진 컴퓨터도 모두 한데 모았다. 언제 들어왔는지 옆에서 어떤 여자가 돕고 있었다. 내가 모르는 직원이 있었던가? 그녀는 어디서 가져왔는지 서류 더미에 휘발유를 부었다. 여자에게 물러나라고 한 후 체링은 서류 더미에 불을 붙였다. 불길은 주저 없이 타올랐다. 그는 불길을 바라보며 뒷걸음쳤다. 밖으로 나와 문을 닫는 순간, 깨달았다. 그 여직원은? 황급히 다시 문을 열었다. 그녀는 임산부였다. 배가 불룩한 그녀는 어서 나오라는 체링의 외침을 못 들은 양 계속 불길 속에 있었다. 티베트 말로 외치다 중국어로 바꿔 외쳤다. 하지만 그녀는 그의 말을 못 알아듣고 어리둥절한 표정이었다. 다시 들어가야 하나? 체링은 두려움에 망설였다. 그녀의 둥그런 배에 불이 붙었다. 체링은 불길 속으로 뛰어들어 그녀를 붙잡았다. 그에게 불이 옮겨 붙었다. 그러나 불은 그렇게 뜨겁지 않았다.

체링은 화들짝 깨어났다. 꿈이었다. 땀에 온몸이 젖었고, 침대 깔개마저 축축했다.

지진이 일어난 지 하루가 지났다. 밖에는 비가 내리고 있었다. 사무실에서 가져온 서류 가운데 몇 장을 챙기고 이동저장장치를 주머니에 넣었다. 가죽 가방은 도로 깔개 밑으로 깊숙이 밀어 넣었다. 시간이 없었다.

그물을 잘라야 해.

그물에 갇힌 채 배 위로 끌어올려지면 끝이었다. 체링은 휘청거리는 몸으로 옷을 갖춰 입었다. 아내가 뜨거운 차에 버터를 녹여 건네며 말렸다.

"여보, 오늘은 쉬면 안 돼요?"

"아직 처리할 일이 좀 있어요. 말 한 마리는 내가 데리고 갈게. 다친 사람들을 옮기려고."

아내는 말없이 밖으로 나가 육포를 싸서 말안장에 달고 말에게 보리를 먹였다. 늙은 암말 야라는 그저 앞만 보고 걷는 온순한 놈이다. 체링은 깔판 아래 넣어둔 가방을 열어서 물건을 꺼내 비닐로 여러 번 싸고 다시 가방에 넣었다.

말은 사뿐사뿐 언덕을 내려갔다. 체링은 건너편 언덕 신시가지로 말을 몰았다. 중상자들이 폐허 사이로 줄을 지어 남쪽으로 움직였다. 아침에 그가 이리저리 폐허를 피하며 갔던 그 길은 약간의 변화가 있었다. 사람들이 땅을 파내려 가고 있었다.

한 끝에서 다른 끝까지 겨우 몇십 분이면 걸어갈 수 있는 도시의 큰 길, 이 나라에서는 거의 예외 없이 인민로라고 부르는 중앙로는 강을 따라 나 있었다. 길을 따라 걷는 이에게 별로 숨기는 것도 없는 도시인 탓에, 걷는 사람은 재난의 참상을 그대로 목도할 수밖에 없었다.

지진에도 살아남았던 데키건축연구소의 간판은 불길에 사라지고 없었다. 이층을 태운 불은 삼층으로 올라가다 멈췄다. 쏟아지는 비에 불길이 잡힌 것인지, 사람이 잡은 것인지는 알 수 없었다. 체링은 사무실의 철저한 파괴를 확인하고서야 안도할 수 있었다.

체링은 이어 구시가지에 있는 다시 노르부의 사무실을 찾았다. 성도에서 강녕으로 올 때면 가끔 이용하는 곳이었다. 위치는 알고 있었지만 그곳을 제 발로 찾아온 것은 처음이었다. 악운이 강한 것인지 그의 사무실은 지진에도 끄떡없이 버티고 서 있었다. 비끄러매진 문은 발길질 한 번에 쉽사리 열렸다. 체링은 이동저장장치 하나를 꺼내 봉투에 넣고 니마라는 명패가 놓인 책상 서랍에 넣었다.

이제 개새끼들끼리 서로 물고 뜯겠지.

체링은 서둘러 사무실을 벗어났다. 그곳에서 오랜 시간을 보내고 싶은 마음 따위는 추호도 없었다.

이 도시에서 가장 큰 광장은 인체 감별소가 되어 있었다. 분류 과정은 딱 두 단계였다. 산 사람과 죽은 사람. 산 사람은 중상자와 경상자로 다시 나뉘었고, 죽은 이들은 신원이 파악된 자와 나머지로 나뉘었다. 파악되지 않은 이들은 전염병과 댐 붕괴 우려 때문에 서른여섯 시간 내 매장할 것이라는 방송이 흘러나왔다. 이곳에서 시신은 누구도 환영하지 않는 살 덩어리였다. 주인 잃은 개들이 폐허 위를 돌아다니고 있었다.

체링은 휘적휘적 혼돈의 현장을 걷다 힘이 들면 멈춰 서곤 했다. 지친 병사들은 건물 더미 위에서 그대로 비를 맞으면서 누워 있었다. 길에서 마주치는 이들은 서로 눈길을 주지 않았다.

그물을 잘라야 해.

체링은 대도가원 쪽으로 발길을 돌렸다. 아침과 똑같은 모습이었지만 더 기운 것 같았다. 체링은 누군가를 두리번거리며 찾았다. 그러다가 녹색 하의에 검은색 긴 윗도리를 입고 무전기를 손에 든 사내에게 다가갔다.

"구역 구조 책임자를 찾고 싶은데요. 제가 건물의 구조를 잘 압니다."

무장경찰 대장은 그를 삐쩍 마르고 키만 큰 사내에게 데려갔다. 체링은 대번에 그를 알아봤다. 구부정하니 선 그는 눈이 퀭해 지쳐 보였지만 지난번에 봤을 때보다 생생한 표정을 하고 있었다.

"왕빈이라고 합니다. 구조 자문을 맡고 있습니다."

"우리 구면이죠?"

왕빈 역시 그를 알아봤는지 달갑지 않은 표정이 스치고 지나갔다. 하지만 체링에게는 천재일우의 기회였다.

체링은 왕빈을 구석진 곳으로 끌고 가 이야기했다. 가끔씩 주변을 두리번거리며 인적을 살피는 젊은이의 얼굴이 서서히 붉어졌다. 그는 떠듬떠듬, 하지만 확고한 톤으로 몇 가지를 되묻고 고개를 끄덕였다. 이야기를 마치고 체링이 부탁했다.

"위성전화 좀 부탁해요. 급한 일이 있어서요."

왕빈은 자신에게 배당된 전화기를 건넸다. 체링은 전화기를 들고 통화 소리가 들리지 않을 만한 곳으로 이동해 전화를 걸었다. 거의 포기하고 전화를 끊으려 할 즈음에 상대방이 전화를 받았다.

"화 부장님, 체링입니다. 무너진 사무실에 들어가 보니 하드디스크와 서류들이 없어졌습니다."

"강도는 아닙니까?"

"돈 나가는 것은 그대로 둔 채 그것만 가져갔습니다."

눈에 보이지 않아도 화인주가 눈동자를 이리저리 굴리고 있다는 것을 알 수 있었다. 잠시 침묵하던 그가 낮은 목소리로 말을 이었다.

"우리 사람이 곧 성도로 갈 겁니다."

체링은 전화를 끊으며 실룩 웃었다. 제 머리가 똑똑하다고 여기는 자들을 이용하는 가장 좋은 방법은 자기 스스로 생각해냈다고 느끼게 만들어주는 것이다.

체링은 다시 한 번 전화를 걸었다. 상대방이 나오자 재빨리 티베트어로 말했다.

"툽텐, 출근했지? 시간이 없으니 내 이야기를 그냥 들어. 지금 알려주는 번호로 전화를 해서 내가 시켰다고 하고 지시를 받아. 내 이름을 대면 알아서 해줄 거야. 그가 주는 것을 잘 챙겨서 어딘가 안전한 곳에 숨어 있어. 그 사람을 만나고 나면 지금 이 전화도 버려. 새로운 전화를 개통하고 꼭 필요하면 이 번호로 정력제 광고인 척 문자를 넣어. 그러면 내가 그 번호로 다시 전화를 걸게. 회사? 절대 나가지 마. 내가 연락하기 전까지는 절대 사람들 눈에 띄면 안 돼. 알았지?"

툽텐 진파는 데키건축연구소의 초창기 동업자로 성도의 사무실에 있었다. 전면에 나서는 것을 싫어하는 친구라 쿤가와 마주친 일이 거의 없었다. 만났다 하더라도 먼 발치에서 본 것이 전부였다.

위성전화를 왕빈에게 돌려준 체링은 가죽 가방을 열고 두툼한 봉투를 넘겼다. 왕빈은 봉투를 챙기면서 주위를 두리번거렸다.

"꼭 확인해 보세요. 내일 다시 오겠습니다."

체링은 재빨리 돌아서서 왔던 길을 되돌아 걸었다.

그물눈을 하나씩 끊는 것이 아니라, 벼리를 잘라버려야 해.

오전의 그 젊은 여자는 빗속에서 같은 작업을 하고 있었다. 오전과 달라진 것은 삽 한 자루와 곡괭이가 있다는 것뿐이었다.

누가 보아도 대도가원의 북쪽 첫 번째 건물에 부딪힌 토사가 빠져나갈 구멍을 찾지 못하고 방향을 틀어서 내려왔다는 것쯤은 알 수 있었다. 다행히 물기를 머금은 흙은 그곳을 벗어났지만 내리는 비가 흙의 숨구멍을 하나하나 막고 있었다. 그녀는 바위틈으로 진흙이 들어가지 못하게 필사적으로 흙을 파내는 중이었다.

체링은 경찰 구조대 쪽으로 방향을 틀었다. 요원들은 전부 기울어져 있는 건물 안으로 들어갈 준비를 하고 있었다. 체링이 그 여자 이야기를 하자 대장은 고개를 절레절레 저었다.

"너무 깊이 묻혔어요. 가능성이 너무 적습니다. 우리는 일단 생존자가 확인된 곳에 집중해야 합니다."

그들의 얼굴에는 연민과 체념이 섞여 있었다.

체링은 쇠 지렛대 하나를 빌려 그 여자 곁으로 갔다. 땀에 찌들고 비에 젖은 그녀는 체링을 보고 눈으로 인사를 건넸다. 불면에 지쳐 꺼칠한 얼굴이었지만 검은 눈동자는 서늘하게 빛나고 있었다. 여자는 자신을 페마 팔모라고 소개했다.

"아래에 누가 있나요?"

"남자 한 명과 아이 두 명이 있어요. 분명 살아서 구조를 기다리고 있을 거예요."

여자에게는 그들의 생존이 기정사실인 것 같았다.

"곧 구조 인원이 보충되면 사람들이 올 거예요. 그때까지 숨구멍이 막히지 않도록 해야 해요. 안에 공간이 있으니까 반드시 살아있을 거예요."

무슨 공간을 말하는지 모르지만 그녀는 뭔가를 철석같이 믿고 있었다. 그녀가 물었다.

"가족이 다치지 않았나요?"

"네, 다행히."

그녀의 눈이 반짝였다.

"저는 도와줄 가족이 없어요. 사람들이 올 때까지 저를 좀 도와주실래요?"

"네, 그래야지요."

힘을 쓴 지 오래였지만 체링의 힘은 곧 살아났다. 쇠 지렛대를 끼워 커다란 바위를 굴려내면 그녀가 아래의 흙을 거둬냈다. 끊임없이 밀려오는 토사, 곧 무너질 듯 위협하는 커다란 돌멩이들 아래서 그녀는 힘에 벅찬 반복 운동을 수행했다. 검고 단단한 목은 빗물과 땀으로 번들거렸다. 수많은 사람들이 빗속에서 땅을 파고 있었다. 그러나 그녀처럼 비타협적인 사람은 없었다. 그녀는 비를 아예 의식하지 않았다.

"아가씨, 좀 쉬어요. 인원이 계속 증강되고 있어요. 그 사람들이 오면 구조를 계속해야죠. 숨구멍은 내가 만들고 있을게요."

페마가 앉아 고개를 묻자 체링은 윗도리를 벗어 덮어주었다. 그녀는 신도시 분수대 옆의 피난처로 갈 생각 따위는 아예 하지도 않고 있었다.

체링은 돌 밀어내기와 흙 걷기 두 동작을 반복했다. 어쨌든 조금씩이나마 파내려 가고 있었다. 그는 내려간다, 내려간다, 구령을 외우며 같은 동작을 반복했다. 체링은 이를 드러내고 웃었다. 재난 후 첫 번째로 나오는 웃음이었다. 아니, 몇 년 만에 처음인지도 몰랐다. 돌에 기대 바라보던 페마도 희미하게 웃었다.

내려간다,

내려간다.

밤 열 시, 두 사람이 계속 땅을 파고 있을 때, 군인 여섯 명이 한 조가 된 구조대가 도착했다. 모두 동쪽에서 온 신출내기 병사들이었다. 페마는 그들 앞에서 빠른 말로 상황을 설명했다.

세 명이 매몰되어 있다. 아래에 분명히 큰 공간이 있다.

페마가 체링 쪽으로 눈을 돌렸다.

"아침이면 다 걷어낼 거예요. 아저씨는 가서 좀 쉬세요. 감사합니다! 감사합니다!"

체링은 구조대가 제공한 생수를 벌컥벌컥 들이켰다.

대도가원 쪽에서 생존자 한 명이 나오자 가족들의 환호가 공기를 갈랐다. 시체에 지친 사람들에게 산 사람은 그리움 자체였다. 밤이 깊어지자 비도 잦아들었다. 새벽 세 시가 다 되어 체링은 다시 언덕 풀밭에 매어둔 말을 풀어 아내가 기다리는 집 앞

천막으로 향했다. 조금이라도 자두지 않으면 아무것도 할 수 없을 것이다.

외투

체링은 몇 시간 노곤한 몸을 뉘고 일어나, 다시 계곡 아래로 향했다. 비 온 후 계곡을 떠나지 못한 안개가 낮게 깔려 있었다.

신시가지 길에는 대충 토사가 치워져 있었다. 서쪽으로 가는 간선로와 남쪽으로 가는 길이 갈라지는 삼거리에서 눈에 익은 사내 하나가 눈물을 훔치고 있었다. 평생 울지 않을 것 같은 남자, 간이 버스정류장 건너편에서 라면을 파는 마씨였다. 언제나 약간 멍한 듯 웃으며 라면을 건져내던 사람이었다. 무너진 건물 더미, 벽이 너무 얇아서 쉽게 무너졌고 그래서 더 걷어내기 쉬웠던 곳에서 사람이 나왔다. 한꺼번에 두 명이나.

체링은 말을 언덕 구석에 매어두고 그곳으로 걸어갔다. 지렛대를 든 군인들, 낮은 지대에서 온 군인들이 가까스로 숨을 헐떡이며 서 있는 틈을 비집고 안을 들여다보았다.

머리 뒤쪽이 완전히 꺼져버린, 뇌수가 피와 섞여 턱 밑으로 흘러내린 처참한 몰골의 여인이었다. 마스크를 쓴 군인들이 사람들의 접근을 막았다. 굳은 피에 벌써 파리가 들러붙었다. 그녀는 품에 두 살 난 딸을 안고 있었다. 엄마의 피는 아이의 얼굴로 흘러 아동극의 가면 같은 모양을 만들어냈다. 피범벅이 된 아이는 다친 곳 없이 살아있었다. 군인들이 아이를 빼내려 했지만 한 쪽은 겨드랑이 밑에서 올라가고 한 쪽은 목 위에서 내려 깍지를 낀 어미의 두 손이 굳어서 빠지지 않았다. 구조대원이 꼬챙이를 밀어 넣어 부러뜨리려 하자 마씨가 기겁을 하며 달려들었다.

"여보, 나야 놓아줘. 우리 딸을 이제 놔줘."

그는 죽은 아내의 얼굴을 더듬으며 오랫동안 다정하게 애원했다. 그리고 그녀의 손가락을 하나씩 만졌다. 아이를 안고 당기니 기적처럼 아이가 빠져나왔다. 순간 둘러싼 사람들이 하나둘씩 울기 시작했다. 빠져나온 아이는 아빠 품에서 훌쩍였다. 그저 사후경직이 풀린 것이겠지만 그 장면은 사람들에게 새삼스런 힘을 주었다.

체링은 라면가게 주인 마씨를 잘 알았다. 감숙성에서 온 회족 마씨는 가게 일을 정말 사랑했다. 손님이 적은 날이면, 그는 한 손에 아이를 막대처럼 세우는 놀이를 했고, 아내는 옆에서 위험

하다며 타박을 했다. 매번 같은 놀이와 같은 타박이 있었다.

어금니를 물고 터덜터덜 길을 따라 신시가지 언덕을 올라갔다. 신시가지 보도블록 위에서 어떤 사내가 발가벗겨져 매를 맞고 있었다. 바짝 마른 사내는 겁에 질려 있었다. 사체에서 금붙이를 빼내다가 걸린 것이라고 한다. 어떤 남자가 우악스럽게 그 사내의 따귀를 올려붙였다. 오늘은 몰려든 기자도 있었다. 그들은 그 사내를 가운데 두고 플래시를 터트리며 사진을 찍어댔다. 신시가지 광장 주변에 몰려 있는 은행의 금고를 옮기는 무장경찰들의 모습이 눈에 들어왔다. 금고가 사람보다 귀한 취급을 받고 있었다. 체링은 앞으로 나가 매 맞는 사람의 등을 감쌌다.

누구도 발가벗은 이를 때릴 권리는 없어. 정작 비난 받아야 할 놈들은 열 겹의 외투를 입고 있지, 나처럼.

체링은 외투를 벗어 발가벗은 사람에게 건넸다. 교활하고 겁먹은 눈동자, 어딘지 자신과 닮은 사내의 눈동자에 얄팍한 호의가 살의로 바뀌었다. 그것은 남자가 아니라 체링, 자신을 향한 것이었다.

그는 사내를 외면하고 페마가 땅을 파고 있는 곳으로 갔다. 그녀를 합쳐서 여섯 명이 땅을 파고 있었다. 돌을 굴리고 흙을 좌우로 밀어내며 그녀는 똑같은 동작을 반복하고 있었다. 그녀와 함께 있는 여섯도 그녀에게 홀린 듯 끝없이 자갈을 밀어냈다.

잠시 그녀를 외면하고 대도가원으로 올랐다. 낙석은 치워지지 않았지만, 건물로 사람을 투입하는 구조작업은 그대로 이어졌다. 비탈을 오르자 왕빈이 눈으로 인사를 했다. 하루 사이 입가에 마른버짐이 퍼진 꺽다리 왕빈은 구조 현장에서 약간 벗어나 끊임없이 사진을 찍으며 측량계로 각도를 계산하고 있었다.

"새벽에 생존자들을 많이 구했어요. 그런데 기자들이 몰려들어서 귀찮군요."

"볼 건 다 봤나요?"

"네, 거의 봤어요. 총리가 오늘 온다고 야단이네요."

체링은 대답하지 않았다. 그가 온들 무엇이 변하겠는가, 그들에게 이곳은 또 하나의 선전장에 지나지 않았다.

"완전 붕괴 전에 아파트 이층 슬라브 전체가 아래로 떨어졌어요. 대도가원 일 층은 원래 가운데 기둥이 없는 거죠?"

체링은 대답 대신 고개를 끄덕였다. 왕빈은 이를 악물며 무너진 건물을 응시했다. 건물은 부실 그 자체였다. 구조견이 잔해더미에 코를 대고 바삐 원을 그리며 돌았다. 그러자 음파탐지기를 든 사람들이 재빨리 다가가는 모습이 보였다.

체링은 왕빈을 힐끔거렸다.

그물을 잘라야 해. 그물눈을 하나씩 끊는 것이 아니라, 벼리를 잘라버려야 해.

"혹시 내일 저녁에 나를 찾아올 수 있겠습니까? 저기 토지신 모시는 사원에서 봅시다."

체링의 간절한 눈빛에 왕빈이 고개를 끄덕였다.

"밤 열 시 넘어서 오세요. 꼭 혼자서 오시오."

좌우를 슬쩍 돌아보고 왕빈은 또 고개를 끄덕였다. 그가 돌아보지 않고 말을 이었다.

"청장을 만날지 몰라요. 어쩌면 못 갈 수도 있어요."

왕빈은 지치고 외로워 보였다. 체링이 가까이 다가가 빠르게 속삭였다.

"진 청장과 우리 사장이 친하죠. 쿤가 걜포."

왕빈은 고개를 끄덕이며 나지막이 대답했다.

"저는 공가그룹 사장은 따로 만난 적이 없어요."

"나를 신뢰하기 힘들 겁니다. 그건 나도 어쩔 수 없네요. 하지만 나는 왕 선생을 믿는 것 외에 다른 방법이 없습니다."

왕빈이 고개를 끄덕였다.

"절대 진 청장에게 많은 말을 하지 마시오. 어디까지 윗선에 손이 닿아 있는지 나도 모릅니다. 아마 쿤가 걜포만 최종 윗선을 알 겁니다. 아무도 믿지 말고 나만 믿어주시오."

체링이 간곡한 어조로 부탁했다. 그물을 자르려면 왕빈이 반드시 필요했다.

웅성거리는 소리와 함께 사람들이 몰려왔다. 공무원 무리와 함께 움직이는 그들을 신경 쓰는 사람은 아무도 없었지만, 체링은 그들 가운데 몇을 알아볼 수 있었다. 그들 중 하나는 공가그룹의 회장인 쿤가 걀포의 비서 녀석이었다. 쿤가도 왔을까? 그 뒤에서 사천 사투리로 짧게 대답만 하는 덩치 큰 녀석은 처음 보는 녀석이었지만, 니마는 바로 알아볼 수 있었다. 있어야 할 사람이 없었다. 쿤가의 오른팔인 다시 노르부.

체링은 알 수 없는 한기를 느끼며 서둘러 몸을 피했다.

왕빈은 다른 생각에 빠져 있느라 체링이 사라진 것도 깨닫지 못하고 있었다. 건물의 구조 따위가 문제가 아니었다. 신도시는 애초에 자리 잡아서는 안 되는 곳에 터를 닦고 눌러앉아 있었다.

불길한 이야기가 전염병처럼 퍼져서 건물로 진입하는 사람들의 용기를 좀먹고 있었다. 상류의 채석탄 댐의 물이 거의 다 찼고 붕괴할 거라는 소식이었다. 지휘관들은 안전하다는 말만 할 뿐 정확한 내막을 이야기하지 않았다. 붕괴 징조가 나타나면 최소한 한 시간 전에 퇴각 신호를 줄 것이라는 말만 반복했다. 사실 그들도 내막을 모르기는 마찬가지였다. 지휘관들의 불안은 아래로 내려갈수록 증폭되었다.

결국 총리는 신도시 현장에 오지 않았다. 인민광장만 짧게 둘

러보았을 뿐이었다. 최선을 다하라는 지시와 함께. 희망을 잃지
말라는 당부와 함께. 총리는 아픈 아이를 껴안고 눈물을 흘렸다.
기자들의 플래시가 빗발쳤다.

3부

초모랑마에 오르는 법

첸리시

오후가 되자 잠시 멈추었던 비가 다시 내리기 시작했다.

'흙이 젖으면 모두 질식할 거야.'

페마는 일어나기 위해 안간힘을 썼지만 녹초가 된 몸과 함께 정신력도 완전히 고갈되고 말았다. 그녀는 잠시만 눈을 감고 있기로 했다. 그리고 두 시간 동안 헤어날 수 없는 수면에 무릎을 꿇었다. 잠에서 깰 무렵 그녀는 짧지만 선명한 꿈을 꾸었다.

고향의 초원이었다. 밤하늘의 별자리가 엉망으로 엉켜 있었다. 샛별이 서쪽 지평선에서 빛나고 북극성은 동쪽 하늘에 기울어 있었다. 은하수는 방향 없이 사방으로 퍼지고 견우성과 직녀성이 보이지 않았다. 그녀는 새벽에 땅 버섯을 따고 있었다. 버섯이 너무 커서 광주리에 넣을 수가 없었다. 그때 회색 늑대 새끼들이 그녀의 품으로 파고들었다. 어미 늑대가 있을까 주위를 둘러봤지만 아무도 없었다. 그녀는 늑대들에게 젖을 물렸다. 열마리 남짓한 놈들을 먹여야 하는데 젖이 두 개뿐이라며 걱정하는 찰나 유두가 하나씩 돋아났다. 그녀는 초원에 누웠고 늑대들이 품에서 오글거렸다. 녀석들의 얼굴을 하나하나 유심히 살펴보았다. 별자리가 흔들려서 길을 잃었구나. 어떻게 별을 제자리로 다시 돌릴까, 그녀는 곰곰이 생각했다.

그때 갈증이 그녀를 깨웠다. 늑대 꿈은 여전히 생생했다. 입안이 바짝 마르고 상처가 터져 쓰라렸다. 본능적으로 흙무더기와 하늘을 바라봤다. 여전히 그대로였다.

그녀는 상반신을 일으켰다. 바로 옆에 얼굴이 허옇고 바짝 마른 꺽다리 청년이 있었다. 왕빈이다. 그녀는 왕빈에게 눈으로만 인사를 건넸다. 페마는 마른입에 육포를 욱여넣고 삽을 집어 들었다. 붕괴 위험 때문에 잠시 대도가원 쪽의 구조는 멈춘 상태였다.

왕빈이 말했다.

"우리가 할 게요. 당신은 좀 쉬어요."

구조자 행동지침이 확성기로 계속 울려 퍼지고 있었다. 명령이 있을 때까지 작업을 중지하라. 왕빈이 걸어서 구역 대장에게 다가가 뭐라고 말했다. 그들이 실랑이를 벌이는 것을 보았다. 왕빈이 괭이를 들고 나섰다.

비가 잠시 멈출 것이라는 소식이 들려왔다. 작업은 진척이 있었다. 어느 순간부터 흙에 돌이 많이 섞여 있지 않았다.

얼마 후 체링이 언덕에서 내려와 합류했다. 체링이 구령을 붙여가며 흙을 파헤쳐 왼쪽으로 던졌고 힘이 그보다 못한 왕빈은 긁어서 내렸다. 페마도 구령에 맞춰 움직였다. 그 옆에는 젊은 병사들이 있었다. 그들에게 구조자 행동지침 따위는 아무런 상관이 없었다. 구조대장은 더 이상 그들을 제지하지 않았다.

페마의 구령은 반은 기도였다.

'두려움을 없애주는 이 첸리시여, 분노의 어둠을 눌러주소서.'

반은 독백이었다.

'심장을 별에 둔 사람이시여. 그분은 남이 죽일 수 없으니 스스로 가고 싶을 때 가시고.'

이기적이게도 그녀는 아이들이 아닌 연인을 위해 먼저 독백했다. 그리고 미안하다는 말을 반복했다.

확성기에서 구조재개 명령이 떨어지자 거짓말처럼 사람들이 모여들었다. 그들은 중국어로 숫자를 외치며 흙을 퍼냈다.

오후 세 시, 비는 완전히 그쳤다.

가끔 구름 사이로 빛이 보였다. 자꾸 엎어지려는 몸을 가누며 페마는 삽을 놓고 장정들에게 뜨거운 물을 날랐다.

오후 다섯 시. 삼 층의 슬라브 지붕이 드러났다.

페마는 벅차서 말을 잇지 못했다. 구조대 한 팀이 지붕의 철근을 끊고 나머지는 건물을 둘러싼 흙을 계속 퍼 날랐다. 겨우 한 시간 만에 지붕이 완전히 모습을 보였다.

저지대에서 온 어린 병사 셋은 고도의 압박을 견디지 못하고 탈진 직전이었다. 다행히 인원은 계속 보충되었다. 페마도 삽을 잡았다. 체링이 다가가자 그녀는 옅은 미소를 보였다. 그녀는 지쳤지만 얼굴이 발그레했다. 체링은 주머니에서 굳힌 유지방을 꺼내 씹으며 계속 파내려갔다.

얼마 후 페마가 소리쳤다.

"사람을 더 불러줘요. 아주 커다란 탁자, 엄청나게 커다란 탁자가 하나 있거든요. 부서졌을 리가 없어요."

구조대원 한 명이 열화상카메라를 가지고 왔다. 그 카메라는 선명한 불덩어리 셋을 가리키고 있었다. 사람이 살아 있었다. 영상을 본 페마는 심장이 타오르고 눈물이 터져나와 몸을 가눌 수가 없었다. 그녀는 쉰 목소리로 말했다.

"이 아래, 이 아래야. 인원을 보충할 수 있어요? 공간이 있어요! 당장 파고 들어가야 해요!"

왕빈이 교대조로 쉬고 있던 사람 다섯을 강제로 깨우고 음향탐지기를 챙겨서 현장으로 돌아왔다. 음향탐지기에 땅땅거리는 소리가 분명히 걸렸다.

"뭔가를 때리고 있어요. 신호가 확실해요. 겨우 이 미터 아래 정도."

구조견을 데리고 오니 역시 똑같은 장소를 맴돌며 꼬리를 흔들며 생존자가 있다는 신호를 보냈다. 다시 비가 내렸지만 페마는 기쁨 때문에 아무것도 느끼지 못했다.

그나마 얼기설기 엮어 놓은 가는 철근 덕분에 이 층 슬라브는 종잇장처럼 찢어지고 구겨졌지만 완전히 두 동강이 나지는 않았다. 추가 붕괴가 두려워 두 사람만 올라가 흙을 거둬내고 나머지는 가장자리를 긁었다. 유압식 철근 절단기를 든 요원 둘이 가운데서 밖으로 나가며 철근을 끊었다. 콘크리트가 달려 있는 부분은 해머로 때려 떨어뜨렸다. 하나하나 끊어나가는 손에 힘이 빠지면 다른 사람이 작업을 이었다. 세월의 상처를 입은 철근은 쉽게 툭툭 끊어졌다. 금세 구경꾼이 모이고, 그 중에는 기자도 있었다.

멈췄던 비가 쏟아지면서 땅이 우르릉 울렸다. 슬라브지붕 위에서 철근을 자르던 구조 요원 한 명이 몸을 가누지 못하고 미끄러졌다.

그 순간 체링은 사람들의 비명을 들었다.

"아파트가 붕괴한다! 붕괴한다!"

왼쪽 가장자리에 위태롭게 서 있던 건물의 벽이 소리를 내고 있었다. 사람들은 허겁지겁 산비탈을 따라 달아나고 구역 구조대장은 확성기에 대고 목이 터져라 철수를 외쳤다. 건물 잔해 더

미로 진입한 요원들이 속속 밖으로 빠져나와 북쪽의 낙석 안전지대로 빠져나갔다. 함께 작업을 하던 인원들도 장비를 그대로 두고 북쪽으로 뛰었다. 그러나 페마는 떠나지 않았다. 체링 역시 페마를 보며 움직이지 않았다.

땅을 울리는 진동과 굉음을 일으키며 건물이 붕괴됐다. 그러자 마치 산 자를 질식시키려는 비단뱀처럼 토사가 스르르 아래로 흘러 내려왔다.

순간 페마는 발을 헛디뎌 앞으로 엎어졌다. 이마의 상처로 빗물이 들어가 핏물이 턱으로 뚝뚝 떨어졌다. 그녀는 꼼짝도 하지 않고 서서 흘러 내려오는 토사를 응시하다 하늘을 쳐다보며 악을 썼다.

"당신은 눈이 없는가? 당신의 자식들이다. 죄 없는 자식이다. 왜 낳았는가? 이렇게 데려가려고?"

페마의 울음은 폭우를 뚫고 울려 퍼져 사람들의 간담을 서늘하게 했다. 그녀는 아직 서 있는 대도가원의 맨 왼쪽 건물을 향해 주먹을 휘두르며 소리쳤다.

"넘어지려면 빨리 넘어져버려라! 이 저주받을 살인자 놈아. 이 살인자 놈아."

페마의 절규 한 마디, 한 마디가, 체링의 복부를 후려갈겼다. 체링은 그냥 눈을 감고 그녀의 주먹질을 고스란히 당하고 싶었다. 체링은 그녀의 팔목을 잡아끌었다. 페마는 끊어진 철근을 꽉 잡고 버티고 있었다. 여태 그렇게 힘이 센 여자를 본 적이 없었다. 그녀는 양손으로 철근을 잡고 놓지 않았다. 다시 다가온 왕빈이 손가락을 하나씩 풀어 강제로 그녀를 들었다.

페마가 티베트어로 애원했다.

"제발 나를 여기 둬요."

체링은 대답 대신 그녀를 부축하고 경사면 옆으로 빠져나왔다. 수분이 다 빠진 그녀는 기절했다. 야크처럼 단단하던 그녀의 팔은 더 이상 회복하지 못할 정도로 힘이 빠지고 숨결마저 가늘어졌다. 체링은 살인자 건물을 응시했다. 지금까지 일 층과 지하로 흘러 들어간 토사가 오히려 오뚝이처럼 무게 중심을 잡는 역할을 하고 있었다. 껍데기만 남은 후에 비로소 중심을 잡다니. 천천히 밀려온 토사가 다시 슬라브 위를 덮었다. 체링이 주변을 향해 소리쳤다.

"이 아가씨를 옮겨야겠습니다. 너무 지쳐서 위험해요."

하지만 들것에 싣는 순간 페마가 벌떡 일어났다. 물을 달라고 하더니 벌컥벌컥 쉬지도 않고 한 통을 비워냈다. 그녀가 다시 일어섰다.

"곧 비가 그칠 거라고 하잖아요. 먼저 공기가 들어갈 구멍을 만들어야죠."

그녀는 구조대에 지급된 육포를 물에 적셔 씹으며 삽을 집어 들었다.

기다림의 별

깨지도 잠들지도 않은 상황에서 눈만 감으면 끝없는 꿈이 밀려왔다. 군대에서 만난 이들이 나왔지만 애써 밀어냈다. 지우는 꿈에서, 같은 법정에서 같은 증언을 했다. 고비가 산을 뛰어 다니고 있었다. 새끼들이 있었다.

잠결에 지우는 철근을 자르는 전동공구 소리를 분명하게 들었다. 누군가 땅을 파고 있다. 소리는 점점 명료해졌다. 이제 희망을 품을 시간인가?

복부의 기분 나쁜 통증이 불안했다. 아이들이 모두 깨자 지우는 다시 물을 먹이고, 가끔씩 탁자 다리를 벽돌로 두드리며 이야기를 이어갔다. 목이 타들어와 이야기는 간간이 끊어졌다. 아이들도 공구 소리를 분명히 듣고 있었다.

"이야기를 이어갈까? 자, 이제 첫 번째 지옥을 탈출한 별 가족을 기다리는 고난은 뭘까? 첫 번째 고비는 불타는 사막이었어."

사막 이야기를 꺼내자 갈증이 더 심해졌다. 하지만 어쩔 수 없다. 아이들이 이야기에 집중하는 기척이 느껴졌다.

"물도 풀도 없는 불타는 사막을 걸어서 건널 수는 없어. 하지만 거기는 낙타를 끄는 노인이 한 명 있었어. 그 낙타와 노인의 도움을 받아야만 사막을 건널 수 있지. 노인은 길을 알거든. 별 가족이 사막에 도착했을 때 백발이 성성한 노인 한 명이 낙타를 데리고 있었지. 아버지가 물었어.

'노인장은 여기서 얼마나 오래 계셨나요?'

'나도 사실은 지옥에서 나온 사람이오. 어떤 노인이 낙타로 사람들을 인도하고 있더군요. 내가 그 사람을 대신해주었소. 그런데 그 후로 누구도 나를 대신해주지 않더군요. 여기는 누군가 대신해주지 않으면 벗어날 수 없어요. 이 뜨거운 사막을 경험한 이들은 모두 그냥 떠났소. 자, 누가 먼저 떠나겠소?'

그러자 둘째아들이 나섰어.

'아버지 이번에는 제가 가장 먼저 가도 될까요?'

'그래 네가 먼저 가라. 나는 마지막에 가마.'

그래서 둘째아들이 노인과 함께 낙타를 타고 길을 나섰지. 정말 불타는 듯이 뜨거워서 저절로 눈이 감겼어. 하지만 용감한 둘째는 두 눈을 부릅뜨고 앞을 바라봤지. 정말 어마어마하게 넓은 사막이었어. 구름도 강도 없었지. 비쩍 마른 노인은 헐떡거리면서 몇 시간마다 나타나는 조그마한 오아시스를 따라 움직였어."

아이들의 침 넘어가는 소리가 들렸다. 끼자는 또 오줌을 지렸다. 사막에서 오줌을 싸는 녀석, 지우는 슬그머니 웃었다.

"근데, 둘째도 대단한 녀석이었지. 둘째가 노인에게 말했어. '노인장, 제가 힘이 좀 남으니 낙타를 끌지요.' 너무 지친 노인이 낙타에 올라타자 둘째는 내려서 걸었지. 그러다가 드디어 숲이 있는 곳에 도착했어. 그런데 둘째가 노인에게 이런 말을 하는 거야. '어르신, 떠나세요. 어르신은 너무 오래 일했어요. 삼시 제가 맡을게요.' 노인은 깜짝 놀라 말했어. '아무도 이 일을 대신해 주지 않았네. 젊은이, 자네는 언제까지 이곳에 있게 될지 모른다고.' 하지만 둘째의 결심은 확고했지. 둘째는 노인을 보내고 자기가 낙타를 몰고 아버지와 동생들이 있는 곳으로 갔어. 아버지는 깜짝 놀랐지. 둘째는 자기가 기어이 이곳에 남겠다고 했고, 아버지는 둘째를 설득할 수 없었어. 아버지와 동생을 하나하나 태워서 사막을 건네고 둘째는 그곳에 남아서 지옥을 떠난 사람들을 실어 날랐어."

가가가 끼어들었다.

"그럼 아직도 둘째가 거기 있나요?"

"그래, 아직도 그곳에서 사람들을 나르고 있어. 하지만 계속 사막에만 있는 것은 아냐. 밤이면 시원한 하늘로 올라가 쉬어. 북두칠성의 두 번째 별이 바로 둘째야. 그래서 그 별은 '기다림의 별'이라고 불러. 매일 누군가 오기를, 어느 날 누가 자기의 고통을 받아주기를 기다리지."

가가가 또 끼어들었다.

"뒤에 오는 사람들이 사막을 한 번씩만 더 건너기만 하면 그렇게 한 사람이 오래 기다릴 필요는 없을 텐데요."

어린아이의 말에 지우는 잠시 말을 잊었다. 그렇지, 어른들은 나누면 아무것도 아닌 그런 고통을 누군가에게 희생으로 강요하곤 하지. 지우는 말없이 가가의 머리를 쓰다듬었다. 땡중 현각의 머리처럼 까끌까끌했다.

분명히 들리던 전동공구 소리가 멈췄다. 지우는 헛웃음을 삼켰다. '기다림의 별'은 아직 하늘로 올라가지 못했다.

지하의 공기가 유난히 탁해졌다. 유입되는 공기가 줄어든 모양이었다. 몇 시간 전부터 탁자 밑으로 천천히 물이 스며들더니 이제는 흥건했다. 지우는 가끔씩 물을 밀어내다가 바지를 벗어 아이들의 베개를 만들었다.

지우는 자신의 인생에 대해 생각했다. 원래 가고자 하는 플롯은 있었다. 하지만 아마도 여기서 멈춰버린 것 같다. 하고 싶은 이야기도 많았다. 하지만 끝을 맺지는 못할 것이다.

어머니 얼굴을 떠올리다 그만뒀다. 그런 생각은 얼마 남지 않은 이 공간의 공기를 앗아갈 것이다. 지우는 처음으로 자신의 시체를 상상했다. 내가 숨 쉬지 않으면 내 몫의 공기는 아이들에게 돌아가겠지. 내 몸이 식으면 아이들이 놀랄 거야. 지우는 성한 팔로 끼자의 허리를 두르고 옆으로 굴려 둘을 한 곳에 놓았다. 끼자 녀석은 잠시 잠이 들었는지 잠꼬대를 한다. 살짝 손에 걸린 녀석의 고추가 서 있다. 순간 페마가 생각이 났다. 놀랍게도 자신의 물건이 발기했다. 얼마 안 남은 피가 다 아래로 모인 모양이다.

아이들이 눈을 떴다. 이제 이야기를 할 시간이다. 고통이 점점 사라진다.

"일어났니?"

허기 때문에 힘이 없는 가가가 손가락 꼼지락거림으로 대답한다. 깨어난 끼자가 슬쩍 우는 소리를 했다.

"무서워요."

지우는 끼자의 고추를 손가락으로 툭 치며 말했다.

"이제 곧 나갈 건데, 밖은 밝아. 아빠와 고모가 기다리고 있어."

발목과 안면의 통증이 완전히 사라졌다. 어깨를 슬쩍 움직여 봤지만 감각이 느껴지지 않았다. 복부의 칼로 찌르는 것 같던 통증도 희미해졌다. 지우는 이야기를 이어갔다.

"이번엔 신나는 이야기를 해줄게. 어둠의 용 이야기."

한 쪽으로 모아둔 녀석들이 몸을 꼼지락거린다.

"사막을 지나면 끔찍하게 높은 협곡이 나와. 그 절벽 아래로
는 시커먼 물이 흐르거든. 그 물가에는 물을 건너는 사람들에게
장대를 나눠주는 사람이 있어. 한 사람당 하나씩. 기다란 장대를
건너편에 걸고 매달려 지나가는 거야. 깊은 협곡, 알지? 그런데
그 시커먼 물속에 어둠의 용이 살고 있어."

아이들은 모두 용을 좋아한다.

"사람들이 장대에 매달리면 어둠의 용이 마구 튀어올라. 시뻘
건 혓바닥이 거의 사람 몸에 닿지. 이빨로 물지는 못해. 혓바닥
만 닿아. 그렇지만 혓바닥만 닿아도 사람들은 다 떨어져. 너무
무섭거든. 그 녀석은 떨어진 사람들을 잡아먹어. 끼자 무섭니?"

녀석이 살짝 고개를 까닥인다. 몸을 살짝 비틀어 가슴으로 녀
석의 등을 감쌌다.

"무서움이란 말이야. 흠, 별거 없어. 그냥 용의 혓바닥 같은 거
지. 혓바닥으로 깨물 수는 없잖아? 그런데 사람들은 이빨은커녕
혓바닥만 스쳐도 무서워 떨어지지."

무서움에 대해 이야기하며 지우는 자신이 거짓말을 하고 있는
것은 아닌가싶어 흠칫했다.

나는 정말 죽음이 두렵지 않은 것일까?

"그런데 지옥을 탈출한 별 가족이 여기에 도착했거든. 지금까지 이 계곡을 건넌 사람은 없었대. 어둠의 용의 혀만 닿으면 다 떨어졌으니까. 한 사람당 한 개씩 장대를 받아. 그런데 말이야, 이번에는 셋째가 꾀를 냈어. '아버지, 우리들 장대를 모두 모아서 다리를 만들어요.' 어렵지 않은 일이었어. 지금까지 지옥을 떠난 사람들이 있었지만 이렇게 모여서 갈 생각을 한 명도 못 한 거야. 우습지 않니? 가족 셋은 장대를 한데 모아서 한 명씩 건넜지. 어둠의 용이 길길이 뛰어올라 혀를 뽑아냈지만 아무도 떨어지지 않았어. 혓바닥으로 어떻게 다리 위에 있는 이들을 잡아먹겠니? 아빠가 건너고, 막내가 건너면 장대는 마법처럼 사라지는 거야. 펑!"

가가 녀석이 갑작스럽게 물어왔다.

"셋째는요?"

"셋째는 건너지 않았어."

"왜요?"

"셋째는 뒤에 오는 사람들에게 다리를 만드는 법을 알려주려고 남았어. 막내가 건너자 아버지가 셋째에게 소리쳤지. '빨리 건너. 곧 다리가 사라진다고.' 하지만 셋째는 대답했어. '아버지, 저는 여기에 남을래요. 사람들에게 다리 만드는 법을 가르쳐주려고요.' 아버지가 애원했어. '셋째야, 너를 두고 우리만 갈 수 없어.' 하지만 셋째가 또 소리쳤어. '아버지 걱정 마요. 백 년 동안 아무것도 먹지 못하면 저 어둠의 용 녀석은 죽고 말 거예요. 저 녀석이 죽으면 저는 걱정 없이 강을 건널 수 있어요. 조금 늦게 가는 것뿐이에요."

아이들의 탄성이 들려왔다. 이야기가 드디어 청중의 반응을 얻는구나. 지우가 빙긋이 웃었다. 언젠가, 혹은 어느 곳에서인가는 모르겠지만 동화를 써보면 어떨까?

그때 감각이 멈춘 어깨로 진동이 느껴졌다. 지금 누군가 다시 땅을 파고 있다. 한 사람이 아닌 듯했다. 다시 찾아오는 희망. 아니야, 희망도 공기를 잡아먹을 거야.

지우는 혀가 천천히 굳어가는 것을 느끼고 있었다. 슬그머니 벽돌을 잡았지만 그것 하나도 쉽사리 들어올릴 수 없었다. 잠시 말을 멈추고 팔에 힘을 모아 벽돌로 바닥을 내리쳤다. 소리는 점점 작아졌다. 지우는 헐떡이며 다시 이야기로 돌아갔다.

"셋째는 이쪽 언덕에 서 있다가 사람들이 오면 말해줘. '혼자 건너지 마요. 기다렸다 다리를 만들어요. 장대에 매달려 가지 말고 다리 위를 걸어가요. 다리 위에 서면 저놈 혓바닥은 아무것도 아니에요.' 벌써 구십구 년을 그 일을 하고 있다고 해. 하늘나라의 일 년은 엄청나게 길어. 어둠의 용은 너무 굶어서 제대로 날뛰지도 못한대. 아마도 곧 죽을 거야."

지우는 이렇게 말하고 키득거렸다. 키득거림마저 심장을 눌렀지만 아픔은 느끼지 못했다.

"그런데 셋째도 밤에는 쉬어. 높은 하늘로 올라가서 또 누가 지옥을 탈출해서 오고 있나 내려다보지. 북두칠성의 세 번째 별이 바로 셋째야. 어떤 사람들은 그 별을 '용기의 별'이라 하고, 어떤 사람은 '함께 가는 사람들의 별'이라고 하지. 함…께… 가…는 사람들의 별….."

연장 소리가 가까워온다. 어쩌면 사람 목소리도 들리는 듯했다. 다리 쪽으로 피가 가지 않는지 허리 아래로는 아무런 감각이 없었다. 숨이 혀로 몰렸다 서서히 빠져나갔다. 눈을 감으면 아지랑이같이 출렁이는 빛이 느껴졌다. 온 힘을 다해 끼자를 살짝 밀어냈다. 차가워지면 아이가 놀랄 거야.

장이 터진 거야. 제기랄. 장 파열이 사인이었다고.

지우는 오래전 군대에서 자신이 사진 찍었던 죽은 일병의 얼굴을 떠올렸다. 혀가 굳는다. 가슴 쪽의 피를 혀로 옮기면 한 마디 정도는 할 수 있을 것 같았다. 지우는 마취액을 마신 것같이 둔해진 혀를 간신히 움직였다.

"얘들아…. 북두칠성의 나머지 별들이 어떻게 생겼는지는… 나중에… 밖에서 해줄게. 미리 예고하자면… 마지막 두 별은… 너희 둘… 이야."

가가가 몸을 돌려 지우의 얼굴을 만지더니, 겁먹은 목소리로 울먹이며 물었다.

"우리는 하늘로 올라가지 않았잖아요."

혀로 피가 돌아왔다. 혀끝이 움직인다.

"가가, 울지 마. 힘을 아껴야지. 우리가 지금 보는 밤하늘 별빛
은 사실 과거에서 오는 거야. 그런데 미래에서 오는 빛을 볼 수
도 있거든. 미래의 너희들이 지금 하늘에서 빛을 내고 있는 거란
다. 미래의 빛이 너희들이야."

막후

　선전부장은 덩치는 작지만 가슴팍은 단단했고, 왼손에는 항상 담배를 끼고 살았다. 수행원들의 천막을 옆에 거느린 선전부장의 천막 안은 깨끗했다. 천막 안에 네 명의 남자가 모여 있었다. 한 명은 비옷 아래로 군화를 신고 있었다.

　"재미있는 친구들이 있더라고. 성장님은 서기에게 뭐 책잡힌 것이라도 있소?"

　성장은 아무 대답이 없었다. 대신 진 청장이 나섰다.

　"젊은 사람이니까요. 출세하고 싶나보지요."

　성장이 나섰다.

　"누가 누군지 모르니까 어떻게 대응할지 모르겠습니다. 구호

와중에 뭘 조사하겠다는 건지."

진 청장이 말을 보탠다.

"그 친구가 사고를 이용해서 이름을 알리고 싶은가봐요."

선전부장은 담배만 피워댔다. 성장이 조급한 듯 말을 이었다.

"어차피 시간이 해결해주겠죠. 우리 쪽에서 문제를 만들지는
않을 거니까 안심하세요."

진 청장도 거들었다.

"우리 쪽 사람들은 제가 정리하겠습니다. 어려운 일은 아닙
니다."

선전부장이 담배를 끄더니 조그만 수통에 담아둔 백주를 네
개의 물 컵에 따랐다. 한 잔 마시더니 낮은 목소리로 명령하듯
말했다.

"동지들, 자네들은 너무 궁벽한 곳에 오래 있어선지 그림을
그릴 줄 몰라. 선전이란 원래 전화위복의 예술이야. 이제 자네들
에게 맡기기 힘든 문제가 되었으니 내가 몇 마디 해두지."

다시 담배를 빼문 후 입에서 빼지도 않은 채 말을 이어갔다.

"일을 복잡하게 하지 마. 머리 나쁜 머저리들과 싸우려 하지
말고 그저 물 흐르듯이 이용하라고. 물이 많이 들어차면 더 좋
아. 그 퇴역 군인 녀석은 혼자야, 그렇지? 그 친구는 죽어서 가
죽도 꼬리도 남기지 못해."

선전부장이 비웃 입은 사내에게 턱짓을 보내자, 사내가 고개

를 끄덕인다. 부장은 말을 이었다.

"댐은 옛날 물건이야. 영감탱이와 댐, 이 둘에게 맡기면 된다고. 고맙게도 그 친구가 물그릇을 키우고 있어. 알겠어? 빵! 산 사람들 건드리지 말고 물에 맡기면 된다고. 빵! 그 친구는 혼자야. 그 새끼가 물통을 채우고 있다고. 고맙잖아? 곧 죽을 늙은이에게 짐 하나 떠넘긴다고 무슨 사달이라도 나겠나? 서기? 그 친구는 신경 쓰지 마. 그 친구도 우리 편이야. 그런 것은 우리에게 맡겨. 조금만 조정하면 돼. 그리고 청장 자네는 자네 일만 해. 단순하게 처리해, 일 만들지 말고."

넷은 잔을 들이켰다.

"당은 하루아침에 일군 게 아냐, 알지? 이런 일로 당에 흠집이 나야 되겠어? 컨소시엄 건은 나도 알아. 아래 몇 놈은 대가를 치러야겠지. 자네들은 이번 일이 위로 올라가지 않게만 해. 간단하게 생각해. 진흙에 빠진 인간들은 벌써 한참 전에 다 죽었어. 높은 곳에 있는 사람들이라도 살리자는 거야, 알겠지? 산 사람은 살아야지."

네 개의 잔이 한 번 더 채워졌다.

"빵! 간단하게 끝내자고."

유령 건물

　대도가원은 분명 이 도시에서 독보적인 건물이었다. 십 도 정도 기울어져 서 있는 한 동의 전면은 여전히 아름다웠다. 하얀 대리석 외벽과 선명하게 대비되는 티베트식의 검은 창틀. 저렇게 엎어지지 않았다면, 지면을 거스르지 않고 지은 정남향의 여섯 동의 건물은 부드러운 물결 모양의 스카이라인을 이뤘을 것이다.

　왕빈에게는 아직 할 일이 남아 있었다. 기울어진 건물의 추가 붕괴 여부를 결정하는 것. 신시가지 구조를 맡은 무장경찰대장은 어떻게든 건물 안으로 최대 인원이 동시에 진입할 계획이라고 했다. 절삭 및 천공 장비들이 투입될 것이므로 이 건물의 약점, 그러니까 건드리지 않아야 할 부분에 대한 최소한의 정보를 달라고 했다. 도면만 가지고 그런 정보를 판단하기는 어려웠다.

토사에 묻힌 대도가원은 더 이상 희망이 없었다. 생존 가능성이 확인된 곳만 파들어가는 것이 최선이었다. 왕빈은 체링이 해준 말들을 떠올렸다.

"짐작하다시피, 믿을 수 있는 도면은 없습니다. 하지만 시공 도면이 있습니다."

"양쪽 두 개 방은 사면이 모두 콘크리트로 되어 있습니다. 전면을 절개하고 들어가면 생존자가 있을 가능성이 높습니다. 나머지는 전면이 모두 벽돌인데 기둥과 닿는 부분에 별도의 이음 장치가 없습니다. 이 벽들이 다 떨어졌다면 생존 가능성은 아주 낮습니다. 양쪽 가장자리는 괜찮을 겁니다. 내가 직접 했거든요."

체링의 이야기를 떠올리며 왕빈은 땀인지 비인지 모를 액체를 연신 혀로 핥았다. 아직도 그 남자를 만나야 하는지 갈피를 잡지 못했다.

"나도 믿을 만한 사람이 필요해서요."

"우리는 책임을 져야죠."

체링이라는 사내가 준 봉투 속에는 도면 외에도 주소와 전화번호, 그리고 컴퓨터 파일의 이름이 빼곡히 적혀 있었다. 사내의 말이 떠올랐다.

"아무도 믿지 마세요. 나만 믿어주세요."

기울거나 무너진 건물로 자일을 두른 구조요원들이 동시에 투입되었다. 무너진 건물 위에는 구조견 네 마리가 콘크리트 사이를 이리저리 다니며 생존자의 냄새를 쫓았고 음파탐지기를 든 구조대는 생존자의 소리를 쫓았지만 더 이상의 성과는 나오지 않았다. 토사 더미에서 발견되는 이들은 모두 숨진 이들이었다. 그들은 다시 묻히기 위해서 파헤쳐졌다.

작업은 느리게 진행되었다. 토사의 움직임이 감지될 때마다 구조대장은 퇴각을 명령했다. 붕괴의 위험 속에서 구조대의 신경도 날카로워질 대로 날카로워졌다.

왕빈도 기울어져 있는 건물로 들어갔다. 그는 모든 방의 사진을 찍고 사진 번호에 따라 수첩에 메모를 남기며 복도 끝까지 나갔다. 전면 기둥의 철골이 드러났고, 건물 전체에 거미줄 같은 균열이 광범위하게 퍼져 있었다.

밖으로 나온 후 왕빈은 혼란에 빠졌다. 큰 숨을 두어 번 쉬다 역해져서 점심에 우겨 넣은 군용 배급품을 모두 게워냈다. 음식은 거꾸로 올라오며 식도를 긁었다. 위를 달래기 위해 그는 잠시 눈을 붙였다.

눈만 감으면 건물이 덮쳐왔다. 대도가원은 그냥 빙산의 일각이었다. 체링이 준 봉투 안에는 광역 도면 두 개와 컨소시엄 업체 명단들이 들어 있었다.

「강녕 신도시 2차 확장 승인안」, 그리고 「강녕 신도시 2차 확장 시공 허가서」.

각종 감리 명단에 익숙한 이름들이 빽빽이 적혀 있고, 그 위에 빨간색으로 덧붙인 메모가 남아 있었다. 체링이 추가한 모양이었다.

'지하 십 미터 암반지대.' 메모 – '암반 없음'.

'부지 평균 경사도 동측(산지쪽) 16도, 서측(하천쪽) 11도.' 메모 – '시공불가'.

'2차 신도시 저지대 부지 하상에서 1.5미터.' 메모 – '권고 높이 3미터'.

강녕은 신기루와 같은 시한부 도시였다.

그날 밤, 왕빈은 잠과 싸워가며 자료를 만들고 복사본은 따로 이동식저장장치에 옮겼다.

"신기루 위에 서 있는 시한부 도시. 시한부 도시."

왕빈은 시한부라는 말만 되뇌었다.

밤이 되자 진 청장이 왕빈을 불렀다. 사실 그는 진 청장에게
보고할 의무가 없었다. 진 청장은 구조자문 총괄책임자로 와 있
지만 국무원 조사팀에서는 배제되어 있었다.

진 청장은 개인 천막 뒤편 자리에 앉아 담배를 피우고 있었다.
그는 예상대로 여위지도 않았고 지치지도 않았다. 왕빈은 체링
이 한 말을 떠올리며 긴장했다.

"이리 오게. 엄청나게 뛰고 있다면서? 좀 쉬라고. 차는 무엇으
로 할까?"

"물이 좋습니다."

"부지런한 것도 좋지만 쉴 때는 쉬어야지."

"월급 받는 값은 해야죠."

"돈, 그깟 게 뭔 대수라고. 건강을 잃으면 말짱 꽝이야. 아, 돈
이야기를 할 시간이 아니지. 그래도 월급만으로 생활이 되나?
잘 받았지, 그건?"

왕빈은 고개를 끄덕이며 살짝 몸을 떨었다. 한 마디 해주고 싶
었다. 쓰레기통으로 들어갔다고.

진 청장은 말을 이었다.

"직접 구조도 한다고? 여기도 참 재미있는 곳이야. 오늘 어떤
놈 사체가 발가벗은 채로 발견됐는데, 자치주 경찰서 형사과장

이라는군. 그런데 글쎄 마사지 하는 여자하고 같이 누워 있었대. 마누라가 보고 울고불고 야단이 났다더군."

돌연 생각지도 않은 대답이 왕빈의 입술을 떠났다.

"둘이 서로 좋아했을 수도 있죠."

청장이 세상 물정 모르는 철없는 아이를 다 본다는 듯 피식거렸다.

"볼 건 다 봤나?"

"네, 보이는 것만 보고 있습니다."

"왕빈 과장. 철근이 제대로 들어갔네 마네 하는 걸로 문제 만들지 마. 결국 말단 시공자나 다치지 나올 것도 없어. 한두 번 겪는 일이 아니잖아."

"철골 덜 들어간 것 따위는 눈에 들어오지도 않던데요. 유령 건물이 물 위에 떠 있더라고요."

청장은 잠시 뜸을 들였다.

"무슨 소린가? 유령 건물이라니."

"어떤 건물이 남쪽으로 오십 미터씩 옮겨져 있더라고요. 제가 도면을 잘못 읽은 건지."

청장이 또 한참 말을 멈췄다.

"도면대로 세우지 않은 모양이군. 이제 업자들도 간이 커져서. 감리자가 누구인지 확인했나?"

"한둘이 아니니까 다 모르겠습니다. 천천히 밝혀지겠죠."

"내가 이 바닥에서 모르는 놈이 누가 있겠어. 한두 개 감리하는 것도 아니고. 다 확인할 수는 없잖아. 도면만 보느라 건물 위치를 감지 못할 수도 있겠지. 중국에서 이 골짜기 저 골짜기에서는 건물들을 다 보자면, 공무원이 다섯 배는 되어야 할 거야."

"도면에 나온 기둥 네 개가 없는 17층짜리 건물도 있더군요. 그건 그냥 봐도 보이는 것일 텐데요."

"뭐 그런 놈들이야 감옥에 가야겠지. 물론 알면서 그랬다면 말이야."

"그런 업자들이야 언제나 있는 것이고, 저는 그런 공무원을 말하는 거지요. 그 친구들 간도 크지요?"

"그 친구들 다 기소해야지."

"청장님, 여기까지는 저도 상상할 수 있었습니다. 저도 이 나라를 좀 알잖아요. 그런데 도저히 이해 못할 부분이 하나 있더군요."

"뭔가? 또 뭐가 있어?"

"신도시 확장 예정 부지 경사도를 속였더군요."

"몇 차, 2차 말인가?"

"네, 2차요, 청장님께서 잘 아시잖아요. 부지 실제 경사도는 십오 도였어요. 절개 예정지 도면을 확인해봤지요. 건물 부지 폭 백 미터, 탄젠트 십오 도, 그러면 절개면 높이는 한 이십칠 미터 되나요? 이십육 미터로 하지요. 그런데 경사도 측량 값이 십

일 도로 되어 있더군요. 그러면 절개면 높이는 십구 미터쯤 되나요? 십구 미터? 그래서 높은 쪽 옹벽을 십팔 미터로 세웠더군요. 그런데 구 미터는 어디로 간 건가요? 그래서 건물을 통째로 옮긴 거겠죠?"

진 청장은 대답이 없었다. 왕빈은 그의 얼굴에서 어떤 감정의 동요를 읽고 싶었지만 그런 것은 없었다.

"능선에서 조금 평탄한 계곡 쪽으로 옮겨서 각을 대충 맞췄더군요. 그런다고 맞출 수 없으니까, 부지를 이단으로 조성했어요. 낙석이 왜 이 층을 때렸는지 저도 궁금했는데 다 풀렸죠. 정말 대책 없는 친구들이었어요. 낙석 취약 구간으로 건물을 옮겼는데 아무도 몰랐어요. 처음에는 측량 값을 바꾸더니, 그 다음은 건물을 옮겨 측량 값에 맞추다니요. 원래 이곳은 국유지고, 또 하천 근접지고, 공원인접지 개발 제한구역이기도 한데 용케 건물들이 들어섰더란 말입니다."

청장이 짝짝짝 손뼉을 쳤다.

"자네가 이 정도 인재인 줄 몰라봐서 미안하군."

"그런데 지하 십 미터 암반은 어디로 이사 간 걸까요? 건물이야 이사를 간다지만. 지진이 땅을 그렇게 무너뜨렸는데 암반이 안 보여서요."

청장의 오른쪽 입꼬리가 위로 올라가며 실룩거렸다. 왕빈이 말을 이었다.

"십 층 이상은 암반에 파일을 박는다고 시공 규정이 있더군요. 그래서 저는 언덕 위 건물 전체의 지하실로 들어가봤죠. 암반이 없으니 파일도 없는 건가요?"

진 청장이 눈썹을 씰룩거렸다. 왕빈은 그의 눈썹을 보며 체링의 말이 떠올라 후회가 됐다. 이 자에게 너무 많은 말을 했어. 저지대 부지 컨소시엄 건은 모른 체하자. 하긴 놈은 자신이 한 일을 벌써 잊었을까.

짧은 침묵이 이어지고 청장이 빈정거렸다.

"유능한 자네에게 한 마디 할까? 지진을 그런 식으로 접근하지 마. 난리가 났다고, 난리를 즐기자는 건가? 난리만 보면 영웅이 되려는 친구들이 있어. 자네는 모를 거야. 문혁을 겪어보지 않았으니까. 그때는 일만 터지면 물어뜯으려는 놈들이 대로를 어슬렁거렸지."

왕빈은 쓴웃음을 지었다.

"문혁하고 지진이 비슷한 것인지 오늘 알았습니다. 그리고 저야 영웅하고 아무 관계도 없는 사람이잖아요."

"조금만 커지면 끌어내리려 한다는 거야. 자네는 이 나라가 엄청난 부자 나라라고 생각하나? 사천성에 뭐 기업다운 기업이 있어? 건설이 이 성을 먹여살리고 있다고. 그 중에도 큰 기업들이 세금을 다 내는 거야. 조금만 꼬투리가 잡혀도 끌어내리려 하면 누가 집을 짓겠어? 입만 산 놈들이 너무 많아. 자네 이야기를

287

하는 것이 아냐. 젊은 친구들 중에 말이 앞서는 친구들이 많다는 이야기야. 도대체 전체를 볼 줄 몰라."

"일개 감리 기술자인 제가 사천성 경제 전체를 어떻게 알겠습니까? 저는 업무 지침대로 일할 뿐입니다."

왕빈은 신물이 올라왔다. 청장이 돌연 정색하며 물어왔다.

"자네, 만두 좋아하나?"

"……."

왕빈은 숨을 헐떡였다. 무릎이 덜덜 떨렸다.

"공자가 말했지, 그 직위에 있지 않으면 그 일을 말하지 말라고. 자네는 내진 설계 평가자야. 나머지는 팀에게 맡겨. 매일매일 내게도 보고하고. 요즘 일에 계통이 없어. 모두 제멋대로 일을 한다고. 자네는 구조 담당자가 아니야. 구조 책임자 말도 듣지 않고 멋대로 삽을 드는 건 체계를 무너뜨리는 일이라고. 왜 직접 땅을 파고, 쓸데없이 외부 사람들을 만나는 거야?"

왕빈은 후회 때문에 숨이 막혔다. 숨겨져야 할 이야기, 그리고 감춰야 할 사람들이 드러나고 말았다. 왕빈은 어리석은 자신을 자책하며 말을 더듬거렸다.

"어디서 그런 말씀을 들었는지 모르겠습니다. 생존자가 확인된 상황에서, 제 휴식 시간에 도운 것뿐입니다."

청장이 이죽거렸다.

"좋아! 대단해! 자네를 내가 잘못 봤어. 기억하고 있겠네. 내가 중간을 거치지 않고 자네와 바로 이야기를 나누는 것도 사실 자네를 눈여겨보고 있기 때문이야. 자네는 아주 잘하고 있어. 그런데 혼자 사는 세상이 아냐, 그걸 기억하라고. 우린 팀으로 움직여야 해."

"네, 제 구역에서 최선을 다하겠습니다."

"이봐, 왕빈. 문제가 생기면 사람이 다친다고. 국무원에서 내려온 조사팀 사람이 누군지 알아? 이 나라는 생각보다 좁다고. 곰곰이 생각해봐. 누가 다치겠어?"

왕빈은 대답하지 못하고 얼어붙었다. 아무도 믿지 말라던 그 티베트 사나이의 얼굴이 떠올랐다. 청장이 일어나 왕빈에게 다가서며 말했다.

"이봐, 혼자라고 생각하지 마. 우리는 누구나 지킬 사람이 있어. 묻어서 지킬 일은 더 많아. 왜 총리가 자네가 있는 구역으로 가지 않았는지 곰곰이 생각해봐."

이상했다. 신시가지 구역이 가장 위험했고, 또 가장 많은 생존자와 시신을 땅에서 건져올렸다. 그런데 총리는 그 현장으로는 오지 않았다.

"왕빈, 하나에 집착하지 마. 다 흙더미에 묻혔고, 물이 내려오면 흔적도 없어질 거야. 물로 해결하면 그만이야. 내가 해결하는 게 아니야, 물이 해결하는 거야. 물이 아래로 흐르는 것은 순리지. 그게 자네가 해야 할 일이고, 그것이 순리야. 안 그래?"

청장이 비릿하게 웃었다. 왕빈은 간신히 말을 토해냈다.

"알겠습니다. 제 할 일만 하겠습니다."

"너무 깊이 파헤치려 하지 마. 그 구멍으로 자기가 빨려 들어갈 수도 있거든. 산 사람은 살아야지, 안 그래? 물이 다 해결할 거야."

왕빈은 더 대답하지 못했다.

청장이 시선을 옆으로 둔 채 손으로 나가라는 손짓을 했다. 천막 지퍼를 열고 밖으로 나오며 왕빈은 참았던 한숨을 내뱉었다.

체링, 그 사내를 만나야 했다. 하지만 지금은 아니었다. 진 청장이 가르쳐준 생존의 기술이었다. 언덕 위의 불교 사원은 불이 꺼진 채 그대로 있었다. 내일 그를 만날 것이다.

목덜미를 휘감고 있는 어둠의 감촉이 참을 수 없이 메스꺼웠다.

공병대

　용접해서 연결한 십 미터짜리 철관 다발을 수송용 헬리콥터가 양장구 *끄*트머리의 강바닥 한 가운데 내려놓은 이래, 팔백 명의 병사들은 밤낮으로 쉰 적이 없었다. 특히 티베트 청년들의 체력이 발군이었다. 그들은 두 배로 움직였지만 쓰러지지 않았다.

　장인우는 동과 서 양측에서 왕복 두 줄로 서서 자루를 지고 움직이는 젊은이들의 작업을 돕고 싶었지만 그의 나이로는 얼토당토않는 일이었다. 그저 가끔씩 토하는 병사들 뒤로 가서 등을 두드려주는 것이 전부였다. 자루가 한 겹 쌓이면 수압 때문에 자루가 움직이지 못하도록 철망을 깔고 다시 자루를 쌓았다. 언덕 위에서 윗옷을 벗어젖힌 사내 하나가 북을 치면서 가끔 기합을 질러댔다.

그들은 임시 천막에서 교대로 잠을 자며 사흘 동안 벽을 쌓았다. 헬리콥터로 어렵사리 옮겨온 자그마한 포크레인 하나는 강 가장자리의 바위를 모아 자루 벽의 뒷면을 보강하는 일을 하고 있지만 제 몸뚱이도 지탱하지 못해 뒤뚱거렸다. 장인우는 자루 제방 위를 오가며 젊은이들을 격려했다. 임킹 상위가 부지런히 채석탄 댐과 새로 만드는 자루 제방 사이를 오가며 보고해 왔다. 그는 채석탄 댐 위에서 수위를 지켜보고 있는 중이었다.

오후가 되면서 장인우는 불안에 떨고 있었다. 물이 눈에 띄게 불어나고 있었다.

여섯 개의 수관으로 빠져나가는 물이 세차게 강바닥을 긁어댔다. 너무 긁히면 수관이 빠져나갈 수도 있다. 아직 임킹으로부터 별다른 소식은 오지 않았지만 댐 붕괴를 걱정해야 할 시간이다. 거의 오 미터 높이가 완성됐다. 하지만 제방이 높아질수록 불안 감이 커졌다. 물의 속도를 계산해봤지만 모두 부질없는 일이었다. 시가지 쪽 구조대는 오 분 간격으로 상황을 확인하는 무전을 보내왔다. 여전히 땅 속에서 산 사람들이 띄엄띄엄 올라오고 있었다. 언덕 위의 상황병은 오전 구조 상황을 확성기에 대고 알려 왔다. 체력은 다하고 정신력만 남은 병사들이 마지막 남은 기력을 쥐어짜내고 있었다.

장인우는 언덕 끝에서 아래를 살폈다. 유난히 숨이 차고 가슴이 따끔거렸다. 폐로 들어간 서늘한 공기가 덥혀지지 않은 채 그 대로 나왔다.

눈을 감았다.

왜 그곳에 댐을 만들어야 했을까.

그 시절 그들은 안 된다는 말을 하는 법을 배우지 못했다. 모른다는 말도 할 줄 몰랐다. 모른다는 것은 패배자의 변명이었다. 하지만 사실 아는 것은 아무것도 없었다. 모른다는 사실 자체도 모를 정도로 철저히 무식했지만 그런 말을 할 수 있는 세대가 아니었다. 안타깝게도 예전에 그렇게 만들어졌듯이 지금도 그렇게 건설되고 있었다.

장인우는 댐 수위를 관찰하는 임꾕 쪽으로 무전을 보냈다.

"댐 양쪽에 폭약 준비됐지? 만수위에 달하면 왼쪽부터 순차적으로 폭파시키면 돼. 폭약 다시 확인. 걱정하지 마, 무너지지 않아. 물길만 나면 며칠을 벌 수 있어."

무전이 끝나자 옆에 있던 공병부대장 유 대교가 거칠게 대들었다.

"더 이상 문제를 키우지 마십시오. 얼마 후에 댐을 건드릴 거면 지금 당장 구조대 철수 명령을 내려주십시오."

"철수한다고? 매몰된 사람들을 버리고? 구조는 이어질 거야, 댐이 무너질 때까지."

"장군님은 요행을 바라고 있어요. 그 알량한 자루 덩어리 댐을 믿고 얼마나 많은 구조요원들이 위험에 노출된 줄 아십니까?"

"알지, 알아. 그런데 구조란 게 뭔가? 침대에서 누워 물 마시는 것하고 같은 건가? 비는 이제 그쳤어. 잘 관리하면 며칠을 벌수 있어. 자네도 알잖아, 그 갈라진 댐에 물을 채운 뒤 터지지 않기를 바라나? 말도 안 되는 일이야. 물을 다른 곳으로 빼야 한다고."

"장군님 정말 계속 이러실 겁니까? 구조요? 이제 희망 사항입니다. 이틀이나 비가 퍼부었습니다. 진흙 속에서 젖은 사람이 며칠을 살 수 있겠습니까? 지금부터 몇 명을 더 구할 수 있다고 보십니까? 전면 붕괴에 대비하고 구조팀을 위로 올리는 것이 답입니다. 철수 명령을 내릴 겁니다."

"자넨, 지금 우리가 하는 일을 처음부터 믿지 않았나?"

"믿었습니다. 하지만 우리는 할 만큼 했습니다. 일을 더 만들지 마십시오."

"일은 만드는 사람은 바로 자네야. 왜 먼저 손을 쓰지 않나? 공병의 역할이 뭔가? 작전 시 우리에게 유리한 환경을 만드는 거 아닌가?"

"장군님, 지금 정말 몰라서 이러시는 겁니까? 저도 명령을 받았습니다. 우리가 할 일은 여기까지입니다."

"제기랄, 그런 명령자가 있다는 걸 좀 일찍 이야기하지 그랬나. 한 가지만 알려주겠네, 대교. 앞으로 자기 생각이 아니면 먼저 밝히게. 난 유령과 싸울 시간이 없네. 내가 곧 유령이 될 사람이니까."

순간 장인우는 버렸던 혈압약 생각이 또 났다. 갑자기 눈이 캄캄해지고 심장이 쿵쿵거렸다.

"죄송합니다. 장군님."

유 대교가 고개를 푹 숙였다. 장인우는 고개를 끄덕였다.

"자네가 죄송할 것 없어. 군대란 그런 곳이지."

그는 고개를 들지 않고 말을 이었다.

"지금 작업대를 뒤로 물리라는 명령입니다."

장인우의 목이 잠겨왔다.

"공병대를 이끄는 사람이 내가 아니었나?"

유 대교는 짤막하게 대답했다.

"이제 아닙니다. 장교들은 이제 다른 계통의 명령을 받습니다."

장인우는 대교를 후려치기 위해 손을 들었지만 이내 격통을 느끼며 쓰러졌다.

철수 명령

체링은 유리가루가 뒤섞인 벽돌을 마구잡이로 밖으로 던졌다. 신시가지 구조 현장에서도 유명한 구경거리가 된 이곳으로 다시 기자들이 몰려들었다.

좀체 잠을 자지 않는 여자, 포기를 모르는 어떤 티베트 여자가 땅을 파고 있는 곳이었다. 왕빈 역시 근처 현장을 맴돌았지만, 무슨 이유인지 체링에게 다가오지 못하고 있었다. 체링 역시도 모른 척하고 있었다.

앳된 병사 열 명은 구토를 하면서 마구 삽을 휘둘렀다. 다시 한 번 전에 거의 끊어놓은 콘크리트 상판이 드러나자 구경꾼들까지 합세했다. 콘크리트에 밧줄을 걸자 몇 명인지도 모를 사람들이 달려들었다. 그 커다란 덩어리가 사람의 힘을 이기지 못하고 움직였다. 그 판이 걷히자 다시 이 층의 상판이 나타났다. 같은 과정이 반복되었다. 이 층 상판이 다 밀릴 때 찢어지는 사이렌 소리와 함께 구조 철수 명령이 내려왔다.

"1선, 2선 구조대 전원 철수! 1선, 2선 구조대 전원 철수! 채석탄 댐 만수위 접근! 이십 분 이내에 완전 철수!"

유림하와 강녕하 양편에서 군인들이 썰물처럼 물러났다. 체링은 페마의 얼굴을 바라보았다. 그녀는 귀가 먹은 듯 미동도 하지 않고 흙만 팔 뿐이었다. 새까만 얼굴의 군인 여섯은 흠칫 놀라면서도 움직이지 못했다.

페마가 무릎을 꿇고 애원하며 소리쳤다.

"물이 온다잖아요. 도와줘요. 아직 시간이 있어요."

소대의 퇴각을 관리하던 소대장이 소대원 여섯이 있는 구덩이로 뛰어내렸다.

"빨리! 빨리 하자고!"

마치 자그마한 집의 지붕 같은 가문비 탁자의 검은 상판이 완전히 드러나고 모퉁이와 다리도 드러났다. 누구보다 먼저 아래로 들어간 체링이 소리쳤다.

"살아 있다! 아이들이 살아 있다!"

일곱 명이 한꺼번에 내려가 탁자의 한쪽을 들어올렸다. 검은 탁자는 수없이 많은 찍힌 흔적에도 불구하고 부서지지 않고 멀쩡했다. 한쪽 다리 바깥에 한자로 새겨진 '토룡土龍의 해에 만들다'라는 문구까지 또렷했다. 체링은 페마에게 손짓했다. 그녀는 구덩이 아래로 내려가 그 모습을 보았다. 어디서 왔는지 또 카메라 플래시가 터졌다.

끼자가 가가를 뒤에서 안고, 그 끼자를 지우가 뒤에서 안는 모양을 하고 있었지만 둘은 살짝 떨어져 있었다. 아이들은 들어오는 빛을 감지하고 바로 움직였지만 지우는 잠을 자는지 움직이지 않았다.

체링은 아이들의 눈이 빛에 상할까 손으로 덮으며 사내를 흘끗 내려다봤다. 왼쪽 뺨이 움푹 함몰되었지만 평화로운 얼굴이었다.

머리맡에는 보온 물병이 놓여 있고 안에는 아직 한 컵 정도의 물이 찰랑거렸다. 구조요원이 다가가 끼자를 빼내고 이어서 가가를 들어올렸다. 페마가 아이들의 가슴에 볼을 대니 심장은 규칙적으로 뛰고 있었다. 가가는 눈을 뜨고 고모를 쳐다보려다 눈이 부신지 바로 눈을 감았다. 끼자도 무사했다. 환호성이 터져나올 때 페마는 지그시 이를 악물고 눈물을 참았다. 대원들이 아이를 들것에 실었다.

곰 같은 사나이는 그대로 누워 있었다.

지우의 왼쪽 어깨에서 흘러나온 피는 굳었지만 발목에서는 아직 덜 마른 피가 조금씩 굳어가고 있었다.

페마는 망설였다. 그렇게 보고 싶었던 사람이지만, 지금은 영원히 마주하고 싶지 않았다. 왼쪽 눈썹 위쪽에 벽돌에 찍힌 자국이 있었고, 광대뼈는 움푹 꺼져 있었다. 하지만 그의 얼굴은 평온하고 맑았다. 페마는 곰 같은 사내 앞에 쪼그리고 앉아서 가슴에, 목에, 마지막으로 코에 얼굴을 마주 댔다. 작은 숨결도 느껴지지 않았다.

곰이 겨울잠을 자고 있구나. 아직 잠에서 깨어나지 못했구나.

그녀는 무거운 그의 몸을 끌어당겼다. 한아름에 안을 수 없는 두꺼운 가슴을 지나 겨드랑이에 손을 넣어서 끌어당겼지만 그는 움직이지 않았다.

곰이 겨울잠을 자고 있어.

페마가 중얼거렸다.
"너무 깊이 잠들었구나. 기다리다 지쳐서. 너무 오래 기다리다…. 미안해요, 늦어서. 미안해요. 미안해요."
그녀는 잠든 사람의 가슴에 얼굴을 묻고 함몰된 뺨을 어루만졌다. 눈물로 축축해진 가슴에 온기가 도는 듯했다. 며칠 사이 말랐지만 여전히 두텁고 넓은 가슴이었다. 바짝 마른 입술은 아직 살아있는 듯 온기가 있었다.

　"지우, 한 마디만 해볼래요? 딱 한 마디면 돼요."

　페마는 지우의 함몰된 광대뼈 위의 찢어진 살을 파고든 흙을 치우며 끝없이 흐느꼈다. 체링이 그녀의 등을 두드리며 말했다.

　"물이 오고 있어요. 아이들을 옮겨야 해요."

　페마가 천천히 몸을 돌리며 체링에게 합장하고 고개를 숙였다. 그리고 나지막이 말했다.

　"아저씨, 이 사람을 업어줄래요?"

　지우의 시신은 힘 좋은 체링이 둘러업기에도 쉽지 않은 무게였다. 체링은 시신을 업고 휘청거리며 언덕을 올랐다.

만수위 댐

시간이 얼마나 흘렀을까?

귓전을 거슬리는 소리에 눈을 뜨니, 임꾕의 다급하고 카랑카랑한 목소리가 무전기에서 쏟아지고 있었다.

"장군님, 만수위에 도달했습니다. 균열이 점점 커지고 있습니다."

장인우는 주변을 둘러보았다. 유 대교는 보이지 않았다. 아마 제 살길을 찾아 신속하게 자리를 피한 모양이었다. 장인우는 슬쩍 눈을 감았다가 대답했다.

"알겠다. 그쪽 병력의 안전에 유의하도록. 정확히 30분 후에 배수구 연다, 명령한 대로 순차적으로 폭발시켜. 한꺼번에 터트리면 절대 안 돼. 이상."

다시 이십 분 후 장인우는 병력 철수 명령을 내렸다. 어떤 병사는 제방이 아직 완성되지 못한 것이 아쉬워 연신 눈물을 훔쳤다. 장인우는 언덕 위 병사들의 손을 하나씩 잡았다. 다시 십 분후에 무전기가 울렸다.

"장군님 곧 폭약을 터트립니다."

"접수 완료. 아래 구조대 철수 완료."

장인우는 눈을 감고 가만히 앉아 올 것을 기다렸다. 탈진한 병사들 몇몇은 초원에 깔개를 깔고 누웠지만 대다수는 언덕 끄트머리에 나와 상황을 주시했다.

장인우는 마지막 계산에 들어갔다. 수관과 마대자루 사이의 마찰력이 어느 정도 될까? 틈으로 물이 빠지기 시작하면 견딜수 있을까? 여전히 알 수 없는 일이었다. 물을 지켜볼 수밖에. 계산대로만 된다면 댐은 완전 붕괴하지 않을 것이다. 임굉은 고개를 돌리고 울고 있었다.

언제나 이용당하는 삶이니 이력이 날 법도 하다. 그러나 물덩어리를 키우는 데 자신을 이용했으리라고는 꿈에도 생각하지 못했다.

"구조대 철수 상황 확인했나?"

장인우가 물었다.

"제방위 수위 이 미터 선에서 한 팀이 지하실 생존자 다수 발견했답니다. 삼 미터 선에서는 계속 작업 중입니다."

"좋아. 삼 미터선까지 계속 구조하고. 상황이 안 좋으면 내가 알릴 테니, 그때 철수하라고 해."

순간 임쾅의 다급한 무전이 울렸다.

"장군님, 장군님, 과다 붕괴입니다! 과다 붕괴!"

"왼쪽만 터뜨리랬잖아? 그럴 리 없는데. 전달이 잘못되었나?"

"아닙니다. 전달 착오는 없었습니다. 그런데 삼 단계까지 동시에 폭발했습니다."

"이런 머저리 새끼들."

몇십 년 동안 댐 해체 전문가로 일해왔지만 단계적으로 터트리기로 한 폭약이 한꺼번에 터졌다는 소리는 들은 적이 없었다.

'멍청이 새끼들. 내 팀, 그 녀석들을 데려왔어야 했는데.'

장인우는 임쾅에게 명령을 내렸다.

"이 미터선 작업팀 철수하라고 해."

오 분, 혹은 십 분. 상류에서 물속을 구르는 육중한 물체들의 소리가 먼저 도착했다. 물이 땅을 할퀴고 바위를 굴리며 달려드는 소리. 웅웅거리는 울림이 언덕 위까지 선명하게 전해왔다.

마지막 굽이에서 물의 기세가 얼마나 꺾일까, 그것이 가장 관건이었다.

양장구의 마지막 굽이를 때리는 물과 바위 덩어리들의 소리가 땅을 타고 전해왔다. 기마대에 포위된 보병대처럼 장인우의 팔백 병사들은 아무 소리도 없이 가만히 서 있었다. 선두 물덩어리가 일으키는 포말이 하늘로 치솟았다.

'요란스럽기도 하군. 너무 큰 놈이야.'

양장구의 마지막 굽이는 물의 속도를 줄이며 제 역할을 해내고 있었다. 물은 액체가 아니라 고체 덩어리처럼 굴러 내려오는 듯했다. 첫 번째 덩어리가 제방을 때리고 크게 한 바퀴 돌며 역류했다. 강바닥의 수관을 빠져나간 물은 속도를 이기지 못하고 가운데서 기체로 변했다. 그저 구경거리라면 볼 만한 광경이었다.

장인우의 눈이 서서히 가늘어졌다. 왼쪽으로 제방에 부딪힌 물이 튀어오르고 오른쪽으로 수관을 빠져나간 물이 화살처럼 뿜어져나갔다. 수관과 자루 사이의 틈이 벌어지고 있었다.

그가 임꿍을 돌아보며 말했다.

"아무도 내려오지 못하게 하고 기다리게."

어안이 벙벙해진 임꿍이 파랗게 질려 되물었다.

"장군님! 지금 내려가시겠다는 겁니까?"

"진짜 상관이 누군지 상관없네. 하지만 내 마지막 명령을 들어줘. 절대로 움직이지 말고 기다리게."

장인우는 비탈길을 성큼성큼 내려가 언덕 중턱까지 올려놓은 포크레인에 올라탔다. 이십 톤도 안 될 이 쇳덩이가 도움이 될까? 알 수 없는 일이다.

언덕 위에서는 장군의 돌발행동의 영문을 모르는 수백 개의 얼굴이 불안하게 내려다보며 숨을 죽이고 있었다.

댐 전체 붕괴라면 이 급조된 제방은 일이 분도 못 견딜 것이다. 운 좋으면, 댐이 완전히 붕괴되지 않는다면, 제방이 무너지지 않고 시간을 끌 수 있다면, 시간당 골고루만 흘러준다면, 최소 삼 미터 선을 지킬 수 있다. 그렇게 되기 위해서는 일단 물이 새는 곳이 없어야 한다. 그는 삼 미터 선 구조대를 놓친 지하실의 생존자들을 떠올렸다.

좌우를 봐서는 안 된다. 장인우는 제방을 흘끗 보고 고개를 들어 건너편을 응시했다. 그리고 조심스럽게 포크레인에 올랐다. 너무 오랜만에 잡은 핸들이라 익숙하지 않았지만 여전히 자동차보다 편안했다. 조종석은 젊은 시절 세상에서 가장 포근한 자리였다.

포크레인은 자루 제방으로 천천히 올라갔다. 아래를 보지 말자, 조용히 다시 다짐한다. 내려다보면 밀려오는 물이 만드는 환각 때문에 단 몇 초 만에 균형을 잃는다. 둑 위에서 질러대는 함성은 격류의 탁음에 완전히 묻혔지만 장인우는 인간의 소리를 느끼고 있었다. 포크레인이 둑 정중앙, 아직 자루를 덜 쌓아 움푹 꺼진 곳에 도착하자 장인우는 한 번 숨을 크게 쉬었다. 이제 아우성은 들리지 않고 그저 건너편 언덕에서 두 손을 치켜든 병사들의 움직임만 흐릿했다. 앞만 봐야 한다. 길게 팔을 뻗어 맞은편에 걸고 아직 완성되지 못한 둑 사이로 포크레인 몸체를 밀어 넣었다. 포크레인이 급격히 앞으로 기울 때 장인우는 조종석 유리에 머리를 부딪쳤다. 흘러내린 피가 왼쪽 눈을 가렸다.

그는 포크레인에서 내려 둑으로 기어오르며 양장구의 마지막 굽이를 살폈다. 물이 바위를 뜯어낼 기세로 부딪힌 후 솟구치며 바위 끝에 걸려 있는 전나무 둥치를 때리고 있었다. 뭉쳐 있는 짐승의 시체처럼 유목이 덩어리지어 밀려왔다.

'어쩌면 버틸 수 있을 거야.'

장인우는 다시 일어섰다. 일어서는 순간 아득한 현기증이 밀려와서 비틀거렸다. 앞으로 걸으려 했지만 몸을 똑바로 세우기 힘들었다. 주저앉기도 전에 몸은 이미 둑의 가장자리를 벗어나 격류로 굴러 떨어졌다.

그는 격류 위로 말을 타고 달려오는 사나이를 보았다. 리탕의 사나이였다. 그는 붉은 물 덩어리 하얀 포말 위를 검은 말을 타고 달려오고 있었다.

첸리시, 천 개의 손을 가진 보살이시어.

얼굴이 수면에 닿았다. 나쁘지 않아. 차갑지도 않아. 시간이 느리게 흐르다 정지한 듯했다. 팔백 명이 내려다본다. 사람이 많아서 좋았다. 외로움 때문에 군대에 있었지. 열일곱 살 이래 계속 군대에만 있었으니까.

물소리가 한 번 더 들렸다. 수천 명의 울음소리처럼 낮고 무거운 음조의 소리.

장인우는 더 이상 숨이 차지도 않고, 아프지도 않았다. 두 번째 끌려 들어갈 찰나에 바위가 그의 두개골을 산산조각냈다. 격류는 장인우를 강바닥으로 끌고 들어갔다 두어 번 더 들어 올렸다. 하지만 붉은 피는 붉은 물과 섞여 어떤 흔적도 남기지 못했다. 그는 영원히 고통을 느끼지 못하는 사람이 되었다.

매장된 도시

폐허가 된 도시에 매장전문가들, 말하자면 장의의 절차에 대해서는 관심이 없는 장의사들이 등장했다. 차후 발견되는 모든 시체들은 즉시 매장될 것이었다.

폐마는 지우가 언덕 아래 구덩이에 묻히는 수많은 시신 중 하나가 되도록 만들 수는 없었다. 체링의 말에 태워 시신을 높은 곳으로 옮길 것이다. 아이들은 피난 천막에서 의료 조치를 받고 있었다. 이제 물이 내려온다는 경고 방송이 몇 초 간격으로 되풀이되었다. 그리고 마침내 폐마는 도시를 덮치는 거대한 물을 보았다. 물은 미친 말처럼 광폭하게 튀어올랐다 떨어지며 장애물을 뛰어넘거나 밀어뜨리며 아래로 달려가다 낙석에 막히자 마치 발이라도 달린 듯이 거침없이 도로로 기어올랐다. 도로에 차오른 물은 집요하게 빈자리를 찾아다니며 숨구멍을 메워나갔다. 신시가지 언덕 아래 강바닥 쪽으로 낮게 휘어진 다리에 유목이 쌓이며 순식간에 댐을 만들었고, 그 댐은 잠깐 사이에 무너지며 물의 산사태에 길을 열어주었다. 물이 지나가는 곳마다 흙이 무너져 내려 마치 물이 산을 잡아먹는 것 같았다. 지하에 묻힌 희망은 물이 다 쓸고 내려갔다.

페마는 대도가원 하천 쪽 옹벽이 무너지는 것을 내려다보았다. 옹벽이 쓸려 들어가자 또 댐이 만들어지고 물이 차올랐다. 그리고 얼마 후 모든 흔적이 쓸려 내려갔다. 신시가지 건물들은 소금 덩어리처럼 녹아내렸다. 어떤 하찮은 증거도 남기지 않고.

이어서 물은 구시가지를 덮었다. 용암에 녹아내리는 그루터기처럼 그럴듯한 건물들은 통째로 움직이다 가라앉았다. 그것은 붕괴하지 않았다. 뿌리째 익사했을 뿐이다. 낮은 것은 서서, 높은 것은 넘어져서 하나씩 숨이 끊어졌다. 거대한 물 폭탄 아래서 어떤 생명도 살아남을 수 없었다. 물은 반 시간 만에 온 도시를 삼켰다.

체링의 늙은 암말 앞에서 페마가 말했다.

"저 사람이 예전에 말했어요. 죽으면 꼭 불탄 재가 되어 바람에 날아가고 싶다고."

페마가 합장하면서 말하자, 체링이 고개를 끄덕였다.

"포마산 올라가는 길 샘터 아래 풀밭이 있어요. 거기로 가지요. 계단 난간을 떼어내면 화목으로 쓸 수 있을 겁니다."

체링은 암말 등에 허지우의 시신을 실었다. 페마는 피난 천막에서 가가와 끼자를 데리고 왔다.

군인들이 시신을 들고 언덕으로 올라가는 오르막길 초입에 파놓은 구덩이로 빠르게 움직이고 있었다. 그들은 높이 올라가지 않았다. 페마와 체링처럼 언덕 위로 시신을 옮기는 사람은 한 명도 없었다. 유족들은 말없이 시신의 행렬을 따르면서 군인들을 도울 뿐이었다. 산 자들도 탈진해서 이제 죽은 자를 돌볼 여지가 없었다.

초모랑마에 오르는 법

특이한 장례식이었다. 불 탄 사람은 낯선 땅에서 온 청년이었지만, 오히려 자신의 몸이 뜨거웠다. 체링도 재가 되고 싶었다.

체링은 천천히 시가지로 내려갔다. 이제 키다리 청년을 만나야 한다. 언덕 아래 모두 휩쓸려간 폐허를 내려다보는 사람들 사이에서 먼 산을 응시하는 이는 분명 쿤가였다. 왠지 그는 혼자인 듯했다. 군중 사이에서 유일하게 말을 타고 있는 체링을 보았을 테지만 그는 외면했다. 그가 왜 다가오지 않는지 두려움이 일었다. 체링은 먼저 그에게 다가갔다. 체링이 다가와도 그는 계속 누런 진흙을 뒤집어쓴 폐허 저편을 보고 있었다.

"어떻게 이곳에 오셨는지요?"

"사장님 나리. 나는 헬리콥터도 못 타나? 저쪽으로 갈까요?"

쿤가는 몸소 체링의 말고삐를 잡고 신시가지의 언덕 위에 있는 콘트리트로 만든 볼품없는 노인정으로 들어갔다. 사람은 흔적도 없고 건물 전면의 유리창은 모두 뜯겨져 있었다.

"체링, 자네가 요즘 힘들어한다고 들었어."

"누가 그러던가요?"

"나도 귀가 있네. 툽텐이 사라졌어."

"네, 그렇군요."

"알아, 자네가 툽텐하고 통화한 거. 뭐 어쨌든 좋아. 일은 잘 끝날 테니까."

무슨 의미인지 알 수가 없었다. 잘 끝난다니? 쿤가가 말을 이었다.

"티베트 사람들의 문제가 뭔지 알아? 항상 중간을 찾는다는 거야. 중간이 어디 있나? 전부 아니면 전무지. 중간을 찾다가 중간을 얻은 사람 본 적 있어? 다 가지지 못하면 다 잃는 거지."

어두컴컴한 건물 안에서 쿤가의 목소리가 웅웅 울렸다.

"정확히 무슨 말씀을 하는지 모르겠습니다만."

"생각해봐. 그러면 자네만 다 잃을 거야."

체링은 입을 다물었다.

"시공자는 자네로 되어 있어. 공정 관리도 자네가 했다고. 그리고 우리 회사는 그 중에 제일 작은 몫만 받았잖아. 다 컨소시엄이 한 일이야. 우리는 손바닥 하나 올린 것뿐이라고."

체링은 짧게 대답했다.

"아시다시피 자금은 화인주가 관리했죠."

"그건 내 알 바 아냐. 자네도 알잖아? 그냥 그 아래에서 정리되겠지."

잠시 침묵이 흐르더니 쿤가가 예의 그 소름끼치는 날카로운 눈빛으로 체링을 똑바로 쳐다봤다.

"티베트 사람들이 그 정도인지 몰랐어. 좋은 시절만 같이하더니 조그만 문제가 생기자 바로 딴 생각을 해? 티베트 사람이 의리가 그렇게 없다니. 체링, 나는 자네를 그렇게 보지 않았는데."

체링은 덤덤히 대답했다.

"그렇게 보지 않았다니 다행입니다. 근데 이번에는 어려울 겁니다. 드러난 게 너무 많아요."

"자네는 그런 걱정 할 필요가 없어. 다 쓸려갔어. 그리고 자기 팔을 부러뜨릴 도박꾼은 없어. 자기 팔을 부러뜨릴 자라면 애초에 도박을 안 했겠지. 안 그런가? 다 한 팔씩 걸고 있다구."

쿤가는 담배에 불을 붙였다. 그는 신경질적으로 바닥에 재를 떨었다. 그의 손 떨림이 이상하게 체링에게 용기를 줬다.

"저는 별로 드릴 말씀이 없습니다. 그냥 할 일이 좀 있습니다."

"체링, 이것 봐. 다 쓸려갔어. 물이 다 해결했다고. 흙무덤이 입이 있나? 다 쓸려간 것들이 뭘 말하겠어. 나는 자네가 다칠 것 같아 걱정이야. 안 무너진 건물이 없잖아? 끝난 일이야. 컨소시엄에 참여한 놈들은 다 빠져나갈 거야."

"걱정해줘서 고맙습니다. 다른 회사는 모르겠고, 저는 제 몫의 책임이나 가져가야지요."

"책임? 자네는 책임 질 일도 한 적이 없었는데 지금에야 책임 없는 짓을 하고 있어. 그럴 리도 없겠지만, 사상자 전원에 대해서 회사가 보상을 할 수 있어? 회사가 무너지겠지. 그러면 여기서 일하는 사람들은 어떡하나? 없어도 될 일을 끄집어내서 그 많은 사람들의 일을 빼앗는다고? 회사가 공짜로 지은 학교만 해도 몇 개인지 자네는 알 거 아닌가."

"그게 이번에 다 무너진 것도 아시겠네요."

"중국 땅 전체에서 이런 지진을 견딜 건물이 몇이나 되겠나? 그리고 산사태에 당한 거야. 일부러 그런 것도 아닌데 왜 그러는 거야. 그래도 우리 것이 제일 멀쩡했어. 자네가 그렇게 아둔한 줄 몰랐어."

"그렇죠. 돌이 굴러가는 곳에 서서 돌을 기다렸죠. 맞는 것은 시간 문제였으니까요."

쿤가가 일순 말투를 바꿨다. 체링에게는 차라리 듣기 편안한 말투였다.

"그 건물은 자네가 세운 거야. 자네 책임이라구, 알겠나. 컨소시엄까지 걸고 들어가면 자네는 끝장이야."

"물론 압니다. 그래서 저는 제 몫의 책임만 다하고 싶습니다."

"체링, 길은 두 갈래야. 다 사느냐 아니면 자네만 죽느냐. 이봐, 자네는 독립을 원했잖아. 조용히 독립해도 돼. 보내준다고, 조용히 그냥 가준다면."

"가서 돌아오지 못하는 사람들도 있더군요."

쿤가는 자기 혼자인 듯 떠벌려댔다.

"요즘 친구들은 모두 세상이 자기 맘대로 되는 줄 알아. 자기가 다 만든 줄 알아, 그냥 저절로 되는 줄 안다구. 그런데 지킬 줄을 몰라. 자기 것을 지키지 못하는 이가 바로 바보야. 뭐 애초에 자기 것을 가지려고 애면글면 해본 적도 없는 놈들이지. 포기하지 않는 정신이 없는 놈들이 뭘 할 수 있겠어. 돈이 뭐 어떻다고? 돈 때문에 얼마나 많은 사람들이 죽는지 알고나 하는 소리야. 멍청이 같은 녀석들. 우리는 하나를 얻으려고 뼈까지 팔아가며 살았어. 인생에는 중간이 없어. 나약한 놈들이야 죽으라지. 그런 놈들은 만 명 죽어도 상관없어. 안 그런가?"

쿤가가 흥분할수록 체링은 이상하게 편안해졌다.

"포기하지 않는 정신이란 말이 마음에 드네요."

"이 나라에서 삼십 년이면 모든 것이 바뀌어. 누가 지진을 예측하고 일을 해. 저 건물에서 뭐 대단한 게 나왔다고 그래. 사실 그건 이 청승맞은 골짜기에 준 선물이었어. 선물을 준 것이 잘못이라고 하지는 못하겠지."

체링은 싸늘하게 웃으며 말했다.

"제가 어렸을 때 아버지는 가끔 이런 말씀을 하셨죠. '너 초모 랑마에 오르는 법을 아니?'"

쿤가가 가는 눈을 더 가늘게 떴다.

"아버지가 말씀하시더군요. '답은 일찍 일어나는 거란다.' 이제 일어날 시간이죠. 좀 늦잠을 잤지만."

쿤가는 야멸차게 비웃음을 흘렸다.

"알겠네. 됐어, 이제 나를 원망하지는 말게. 내가 할 일은 끝난 거 같아."

체링은 담담하게 대답했다.

"이렇게 와줘서 고맙습니다. 술이라도 한 잔 했으면 좋았을걸 그랬어요."

다시 쿤가의 입술이 꿈틀댔다. 그는 많은 사람을 짓밟아왔다. 그와 부딪히는 사람은 글자 그대로 흔적도 없이 사라졌다. 이게 그의 방식이다. 쿤가가 일어서자 어디서 지켜보다 나타났는지, 다시 노르부의 얼굴이 문 밖으로 보였다.

겨우 몇 년 동안에 하나하나 삶의 기둥과 보를 들어냈다. 그는 선봉에 섰다. 입찰, 노무, 세무, 하도급, 시공, 허가, 감리, 그 모든 곳에 더러운 것이 끼어들었다. 건물을 짓다 다치고 죽은 이들을 다시 후려치는 것이 관리자의 임무였다.

그래 내 잘못이다. 제 무덤을 팠으니. 그런데 말이다. 이번에는 그 구덩이를 넉넉히 넓혔다. 묻을 것들은 거의 다 묻을 정도로 말이야.

부질없는 메아리처럼 체링은 자신의 말을 곱씹으며 히죽히죽 웃었다.

나는 나갈 거야. 그래, 물이 다 쓸어갔어. 족쇄도 쓸려갔다구. 물이 줄어들면 건너서 서쪽으로 가면 그뿐이야. 그뿐이라구.

다시 낮에 화장한 그 이국의 사내가 떠올랐다. 아이를 품고 있던 사내. 불길 속에서 이글거리던 그 붉은 두개골. 재로 돌아간 사내의 남은 두개골이 왜 그리 친근하게 느껴지던지. 이 사이에 낀 보릿가루를 손톱으로 꺼내 다시 입으로 넣었다. 여전히 달콤했다.

그동안 밤을 이렇게 기다린 적이 있었던가?

체링은 말을 타고 일부러 눈에 띄게 신시가지를 배회했다. 다시 노르부 패거리도 완전한 프로는 아닌 모양이었다. 졸졸 따라다니니 오히려 위치를 파악하기 쉬웠다. 그는 일부러 천천히 움직였다. 그는 삼거리 모퉁이 여씨네 농약가게 안으로 들어가 중국어와 티베트어로 딱지가 붙은 병들을 훑어보다 하나를 골랐다.

가게를 나온 체링은 물이 휩쓸고 간 구시가지 가장자리를 따라 다시 노르부 패거리를 멀찍이 거느리고 천천히 걸었다. 녀석들은 강아지처럼 멀찍이서 따라왔다. 나무들이 적당히 높아지는 지점에서 갑자기 방향을 휙 돌려 왼쪽 언덕 위로 올랐다. 길들여진 말 야라는 고삐를 당기는 대로 움직였다. 언덕을 한참 오른 후 말의 체고를 가릴 만한 관목 숲으로 들어가 말고삐를 그루터기에 묶고 귀리 자루를 꺼내 먹였다. 멀리 아래서 웅성거리는 소리가 들렸다. 체링은 보릿가루를 비며 먹으며 어둠이 완전히 내릴 때까지 기다렸다.

손목시계를 흘끗 본 체링은 벌떡 일어나 말에 올라탔다. 안장 안쪽에 있는 가방을 한 번 확인하고 말갈기를 천천히 쓸어주었다. 어둠 속에서 관목 숲을 뚫고 가다 슬그머니 산비탈을 따라 신시가지 방향으로 말을 몰았다. 불안하게 뒤를 돌아봤지만 따라오는 자는 아무도 없었다. 체링은 다시 방향을 틀어 토사가 가득 쌓인 언덕 위 건자재 야적장을 가로질러 언덕의 토지신 묘를 겸한 사원 안으로 말을 끌고 들어갔다.

"왕빈, 왕빈."

약속을 잊은 것이 아닐까? 하지만 깜깜한 법당 안에 키다리 청년이 기다리고 있었다. 체링은 다급하게 말했다.

"지금 출발해요. 이 말을 타고 가요. 노정에 가면 차를 수배할 수가 있을 거요. 노정에 도착하면 이 번호로 전화를 걸어요. 아무리 늦어도 받을 거요. 컨소시엄 자료를 잘 봐요. 신도시는 그냥 뇌물 위에 떠 있었던 거요. 우리까지 여덟 개 회사가 돈을 쓴 거니까. 내가 준 놈들 자료는 따로 있어요."

체링은 안장 밑에서 비닐로 꼼꼼히 싼 봉투를 찾아 건넸다.

"성도에서 툽텐을 찾으면 돼요. 모든 자료가 거기에 있소."

키다리 청년은 부들부들 떨고 있었다. 체링이 부드러운 목소리로 말했다.

"맞아요, 당신이 생각하는 것이 다 맞아요. 그들은 당신이 생각하는 사람이 아니에요. 당장 떠나야 합니다. 지금은 아무도 믿지 말고 나만 믿어요. 성에 도착하면 바로 반부패총국으로 가지 말고 먼저 외국 기자들을 만나요."

그는 주소가 빼곡하게 적힌 수첩을 내밀었다.

왕빈이 고개를 끄덕이며 물었다.

"체링, 당신은요?"

체링은 웃으며 대답했다.

"나는 좀 있다 갈 거요. 뒤에 누가 따라와도 보지 말고 계속 가요. 자료는 안장 밑에 넣어 두고. 말을 안 들으면 이름을 불러요. 말 이름은 야라요."

체링은 청년의 손을 꽉 잡았다. 말 위에 올라탄 왕빈이 한 마디 했다.

"그 봉투는 버렸어요. 당신이 준 거."

체링이 엄지손가락을 치켜세우며 희미하게 웃었다.

왕빈은 야라를 타고 사원 뒷문을 나가 시가지 가장자리를 따라 동쪽으로 내려갔다. 어둠 속으로 청년이 완전히 사라지자 그는 법당 안으로 들어가 넘어진 불상 앞에 엎드려 절을 했다.

절을 마친 후 체링은 드디어 그물을 끊어냈다는 안도감에 불상에 기대 깊은 한숨을 내쉬었다.

주머니에 넣어둔 보릿가루를 입에 털어 넣으며 체링은 뚠주가 찾아왔을 때를 떠올렸다.

'형님, 드디어 화인주의 횡령 자금 장부를 찾았습니다. 그 자식 이제 없애버리죠.'

한몫 잡고자 열에 들뜬 얼굴. 하지만 뚠주는 체링의 방조 하에 화인주가 횡령한 돈이 다시 쿤가에게 돌아갔다는 사실까지는 모르고 있었다. 뚠주를 구슬려 장부를 받고 그저 벗어나고 싶었다. 그러나 눈치 빠른 뚠주는 걸려든 것을 놓아주려 하지 않았다. 얼마 뒤 뚠주는 콘크리트에 섞여 땅속에 묻혔다.

화인주 그놈이 한 짓이야. 난 콘크리트를 좀 빌려줬을 뿐이라고. 그놈도 곧 묻힐 테지. 다 놈들이 한 짓이야. 그물을 잘랐어. 벼리를 잘라버렸다구.

이국 청년의 두개골이 열릴 때 나던 이상스레 역하지 않던 그 냄새가 코끝으로 전해왔다. 체링은 자신도 모르게 주머니 속의 병을 다시 만지작거렸다.

재로 돌아갈 수 있을까, 다시 바람이 될 수 있을까?

왕빈은 어디쯤 갔을까.

한참 후 문지방을 밟는 소리가 들려왔다. 다시 노르부와 같이 있던 그 사나이가 형체가 없는 그림자처럼 사원 안으로 들어왔다. 그리고 뒤에 니마도 들어왔다. 다시 노르부는 또 밖에 있겠지. 그 자는 제 손으로 뭘 하는 법이 없으니까.

"체링, 나와요."

체링은 일어나지 않고 그대로 대답했다.

"자네가 들어와."

훌쭉한 그림자 사나이가 들어와 티베트식 모자를 벗고 체링의 반대편에 앉더니 조그만 가스등을 꺼내 켰다. 남자의 손가락에서 홍옥수 반지가 번쩍거렸다.

체링이 먼저 말했다.

"빨리 찾았네."

"말을 타고 다니시니 대충은 알죠. 재주도 좋아요, 속일 줄도 아시고. 근데 말이 없네요."

"말이야 말의 길을 가야지, 안 그래?"

"말이야 곧 보이겠죠, 알겠어요."

홍옥수 반지의 목소리에는 자그마한 떨림도 없었다. 체링의 가라앉은 목소리에도 떨림이 없었다.

"나는 자네를 알아. 하지만 내가 자네에게 알려줄 수 있는 것은 더 없어."

톤이 없는 납덩이같이 무거운 목소리였다. 옆에서 니마가 대꾸했다.

"아시잖아요. 우리도 선택이 없는 걸. 죽은 사람 때문에 산 사람도 다 죽일 작정이세요."

그의 뒤로 무섭게 송곳니를 드러낸 마하칼라 탕카가 희미하게 보였다.

"니마, 우리는 그동안 서로 죽이는 것을 모르고 살았어. 사람이 너무 적었으니까. 하지만 이번에 너무 많이 죽었어."

"사무실을 태웠더군요. 지금 무슨 생각을 하는지 우리도 알아요."

"원하는 거 아니었나? 그런데 말이야, 이제 우리라고 하지 않으면 안 되겠나?"

"형님이 원한다면, 그렇게 하죠."

"그래 아직 형님이라고 불러도 좋아. 니마, 꼭 한 가지 부탁이 있네. 그럼 나도 자네에게 선물을 하나 줄 수 있어."

"부탁 말씀하시죠."

"자료는 우리 가족에게 있지 않네. 믿게나. 자네 시간을 아껴 주려는 거야. 자네가 찾으면 이기는 거네."

"알려줘서 고맙습니다. 물론 믿습니다. 그럼 선물은 뭔가요?"

"자네의 수고를 덜어주지. 유서는 세 장 써뒀어. 혹시 모르니 까 한 장은 자네가 챙기게. 그리고 자네 사무실로 가봐. 서랍에 그 장부와 계좌를 다 넣어두었어. 화인주가 가면 자네가 다 챙기 겠지."

니마는 돌연 이름을 부르며 나즈막이 위협했다.

"고맙습니다, 체링. 마지막 부탁입니다. 함께 사는 길로 가 시죠."

체링은 서늘하게 웃으며 말을 이었다.

"부탁 하나만 더 해도 될까, 니마?"

"네, 말씀하세요."

"이제 '함께'라는 말은 더 안 써줬으면 좋겠네."

그는 몸을 앞으로 숙이고, 목소리를 낮춰 속삭이듯 말했다.

"니마, 다시 노르부를 너무 믿지 말게. 그리고 기억해, 옷이 너 무 무거우면 물에서 빠져나올 수 없어."

"저야 거꾸로 달린 지 너무 오래되었습니다. 밤이 너무 늦었 네요. 아직 할 일이 있는데요."

젊은 녀석들은 도무지 인내심이 없어. 체링은 탁자 아래 놓아

둔 병을 움켜쥐었다. 아버지가 창을 마시던 모습이 떠올랐다.

그 양반은 들이부었지. 내가 그 양반보다 못할 리는 없지, 그 아들
인데.

체링은 병을 들고 단숨에 들이켰다. 아버지가 처음 창을 권하
던 그날처럼. 곧 식도와 위가 불에 타는 듯한 고통이 몰려왔다.
독이 역류하자 그는 자기 손으로 입을 틀어막고 다시 한 번 삼
켰다. 이제 더 이상의 부질없는 희망은 없으리라. 몸을 세우려고
안간힘을 썼지만 허리가 자꾸 꺾였다. 독이 폐를 맹렬히 태우며
숨을 막았다. 숨을 쉴수록 죽음에 가까워지는 것을 확신했다. 가
까스로 고개를 들고 천장을 보았다. 홍옥수 반지가 가져온 자그
마한 가스등 빛이 희미하게 닿는 곳에 사원의 대들보가 있었다.
아버지가 걸터앉아 창을 마시곤 하던 커다란 통나무가 떠올랐
다. 뒷목으로 차가운 땀이 흘러내리고 눈이 흐려졌다. 품에서 양
을 꺼내는 젊은 설련의 얼굴이 보인다. 탕라산맥의 빙하가 한낮
의 태양빛을 사방으로 퉁겨내어 눈이 부셨다. 설련이 양을 그에
게 건넸다. 그러나 받고 보니 양이 아니었다. 양 가죽 포대에 싸
인 막내 아들이었다. 고통 때문에 자기도 모르게 옆으로 비틀며
바닥에 누웠다. 입에서 쓴 거품과 차가운 땀과 피 섞인 눈물 줄
기가 귀 뒤쪽에서 만나는 느낌이 선명하다. 설련이 웃었다. '여

보, 돌아와요. 기다려요.' 아버지가 짓고 어머니가 살고 있는 탑 공 초원의 집 대들보가 눈에 보이더니 점점 커졌다. 폐허 위에 홀로 서 있는 아버지의 건물과 함께. 그래 나는 돌아가는 거야. 고통을 몰아내는 마지막 숨이 빠져나갔다.

맞은편 어둠 속에서 홍옥수 반지와 니마가 거품을 흘리는 체 링의 요동이 끝나기를 기다릴 때, 온통 새까만 옷으로 두른 다시 노르부가 문지방을 넘어 와 의자에 앉아 담배를 피워 물었다. 체 링의 꿈틀거림이 끝나자 다시 노르부는 경동맥에 손을 잠깐 대 보았다. 잠시 뒤, 체링이 죽었다는 확신이 들었는지 일어나 담배 꽁초와 유서를 윗옷 주머니에 넣고 두 장은 탁자 위에 던진 후 천천히 밖으로 나갔다. 니마와 홍옥수 반지도 그를 따라나섰다.

밀가루 반죽 냄새

왕빈은 말을 제대로 탈 줄 몰랐다. 달리고 싶었지만 떨어질까 봐 달릴 수 없었다. 군데군데 질척질척한 시가지 길을 말은 용케도 넘어갔다. 늙은 말은 기다란 허리를 흔들거리며 불안하게 고삐를 잡아당기는 왕빈을 버거워하면서도 꾸준히 걸었다. 시가지를 벗어나면 강 따라 그저 동쪽으로 가면 된다. 하지만 강녕하의 마지막 다리가 홍수로 부서져 산을 넘어야 한다. 다행히 동쪽으로 떠난 사람들이 만들어놓은 오솔길이 있었다.

북으로 가다 물길이 동쪽으로 꺾이는 부분에 부서진 강녕제1교가 죽은 짐승처럼 허연 배를 드러내놓고 누워 있었다. 그 사이로 여전히 엄청난 속도로 물이 흘렀다. 오른쪽으로 오솔길 입구가 보였다. 왕빈은 말을 그쪽으로 몰았다. 말은 좁은 오솔길을 잘도 따라갔다.

오직 동쪽으로 가면 끝난다. 오르막 중턱에서 왕빈은 아래의 시가지를 내려다봤다. 홍수가 휩쓸고 간 가장자리에 자리 잡은 군인들의 주둔지에서만 점 같은 불빛이 움직일 뿐 도시 중심은 완전한 어둠에 빠져 있었다.

누군가 쫓아오지 않을까 말을 재촉했다. 정상에 올라서야 왕빈은 말안장 밑에 손을 넣었다. 말의 땀으로 축축하게 젖은 가죽 가방을 꺼내 자신의 배낭에 집어넣었다.

그때 지지직 위성전화의 진동음이 울렸다. 왕빈은 소스라치게 놀라며 화면을 바라보았다. 섭 과장이었다.

"네."

"왕 팀장님 지금 어디세요?"

왕빈은 잠시 망설였다.

"저 지금 순찰 중입니다."

"이 시간에 순찰을요? 얼른 막사로 돌아오세요. 아홉 시 반에 구조단 전체 회의가 있어요."

전체 회의? 아홉 시 반? 전화기에 표시된 시간은 아홉시 십 분이었다. 순간 식은땀이 왕빈의 목덜미를 타고 내렸다. 왕빈은 애써 침착한 목소리로 대답했다.

"섭 과장님, 정확히는 못 맞추겠구요. 아홉 시 사십 분까지는 갈게요."

'개새끼들 다 듣고 있었어.'

전화를 끊고 잠깐 눈을 감았다.

왕빈은 전화기 전원을 켠 채 멀리 언덕 아래로 던졌다.

주머니에서 영영이 준 강옥으로 만든 목걸이를 꺼내 목에 걸었다. 별것 아니지만 든든한 느낌이 들었다. 말은 주춤주춤 내리막길을 내려갔다.

다시 평지의 국도로 내려서자 왕빈은 긴장 때문에 목이 뻣뻣했다. 쉬고 싶었지만 말에서 내린 후 다시 올라탈 자신이 없어 계속 앞으로 향했다. 이 킬로미터쯤 걷다 언덕을 돌아보니 불빛 두 점이 내려오고 있었다. 움직임의 속도로 봐서 분명 말이었다.

왕빈은 다시 말고삐를 잡고 재촉했다. 길은 또 끊어졌다. 떨어진 낙석 너덜지대를 따라 겨우 사오백 미터 왔을까, 멀리 산등성이에 불빛이 드러났다. 한 이 킬로미터쯤 될까. 분명 길을 복구하는 중장비의 불빛이었다. 왕빈은 자그만 등산 가방에 든 비닐로 싼 서류뭉치와 하드 드라이브를 다시 확인하고 허리벨트를 꽉 당긴 후 계속 너덜 길을 올랐다. 너덜지대에서 늙은 말은 힘을 내지 못했다. 말의 숨소리가 너무 크게 들려 내려야 하나 고민했다.

왼편으로 흐르는 물이 서서히 길을 침식하고 있었다. 아마도 얼마 후면 물을 건너야 할 것이다.

달이 떠오르고 있었다.

너덜 언덕에 오르자 이제 뒤편에서 말발굽이 돌을 밟는 소리까지 들렸다. 말에서 내려 숨을까? 그러나 두려움 때문에 쉬이 결정하지 못했다. 달이 너무 밝다는 생각 때문에 몸이 더 얼어붙었다.

내리막길에서 말이 발을 헛디뎠다. 미끄러져 뒷다리를 한 번 접은 말은 경사면을 기어오르며 왕빈을 떨어뜨렸다. 말에서 떨어질 때 날카로운 돌칼에 얼굴이 찢겼지만 아무것도 느끼지 못했다. 너덜 위에서 불쑥 말을 탄 인간 둘의 형상이 드러났다. 달빛에 그들의 모습이 훤히 비쳤다. 그리고 소음기 달린 권총이 연이어 불을 뿜었다. 한 명이 말에서 내려 너덜을 따라 내려왔다.

권총을 확인하는 순간, 왕빈의 몸은 얼음처럼 차가운 물로 세차게 빨려 들어갔다. 폭은 겨우 삼십 미터나 될까 말까 한 강이지만 물살 때문에 헤엄을 칠 수 없었다. 무거운 등산화 때문에 발이 계속 가라앉고, 작지만 물먹은 배낭이 뒤에서 잡아당겼다. 수영을 못하는 것은 아니었지만, 강녕하는 고향이나 수영장의 물과는 차원이 달랐다.

물속에서 몸이 곤두박질쳤다. 끌어당기는 물살을 누르며 겨우 목을 뒤로 젖혀 수면으로 올라오자 그의 운동신경이 살아났다. 물살과 싸우지 말자. 왕빈은 몇 번이나 강렬한 포기의 욕구를 느꼈지만 무엇인가가 끝까지 포기할 수 없도록 그를 밀어붙이고 있었다. 유일한 희망은 강폭이 좁다는 것이었다. 흐르는 방향의 왼쪽, 왼쪽. 어둠 속에서 왕빈은 한쪽 방향으로 헤엄치기 위해 애를 썼다. 요동치는 물살은 집요한 뱀처럼 그를 휘감아 물 아래로 끌어내리려 했다. 한쪽 신이 벗겨졌다. 거의 포기하려는 순간 무릎이 강바닥에 세차게 부딪혔다.

그는 물가로 기어올랐다. 오십 미터도 안 되는 건너편에서 다시 한 번 총의 불꽃이 일어났다. 순간 사타구니에 불로 지지는 통증이 일어 무릎을 꿇었다. 뛰고 싶지만 힘이 없었다. 왕빈은 한 무릎으로 기어서 쓰레기가 잔뜩 걸린 관목수풀 아래 몸을 뉘었다. 불빛이 집요하게 관목 숲을 비췄다.

한 놈이 건너기 쉬운 지점을 찾아 건너올까? 그대로 저기에 있을까? 도대체 누군지 저자들의 얼굴을 보고 싶었다. 하지만 왕왕거리는 한 놈의 목소리는 알아들을 수 있었다. 놈은 완벽한 북경어를 쓰고 있었다. 왕빈은 체링이 아무도 믿지 말라고 한 이유를 실감했다.

어쨌든 움직여야 했다. 가만히 있으면 저자들이 기어이 건너올 것이다. 잠시 동안 누워 왕빈은 정신을 집중했다. 그리고 반듯이 누워 홍수가 끌고 온 커다란 스티로폼 쓰레기를 주시하다 고개를 살짝 돌려 강 저편을 바라봤다. 한 녀석은 감히 강에 뛰어들 엄두를 내지 못하고 강을 따라 내려가고 있었고, 다른 녀석은 왕빈이 쓰러진 방향을 향해서 전등을 비추고 있었다.

왕빈은 남은 신발도 벗어버리고, 스티로폼 덩어리를 고이 안고 관목 숲을 따라 기어갔다. 거의 이십 미터를 기어가서 다시 건너편을 바라봤다. 전등은 아직 그가 쓰러진 자리를 비추고 있었다. 왕빈은 스티로폼을 안고 물속으로 들어갔다. 몸을 맡기자 물은 순식간에 그를 데리고 아래로 내려갔다. 전등은 다시 따라오지 않았다. 길이 다시 언덕으로 올라가는 구간을 지나 왕빈은 맞은편 도로로 올라섰다.

저 자식들은 상상도 못하겠지. 그는 혼자 낄낄거렸다.

추위와 총상 때문에 거의 발걸음이 옮겨지지 않았지만, 살면서 한 번도 느껴보지 못한 자신감에 전율하고 있었다. 윗옷 팔을 찢어내 허벅지를 싸맸다. 중장비 작업장까지 가면 일은 끝나는 거지. 하지만 다리가 잘 움직이지 않았다. 몇 걸음 걷다 결국 주저앉고 말았다. 물속에서 너무 많은 피를 흘린 탓이었다. 날카로운 공사장 파쇄석에 찔린 오른발에 피가 흥건했다. 그 자리에 벌렁 누웠다. 아직 축축한 땅이었지만 앉아 있는 것보다 나았다.

김이 나는 만두와 훈툰 국물을 생각하며 왕빈은 옅게 웃었다. 끝없이 잠이 밀려왔다. 까무룩 잠이 들 찰나 어디선가 고소한 생밀가루 반죽 냄새가 풍겨왔다.

에필로그

페마는 길어온 물로 지우의 눈썹을 파고든 벽돌의 흔적을 하나하나 지워나갔다. 피를 닦자 지우의 얼굴이 천천히 돌아왔다. 시신으로 달려드는 파리를 쫓으면서 발가락까지 하나씩 닦았다. 하나를 닦을 때마다 옆의 것들이 살아 있는 듯 꼼지락거렸다. 가끔 어정쩡한 농담을 하고 이야기를 잘 들어주던 사람. 부서진 왼쪽 어깨와 발목이 애처로웠다.

지우의 바지 안에는 플라스틱 신분증과 인민폐 몇 장과 껌 포장지와 젖은 화장지 다발이 들어 있었다. 지갑이 없는 사람. 뭐든 가둘 줄 모르는 사람. 탄력을 잃었지만 여전히 두꺼운 가슴을 한 번 더 씻고 머리를 빗어 넘긴 후 페마는 자기 윗옷을 벗어 지우의 얼굴에 씌웠다.

체링은 말에 싣고 온 버터기름을 내리고, 샘터로 가는 길 나무 난간을 뜯어냈다. 체링은 능숙하게 굵고 긴 나무부터 쌓아 올렸다. 굵은 통나무 난간을 열 겹 깔아 그 위에 시신을 뉘고 나뭇가지와 낙엽을 긁어 모아 장작 사이로 밀어 넣었다.

페마는 자그마한 양철동이를 불 위에 놓아 버터기름을 녹이고 바가지로 지우의 몸에 골고루 뿌렸다. 구수한 버터 냄새가 공터를 메울 때 체링이 기름 먹인 나뭇가지를 장작 아래로 넣었다. 페마는 천에 기름을 듬뿍 먹이고 나뭇가지에 감았다. 불이 들어가도 한참 동안 두꺼운 통나무는 반응하지 않고 기름을 먹인 시신에 먼저 불이 붙었다. 지우의 얼굴을 덮은 페마의 모직 윗옷에 푸르스름한 불꽃이 일었다. 윗옷이 다 타고 살아 있는 것 같은 그의 얼굴이 드러날 때 통나무에 불이 붙었다. 지우의 몸이 둥그런 화염에 휩싸였다. 페마는 솟아오르는 불길 끄트머리로 독수리 한 마리가 크게 원을 그리며 나는 것을 보았다.

체링은 단이 무너지지 않게 남겨둔 통나무를 밑에 집어넣고, 페마는 기름을 계속 뿌렸다. 통나무가 검게 타다 하얀 빛을 냈지만 두터운 지우의 몸으로는 불이 쉽사리 스며들지 못했다. 그새 체링은 난간을 더 뜯어왔다.

페마는 화염에 얼굴이 달아오르는 것을 아랑곳하지 않고 그 모습을 지켜봤다. 익는 냄새에서 타는 냄새로 바뀌고 있었다. 냄새는 점점 건조하고 단순해졌다. 위로 치솟던 붉은 불길은 이제

파란 불꽃이 되어 장작과 시신을 감싸고 이글거렸다.

한때 그의 몸으로 들어가 숨결이 되었을 바람이 불길을 데려가 그를 사르고 있었다. 그는 점점 줄어들어 바람과 빛이 되고 있었다. 수분을 다 빼앗긴 지우의 몸이 마지막 불꽃을 내고 있었다. 이제 형체만 남았지만 지우의 두개골은 컸다. 페마는 겉치마를 벗어 불꽃 속으로 던졌다. 이윽고 두개골도 장작 빛깔로 벌겋게 이글거렸다.

상처 입은 늑대로 와서 곰으로 머물다 독수리로 떠난 이.

두 시간이 더 지나서야 불길이 완전히 잦아들고 재가 식었다. 시신은 고맙게도 어떤 모양도 남기지 않고 재가 되었다. 남은 두개골도 건드리자 쉽게 바스라졌다. 페마는 재를 빈 기름 동이에 넣고 두개골 한 조각을 흰 천에 쌌다.

바람이 움직인다. 페마가 샘터 위의 봉우리에 오르자 바람이 서쪽으로 세차게 불고 있었다. 손에 올리자마자 바람이 재를 가져갔다. 한줌씩 뿌리며 엎드려 절을 했다. 재는 오후의 해를 잠시 가리고 바람 속으로 사라졌다. 몸속의 수분이 다 빠질 듯 분수처럼 눈물이 솟았다.

타라는 바람이고 마하칼라는 불꽃이지만 모두 첸리시의 다른 얼굴이다. 가루다는 서쪽으로 갔다. 누구도 완전한 자유를 붙잡아둘 순 없으니까.

마지막 재가 바람을 타고 떠나는 순간, 그녀 스스로 온갖 힘을 다해 인정고자 했던 그 모든 것이 새삼스레 인정할 수 없는 것으로 되살아났다. 그의 의식, 육체, 심지어 지진이라는 존재마저 인정할 수 없었다. 온몸에서 솟구쳐 오른 물이 적삼을 흠뻑 적셨다. 얇은 속곳과 저고리만 입은 페마는 두개골 뼈를 싼 천을 들고 일어섰다.

동쪽으로 떠날 시간이었다.

작가의 말

　사람들은 소설을 허구라 한다. 하지만 21세기에는 소설만이 진실이다. 우리가 서 있는 현실은 진실과 너무 멀어져서 거기에서 출발해서는 어떤 수단으로도 진실 근처로 갈 수 없다. 매트릭스 안에 있는 이가 밖의 사람을 조롱한다. 마치 장주莊周의 '꿈속의 나비'처럼 꿈속에서 또 꿈을 꾸며.

　이 이야기는 실화다. 실화가 무엇인지 누구나 다른 기준을 가지고 있겠지만, 이 이야기 속의 모든 장면은 내가 보고 듣고 겪은 것이다. 역시 보고 듣고 겪은 것이 무엇인지 사람마다 기준이 다르겠지만, 최소한 나의 허구는 이 세상의 실재보다 훨씬 현실적이다. 물론 가장 비현실적인 것은 비현실적인 현실을 견뎌내는 현실의 인간들이다.

감사의 말씀을 드릴 분들이 참으로 많지만 쟝양용시·짜시라 모 자매의 이름만 쓴다. 두 꼬마 숙녀는 용기란 그저 웃음의 꼬리표에 불과함을 알려주었다.

가문비 탁자

초판 1쇄 펴냄 2018년 11월 1일

지은이 공원국
펴낸이 이영은
편집 한이
교정 김현경
디자인 여상우
마케팅 허성권
제작 제이오

펴낸곳 나비클럽
출판등록 2017. 7. 4. 제25100-2017-0000054호
주소 서울특별시 은평구 갈현로11길 46 107동 901호
전화 070-7722-3751 팩스 02) 6008-3745
메일 nabiclub17@gmail.com

ISBN 979-11-962216-3-8 03810

이 도서의 국립중앙도서관 출판예정도서목록(CIP)은 서지정보유통지원시스템
홈페이지(http://seoji.nl.go.kr)와 국가자료공동목록시스템(http://www.nl.go.kr/kolisnet)에서
이용하실 수 있습니다.(CIP제어번호 : 2018032851)